浙江警官职业学院博士文库资助项目成果。

浙江省哲学社会科学 2015 年基础理论研究课题"基于视觉文化理论视域下的当代文学伦理研究"（编号：15NDJC291YBM）的研究成果。

国家社科基金重大招标项目"当代美学的基本问题及批评形态研究"（编号：15ZDB023）的阶段性成果。

视觉祛魅与历史记忆

——视觉文化视域下的当代文学伦理研究

魏庆培　著

浙江工商大学出版社
ZHEJIANG GONGSHANG UNIVERSITY PRESS

·杭州·

图书在版编目(CIP)数据

视觉祛魅与历史记忆：视觉文化视域下的当代文学
伦理研究 / 魏庆培著. —杭州：浙江工商大学出版社，
2021.7

ISBN 978-7-5178-4495-2

Ⅰ．①视… Ⅱ．①魏… Ⅲ．①中国文学－当代文学－
伦理学－文学研究 Ⅳ．①I206.7

中国版本图书馆 CIP 数据核字(2021)第 092259 号

视觉祛魅与历史记忆
——视觉文化视域下的当代文学伦理研究
SHIJUE QUMEI YU LISHI JIYI
——SHIJUE WENHUA SHIYU XIA DE DANGDAI WENXUE LUNLI YANJIU
魏庆培 著

责任编辑	任晓燕	
封面设计	沈　婷	
责任印制	包建辉	
出版发行	浙江工商大学出版社	
	（杭州市教工路 198 号　邮政编码 310012）	
	（E-mail：zjgsupress@163.com）	
	（网址：http://www.zjgsupress.com）	
	电话：0571-88904980,88831806（传真）	
排　　版	杭州朝曦图文设计有限公司	
印　　刷	杭州高腾印务有限公司	
开　　本	710mm×1000mm　1/16	
印　　张	14.25	
字　　数	226 千	
版 印 次	2021 年 7 月第 1 版　2021 年 7 月第 1 次印刷	
书　　号	ISBN 978-7-5178-4495-2	
定　　价	68.00 元	

序

在当代马克思主义美学的理论视域中，中国当代文学是一个复杂而充满活力，但到目前为止却缺乏从"美学—历史"的批评角度做较为深入系统研究和阐释的文化领域。在这个对中国社会未来走向具有十分重要地位的文化领域，众声喧哗的表面繁荣的背后，是社会快速发展和艰难转型过程中阐释的错位和批评的失范，虽然也能看到许多勇敢的"过客"，在孤独前行过程中披荆斩棘。我个人认为，面对40年来中国社会现代化发展过程中的当代文学的丰厚而又异彩纷呈的文化场景，当代美学和当代批评应该沉下心来认真研究和思考，通过批判性的分析和讨论，从中国当代文学的富矿里面，提炼出对于当代文化建设和当代美学发展有价值和意义的理论成果来。

作为浙江省哲学社会科学基础理论研究课题和国家社科基金重大项目"当代美学的基本问题及批评形态研究"的中期研究成果，魏庆培教授的《视觉祛魅与历史记忆——视觉文化视域下的当代文学伦理研究》在马克思主义美学的基础上，运用当代马克思主义美学和批评理论，包括后现代主义哲学、文化学、文学伦理学、历史学及文学伦理与历史记忆复杂关系等最新研究成果和理论方法，对中国当代文学做了批判性的重新审视并力图做出马克思主义美学风格理论阐释。

正如詹姆逊、特里·伊格尔顿和阿兰·巴迪欧等当代优秀的马克思主义美学家和文学批评家所反复论证的，资本主义时代的文学艺术从表征机制的角度讲，是一种以主客体二元对立为基础的自恋主义文化，它是通过情感性想象和形式化冲动的文化机制，构建起一个神秘而自律的文化世界。在这个自足而自律的形式化的世界中，美轮美奂的文学世界使文学话语的能指游荡起来，使历史风雷的回响成为"遥远的声音"，其美学效果和社会意义是，文学的批判锋芒和对"最现代思想"的表征能力变成现实世界中的"幽灵"。

在当代社会生活条件下,美学和文学的批评是批判的武器,对当代文学现象和文学批评的研究与反思性思考是一种武器的批判,这种武器的批判对于中国文学艺术通向文化的高峰以及对于中华民族的伟大复兴而言,都是重要而必不可少的。《视觉祛魅与历史记忆——视觉文化视域下的当代文学伦理研究》一书从对视觉时代的文化逻辑的分析入手,通过对当代文学复杂的文化机制的分析,敏锐地捕捉到中国当代文学声音形象的表征机制被虚弱化的文化现象,并从倾听的缺席这个视角,对中国当代文学一系列重要的现象和代表性作家、作品做出了批判性的反思和评价,显示出马克思主义美学在文学批评领域的有效性和强大的阐释能力。

坦率地说,用马克思主义美学的"历史—美学"批评方法,对中国当代文学本身以及中国当代文学评论现象做出反思性的分析和评价是一件重要却难度很大的理论工作。重要在于通过这种武器的批判,可以发现和把握住中国当代社会的情感结构以及政治上的真理性;困难之处在于,它需要理论家在与文学文本和批评话语的碰撞和交流中,敏锐地捕捉到历史深处的回响,并且在理论的阐释中,努力实现文学祛魅。从这个方面看,《视觉祛魅与历史记忆——视觉文化视域下的当代文学伦理研究》是一件十分有意义并且非常必要的工作,应该看作一件重要使命的开启。早在20世纪30年代,瓦尔特·本雅明就呼唤理论家和批评家应担当起唤起人民大众文化解放的热情的责任,批评家的任务是当代文化人的重要责任。祝贺魏庆培教授学术著作的出版,期待有更为优秀的著作出现。

是为序。

王　杰

2020 年 11 月 22 日于浙江大学

当代马克思主义美学研究中心

目　　录

绪论　视觉时代的文化与文学的伦理失范

第一节　视觉时代的文化逻辑 ……………………………………… 1

第二节　文学伦理：转型与失范 …………………………………… 9

第三节　研究的现状、方法及意义 ………………………………… 15

第一章　视觉隐喻与审美幻象

第一节　视觉隐喻的内涵及表现形式 ……………………………… 18

第二节　空间化生产：视觉消费与审美幻象 ……………………… 23

第二章　倾听的缺席

第一节　故事没落与听觉失聪 ……………………………………… 28

第二节　视觉理性与文学迷途 ……………………………………… 33

第三章　游荡的能指

第一节　感官盛宴："第三代诗歌"的精神逃亡 …………………… 39

第二节　叙事游戏：先锋文学对存在的遗忘 ……………………… 48

第三节　小说空间化：视觉消费与符号表征 ……………………… 66

第四章　想象的代价

第一节　真实的幻觉 ………………………………………………… 74

第二节　羞涩感的价值剥离 ………………………………………… 84

第三节　暴力的美学 ································· 93

第五章　欲望的风景

第一节　生存的欲望化景观 ····················· 104

第二节　爱情伦理：从失衡到空缺 ············· 113

第六章　悲剧之思

第一节　林非：历史奴役的抵抗方式 ··········· 121

第二节　王家新：永远的漂泊 ··················· 131

第三节　虹影：历史苦难的个人记忆 ··········· 138

第四节　胡永生：历史记忆与身份焦虑 ········· 142

第七章　在历史中重构记忆

第一节　真实的可能：在自我与历史之间 ······· 153

第二节　抵抗遗忘：历史的命运化书写 ········· 158

附录1　视觉时代的文化逻辑与文学生存 ········· 168

附录2　视觉隐喻与当代小说的空间化生产 ······· 182

附录3　视觉祛魅与暴力美学的话语生产 ········· 200

参考文献 ······································· 211

后　记 ··· 221

绪论 视觉时代的文化与文学的伦理失范

第一节 视觉时代的文化逻辑

如果说我们已经进入一个由视觉主宰的时代与社会了,可能会引起众多质疑的声音。但如果提到后现代主义,恐怕没有人会感到陌生。实际上,后现代社会的文化就是一种由视觉主导并型构的文化,后现代社会的文化生产、消费与日常文化生活都被认为与视觉性事件密切相关。比如图画、影视、网络等都通过图像来表达这种文化话语形态。尼古拉斯·米尔佐夫则认为视觉化的文化时代是现代文化的危急时刻,"它暗示着后现代是由现代主义和现代文化——它们自身的视觉化策略失败了——所引发的危机。换句话说,创造了后现代性,正是文化的视觉危机,而不是其文本性"①。毋庸置疑,随着科学技术的革新与发展,新的视觉产品正在源源不断地被生产出来,影视、网络、动漫、摄影、游戏等电子媒介与层出不穷的各类视像产品轮番冲击着我们的视觉,以至于我们的眼睛应接不暇,长久地呈现着眩晕迷乱的状态。与此同时,我们的生活经验与日常行为越来越依赖于视觉行为,现代科技给我们带来方便快捷的同时,也过度地消耗了我们的视觉能力,加重了视觉的负担。从人际交往、医学诊断、场所监督、感知世界、获取知识到文学阅读、回顾往事等等,日常生存方式的全方位视觉化与具象化,提示着一个视觉化时代的到来,因为"这绝非日常生活的一部分,而正是日常生活本身"②。因此,

---

① ② 尼古拉斯·米尔佐夫.视觉文化导论[M].倪伟,译.南京:江苏人民出版社,2006.

米尔佐夫宣称:"作为文本的世界已经被作为图像的世界所取代。"①其实,早在 20 世纪 30 年代,海德格尔就认为,我们正进入世界图像时代。"世界图像并非意指一幅关于世界的图像,而是指世界被把握为图像了";"世界图像并非从一个以前的中世纪的世界图像演变为一个现代的世界图像;而不如说,根本上世界成为图像,这样一回事情标志着现代之本质"。② 与海德格尔预言同样深刻的是法兰克福学派的代表人物本雅明,他在其重要论文《机械复制时代的艺术作品》中写道:"复制技术把所复制的东西从传统领域中解脱出来,由于它制作了许许多多的复制品,因而,它就用众多的复制物取代了独一无二的存在。由于它使复制品能为接受者在其自身的环境中去加以观赏,因而它就赋予了所复制对象以现实的活力,这两方面的进程导致了传统的大崩溃——作为与现代危机对应的人类继往开来的传统大崩溃,它们都与现代社会的群众运动密切相连,其最有力的工具就是电影。"③显然,电影作为一种全新的艺术呈现方式,刷新了人类的视觉体验与感受,成为一种由视觉主导的文化崛起的表征,匈牙利电影理论家巴拉兹的"视觉主导的文化概念"就是基于电影而提出的。在电影之前,人类社会还存在着两种文化样式,一种是"说故事"类的口传文化,另一种是以小说、新闻为主要形式的印刷文化。讲故事是农耕文明最重要的文化手段,主体间面对面的直接交流勾勒出诉说者与倾听者的生动表情,在这里,故事被讲述由言语行为来承担;随着印刷技术的蓬勃发展,印刷媒介符号提供了主体不在场交流的可能,但印刷文化带来的对世界感知与沉思也主要借助语言来实现,从本质上说,它们都是以语言为中心的文化。相比较,影视通过图像来传递信息、解释世界,改变了以往以语言行为为主的交往方式,标志了另一种文化形态的出场。

"情况确实如此,当代文化已渐渐成为视觉主导的文化而不是印刷文化。这种变化的根源与其说是作为媒介的电影和电视,不如说是 19 世纪中期人们开始感觉到的新的地理和社会流动感,而新的美学就是对此的反应。"④丹尼尔·贝尔已经从社会学和美学角度发现了视觉化时代的文化动因,这与海德

① 尼古拉斯·米尔佐夫.视觉文化导论[M].倪伟,译.南京:江苏人民出版社,2006.
② 马丁·海德格尔.林中路[M].孙周兴,译.上海:上海译文出版社,2004:91.
③ 本雅明.机械复制时代的艺术作品[M].王才勇,译.杭州:浙江摄影出版社,1996:8.
④ 丹尼尔·贝尔.资本主义文化矛盾[M].严蓓雯,译.南京:江苏人民出版社,2007:111.

格尔的观点"世界被把握为图像"不谋而合,其"新的美学"理念与后现代社会思想状况密切相关,后现代社会的消费模式把"新的美学"整合进来,形象被制造成商品进入市场流通,生成法国哲学家居伊·德波所确认的"景观社会"的文化特征。在他看来,"在现代生产条件盛行的社会中,生活的方方面面以无限堆积的景观的方式呈现自身。曾经直接存在的、鲜活的一切已经全部转化为再现,在影像充斥的时代,景观成为当今社会的主要生产内容"①。对德波而言,后现代社会是一个"景观"的消费社会,大众传媒成为景观社会的原动力,媒介通过技术的不断革新与提升使观看者沉浸在技术理性所创造出的影像幻觉中。德波的学生,法国另一著名后现代哲学家让·波德里亚把当下的传播媒介理解为后现代社会特有的"代码",目前受这个代码支配的阶段的主要模式是"仿真",整个社会完全按照仿真或仿像的原则组构,并处于这一原则的控制之下。"以前,现实原则对应于价值规律的某个确定阶段。今天,全部系统都跌入不确定性,任何现实都被代码和仿真的超级现实吸收了。以后,仿真原则将代替过去的现实原则来管理我们。目的性消失了,我们将由各种模式生成。不再有意识形态,只有一些仿像。"②仿像,说到底就是影像或视觉符号,它们以代码的形式消解了以往文化艺术对现实的指涉关系并代之于视觉符号的自我指涉,符号内部的能指与所指的确定性,也就是价值规律时期的真切现实被不确定性所取代,仿像成为一切代码/符号生产的最高原则,后现代社会就是大量生产仿像的时代,因此,我们也可以把这样的时代称为"仿像时代"或者"视觉时代"。

实际上,对人类思维而言,人们一开始就试图通过集体表象来共同把握所面对的神秘世界,遍布世界各地的石器时代的岩画,古怪的陶器花纹等大量遗存的古老文化符码暴露了人类文化起源时期的视觉出身,这种对世界的感知方式无疑深入了人类的文化记忆中,并伴随文明的启程开始了一条视觉化的漫漫征途。在古希腊,先哲们更倾向把对真理的探讨与视觉联系起来,著名哲学家亚里士多德说:"求知是人类的本性。我们乐于使用我们的感觉就是一个说明;即使并无实用,人们总爱好感觉,而在诸感觉中,尤重视觉。无论我们将有所作为,或竟是无所作为,较之其他感觉,我们都特爱观看。理

---

① 居伊·德波.景观社会评论[M].梁虹,译.桂林:广西师范大学出版社,2007:4.
② 让·波德里亚.象征交换与死亡[M].车槿山,译.南京:译林出版社,2006:3.

由是:能使我们识知事物,并显明事物之间的许多差别,此于五官之中,以得于视者为多。"① 正是西方文化对视觉的信任,决定了此后的哲学话语始终将求知的可靠性建立在了眼睛的观看行为之上。这种视觉思维与话语方式在中世纪时期得到了更为充分的确立,奥古斯丁就明确指出眼睛在五官中所具有的超越性地位,他说:"眼是身体感官中最优秀的,尽管它在种类上与心智智观有异,却是与它最为亲近的。"② 在他们看来,对事物观看的方式是通往事物真相的合法与有效的途径,视觉认知方式能代替其他感官使观者更容易接近审美领域。海德格尔的真理观也与视觉认知联系在一起,真理一词包含"开启"和"去蔽"(解蔽)之意,这无不与眼睛的功能有关,事物的"无蔽"状态是眼睛实施观看行为的最终目标,它试图把事物从不可见的黑暗区域中解救出来,使之处于光照之下,处于澄明之境。"真理乃是存在者之解蔽,通过这种解蔽,一种敞开状态才成其本质。一切人类行为和姿态都在它的敞开域中展开"。③ 可见,视觉使"真理"成为可能,它争取到的光亮领域维护了世界的真实性,并对美的自身显现提供了条件。在文章《艺术作品的本源》中,海德格尔写道:"自行遮蔽着的存在便被澄亮了。如此这般形成的光亮,把它的闪耀嵌入作品之中。这种被嵌入作品之中的闪耀(Scheinen)就是美。美是作为无蔽的真理的一种现身方式。"④ 艺术作品的美同样起源于视觉行为,其本身的光亮特性让我们联想到英国美学家克莱夫·贝尔著名的美学论断——有意味的形式。"在各种不同的作品中,线条、色彩以及某种特殊方式组成某种形式或形式间的关系,激起我们的审美感情。这种线、色的关系和组合,这些审美的感人的形式,我称之为有意味的形式。'有意味的形式',就是一切视觉艺术的共同性质。"⑤ "有意味的形式"指艺术以某种特殊的表现方式组成自身特有的形式及形式间的关系,它用来唤起观众的审美感知与情感体验。"有意味的形式"是现代性的产物,是视觉依赖观念在审美艺术上的极端显现,可以把它作为海德格尔的"闪耀"论的简单化注释。

总之,西方哲学与美学似乎一刻也未曾中断过对视觉与"光"的倚重,"存

---

① 亚里士多德.形而上学[M].吴寿彭,译.北京:商务印书馆,1959:1.
② 奥古斯丁.论三位一体[M].周伟驰,译.上海:上海人民出版社,2005:284.
③ 海德格尔.路标[M].孙周兴,译.北京:商务印书馆,2007:219.
④ 马丁·海德格尔.林中路[M].孙周兴,译.上海:上海译文出版社,2004:43.
⑤ 克莱夫·贝尔.艺术[M].薛华,译.南京:江苏教育出版社,2005:4。

在主义、现象学或是结构主义这些当代哲学的显学，无一不是被某种深邃而灼热的目光笼罩着"①。的确，"直观""明见性""照亮""视域""澄明""敞开"等视觉词汇贯穿起西方的各种哲学思想理念，"思"也被法国思想家梅洛-庞蒂称作"看的思维"。列维纳斯则把"我思"归于"光"的属性，甚至意义也"意味着光亮"，在他看来，我们用"视觉"和"光照"来讨论一切感性的或知性的理解：我们"看到"一个物体的硬度，一盘菜的滋味，一瓶香水的气味，一件乐器的音色，一条定理的正确性。自柏拉图以来，无论光照来自可感知的太阳还是可理解的太阳，它都制约着、决定着一切存在。无论它们与领悟能力之间相去多远，知、情、意都首先是经验、直觉、明视或力图变得明晰的视觉。虽然海德格尔所说的"烦"（souci）已不再以知觉（perception）为基础，但它依然包含着一种朗照（illumination），因此也同样是一种理解，一种思想。② 列维纳斯对逻各斯视觉思维模式的认定无疑指明了西方思想、文化与哲学思维的逻辑起点与实践形式。

自 20 世纪中叶以来，由视觉主导的文化成为西方社会日常生活中的饕餮盛宴，并被后现代主义者指认为现代性断裂之后的文化表征，也就是说，视觉行为成为后现代社会最基本的实践形式和生存形态，它试图通过事物的见证来实现对客观世界的"祛魅"行动。"祛魅"一词来源于马克斯·韦伯的论述，它首先用于意指宗教的世俗化行动，即在理性主义、科学主义等启蒙思想指导下的对一切"真理性"和神圣性的"解咒"。韦伯说："我们这个时代，因为它所独有的理性化和理智化，最主要的是因为世界已经除魅，它的命运便是，那些终极的、最高贵的价值，已从公共生活中销声匿迹。"③理性与理智化本是现代性话语，是启蒙主体所操持的精神手段与思想器具，秉从启蒙理想来构建人文世界的新秩序，给现代生活赋予价值与意义。但启蒙理性最终被技术理性所取代，技术理性所驱动的科技进步形成视觉时代发生的前提和动力，并教唆视觉理性摒弃价值理性的历史意识和人文内涵，因为，"再也没有什么神秘莫测、无法计算的力量在起作用，人们可以通过计算掌握一切。而这就意味着为世界除魅。人们不必再相信这种神秘力量存在的野蛮人那样，为了控

---

① 路文彬.视觉文化与中国文学的现代性失聪[M].合肥：安徽教育出版社，2008：20.
② 埃马纽埃尔·列维纳斯.从存在到存在者[M].吴蕙仪，译.南京：江苏教育出版社，2006：47.
③ 马克斯·韦伯.学术与政治[M].冯克利，译.北京：生活·读书·新知三联书店，1998：48.

制或祈求神灵而求助于魔法。技术和计算在发挥着这样的功效,而这比任何其他事情更明确地意味着理智化"①。可以认为,视觉理性给"世界除魅"的过程就是去神秘化与再世俗化的过程,它让世界只对眼睛负责,"但这种成效却丝毫没有道说允诺理性和非理性以可能性的东西。效果证明着科学的理性化的正确性。但是可证明的东西穷尽了存在者的一切可敞开性吗?对可证明之物的固守难道没有阻挡通达存在者的道路吗?"②海德格尔的表述意味着对科技与视觉理性的质疑与否定,此种功利主义的理性完全摈弃了存在的"诗意"要素,空缺对存在与情感可能性的抚摸与思考,霍克海默也恰恰从这一点上出发认为"技术文明危及了进行独立思考的能力本身"③。

科技理性的另一重要后果是文化成为商品,成为市场上可供交换和消费的符码。日益更新的复制及仿真等技术有力地支撑了文化工业的勃兴,文化工业借助资本与市场来使其视觉性的文化产品进入商品流通领域并通过审美包装以期获取文化资本的增值。"文化工业引以为自豪的是,它凭借自己的力量,把先前笨拙的艺术转换为消费领域以内的东西,并使其成为一项原则,文化工业抛弃了艺术原来那种粗鲁而又天真的特征,把艺术提升为一种商品类型。"④文化工业对视觉性的文化产品复制、推销与贩卖,必定使艺术成为普通的、廉价的飞快速的消费品。而消费大众以即时、瞬间的娱乐体验为价值指归,倾向将文化产品处理为世俗生活中的日用商品,视觉性的文化产品被迫迎合大众消费趣味和世俗欲望,为追求无限的资本增值与经济盈利,自觉地放弃文化的深度模式与精英立场,消弭历史总体性和确定性,拆除超验话语和主体意识,以感官层次的娱乐诉求来争取最大范围的消费指数。就像费斯克所言,"在文化经济中,流通过程并非货币的周转,而是意义和快感的传播。消费者就是意义和快感的生产者,商品成了文本,一种具有潜在意义和快感的话语结构"⑤。以广告为例,它的功能不仅仅简单地指向对产品的

① 马克斯·韦伯. 学术与政治[M].冯克利,译.北京:生活·读书·新知三联书店,1998:29.

② 海德格尔.面向思的事情[M].陈小文,孙周兴,译.北京:商务印书馆,1999:87.

③ 马克斯·霍克海默.反对自己的理性:对启蒙运动的一些评价[M]//詹姆斯·施密特.启蒙运动与现代性.徐向东,卢华萍,译.上海:上海人民出版社,2005:368.

④ 马克斯·霍克海默,西奥多·阿多诺.启蒙辩证法[M].渠敬东,曹卫东,译.上海:上海世纪出版集团,2006:121.

⑤ 约翰·费斯克.理解大众文化[M].王晓钰,等,译.北京:中央编译出版社,2001:33.

推销与服务,生产某种象征意义与欲望才是其设计的终极目标。周宪认为:"视觉消费实际上就是环绕种种商品形象的目光注视、观看和追踪,而广告也好,橱窗也好,都不过是对欲望的生产和满足,无论是实际的满足抑或是虚幻的满足。"①可见,视觉主导的文化是为欲望生产和欲望消费的文化,也是肤浅与媚俗的文化,消费主义成为后现代社会的文化意识形态,其所培植的欲望与享乐也必然是视觉时代文化的逻辑构成,没有欲望的培植、满足与消费,也就没有由视觉型构的文化的盛行。

正是技术理性的无限膨胀,直接的生活体验及真实的生活诸种关系被虚拟或取代,也就是说,生活成为媒介的制造物,它的生动景象通过技术性装置呈现出来。技术理性的蔓延掩盖了决定现有诸种社会结构的各种权力关系,存在被表象化。如德波所言,"景观本身就是麻醉主体的'鸦片'","人们沉浸在迷人的影像世界和令人陶醉的娱乐形式中,变得麻木和顺从"。② 视觉生活成为一种生存状态。消费大众躲藏在虚幻的媒介影像中忘我地体验廉价而又低俗的煽情表演,忘却了现实困境与存在危机,更忘却了对事件反思、内省与批判的存在责任。马克思对这种"物役人"的文化关系早就有详尽的论述,视觉主导的文化将政治、经济与文化等多重权力共谋媾和,为消费者提供一个实现欲望宣泄、身份炫耀、文化区隔与认同的欲望空间,并通过快乐方式的不断生产来构建无形的消费控制网络。因为"人们越是彻底地认同控制他们的环境,越是热情地接受支配性意识形态为他们建构的从属性,他们的快乐也就越大。尽管一个人在让自己尽可能愉快地适应支配性意识形态实践的过程中有一种快乐,它也是一种被抑制的快乐,这种快乐并不能成为抵制和对抗的理由"③。菲斯克对这种"快乐"麻木与被形塑奴役品性的指认,可以窥见当代布尔乔亚统治的秘密,欲望与享乐的消费体验承担了筑模现世生活本身的"一体化"意识形态整合功能,视觉化的文化通过文化"赋意"的形式将单纯的商品物质消费置换成顺役型的文化实践,以给予"快乐"的名义用符号象征结构来构筑崭新的操纵语境,"温柔地对你进行掠夺"④。

---

①　周宪.视觉文化的转向[M].北京:北京大学出版社,2008:111.
②　居伊·德波.景观社会评论[M].梁虹,译.桂林:广西师范大学出版社,2007:9.
③　约翰·菲斯克.解读大众文化[M].杨全强,译.南京:南京大学出版社,2006:136.
④　让·波德里亚.冷记忆2[M].张新木,李万文,译.南京:南京大学出版社,2009:7.

实际上,迷醉与快乐感在很大程度上被理解为视觉性文化商品赋予的一种心理情感与幻觉。坎贝尔在论述时尚的文化现象时说:"自我陶醉的享乐主义代表了一种寻求快感的方式,将注意力集中在虚构的刺激物和刺激物带来的隐秘的快感上。换句话说,提供快感的刺激物源于个体想象的虚构情境所产生的情感影响,源于一种也许正好可以被描绘为白日梦的实践。"①时尚就是这种生产"迷醉与快感"的典型的视觉符号,它借助特定的形象和外观来传递意义与欲望。巴尔特指出,时尚其实没有意义,只是一种"景象"或"奇观"。时尚是现代制造业与文化传播公司合谋设计的产物,其首先通过广告等大众传媒手段把物品进行虚构,然后再"通过消费者对其话语的认同而变成日常生活中的真实事件"②。在广告无限重复的叙事活动中,真实与被广告所制造出来的符号价值的幻境(亦称伪性构境——鲍德里亚语)之间的界限被彻底删除,只剩下诱劝式的美学图景和欲望情境,深潜于消费者的无意识心理结构中。所以,时尚不直接表现为凸状的显性动机,而是通过对消费者下意识欲念的深层情境控制来筑塑它的精神信仰。"时尚的魅力在于,它受到社会圈子的支持,一个圈子内的成员需要相互的模仿,因为模仿可以减轻个人美学与伦理上的责任感;时尚的魅力还在于,无论通过时尚因素的扩大,还是丢弃,在这些原来就有的细微差别内,时尚具有不断产生的可能性。"③西美尔对时尚功能的分析确证了坎贝尔时尚虚构快感的认定。作为视觉符号的时尚,利用符号话语制造出来的暗示性结构意义和符号价值来支配消费欲望,进一步讲,视觉时尚商品通过区隔功能对消费者所处的社会阶层重新划分归类,消费者对时尚商品的消费,购买的不是有形的消费品,而是某种象征符码意义。"变成消费对象的是能指本身,而非产品;消费对象因为被结构化成一种代码而获得了权力。"④这样,消费者便乐而不疲地沉浸于此种"权力"滋生的情感幻觉中,把时尚文化商品视为躲避社会风险与伦理责任的温馨处所,视为能够无限提供快感抚摸的欲望之城。

---

① 坎贝尔.求新的渴望[M]//罗钢、王中忱主编:消费文化读本.北京:中国社会科学出版社,2003:280.

② 让·波德里亚.消费社会[M].刘成富,全志钢,译.南京:南京大学出版社,2008:119.

③ 齐奥尔特·西美尔.时尚的哲学[M].费勇,吴菁,译.北京:文化艺术出版社,2001:92-93.

④ 波斯特.第二媒介时代[M].范静哗,译.南京:南京大学出版社,2000:144.

第二节 文学伦理：转型与失范

文学伦理研究兴起于西方 20 世纪 90 年代，是文学与伦理学结合交叉的一个分支学科。但到目前为止，在概念上还没有一个统一的、严格的限定。一般说来，"伦理"与"道德"彼此难以分开。但西方理论界为了服从哲学研究的目的，对两者也做过简单的区分。比如黑格尔认为道德指个人的主观修养与操守，倾向人的主观性；伦理则首先指客观的存在关系，伦理在化为个人的自觉行为之后，才变成个人的内在操守。黑格尔之后，不少伦理学家为了自己言说的需要同样持区分的观点。保罗·利科认为："伦理指一种生命实现的目的，而道德指的则是此一目的在某些规范上的落实，这些规范同时具有追求普遍性和约束力之特点。"①在汉语中，"道德"即指社会规范、秩序与法则，当然也包含个人修养品行等符合礼仪之行为，属于社会意识层面。"伦理"有两个基本含义：一是指事物的秩序与条理；二是指社会中人的各种关系的诸多道德准则。我国现行的伦理学教材都主张"伦理"与"道德"同义的观点。"无论在中国还是外国，'伦理'和'道德'这两个概念，在一定的词源含义上，可以视为同义异词，指的都是社会道德现象。"②为了论述的方便，本文中的"道德"与"伦理"也基本混同，不做定义上的区分。

关于文学等审美艺术与伦理的关系，很早就进入了理论家的视野中。亚里士多德在其《诗学》中对"卡塔西斯"概念的运用，就是一种将叙事与伦理相结合的模式了。准确地说，文学与伦理的关系求证最早隶属美学与伦理学的研究领域。亚里士多德认为："美是一种善，其所引起快感正因为它是善。"③康德说："美是道德的象征。"④德国著名美学家韦尔施把"伦理"与"美学"的结合的可能性归因于人类"升华的需要"，"作为'人类'，升华的需要是我们本质性和决定性的需要，对人类而言，它是一种明显的对'高尚'的需要"⑤。阿多

---

① 万俊人主编. 20 世纪西方伦理学经典（Ⅳ）[M]. 北京：中国人民大学出版社，2005：644.
② 罗国杰，马博宣，余进. 伦理学教程[M]. 北京：中国人民大学出版社，1986：2.
③ 北京大学哲学系美学教研室编. 西方美学家论美和美感[M]. 北京：商务印书馆，1980：41.
④ 康德. 判断力批判[M]. 邓晓芒，译. 北京：人民出版社，2002：198.
⑤ 沃尔夫冈·韦尔施. 重构美学[M]. 陆扬，张岩冰，译. 上海：上海译文出版社，2002：84.

诺强化了这种升华的需要。他说："……这不是道德大棒挥舞下的宣言,这是它(艺术)承担的道德责任,或者说是它与一个公正的社会的联系所在。"阿多诺对现代审美艺术否定性方面的过分强调,深植于商品社会对人的异化现实的不满,"在一个几乎完全商品化的社会里,没有什么东西是纯粹的,完全由于其内在法则造成。法则不会施加无言的批评,不会谴责堕落。就此而言,所有的东西都是为他物而存在的。艺术的反社会性正是对这样一种社会的某种否定"①。阿多诺要求艺术应加强自律性的伦理来批判社会的他律性。

在西方,真正直接探讨文学与伦理之间的关系的研究从关注叙事学开始。布斯在《小说修辞学》中说,"我们无法将道德问题看作与技巧毫不相关而置之不谈","我坚信,当今绝大多数小说家——至少是以英文写作的小说家——都感到艺术与道德有着不可分离的关系"。② 麦金太尔认为:"叙事从一开始就担负伦理教育的责任。"③他指出,存在主体应将生活与伦理在叙事中得到统一性的呈现,这被他称作"叙述性统一"。对此,有研究者说:"'叙述性统一'即苏格拉底所谓的'未经反思的生活算不上是生活'的观点。反思是一种极为内在的叙事方式,它表明了通往德性(古希腊的伦理形态,麦金太尔在现代性伦理建构中确立的伦理原点)的道路体现为内与外的统一。所以自我既是叙事主体也是伦理主体。"④在文学叙事确立之前,叙事就已经承担了和其他实践行为同样的伦理责任。比如讲述故事,在农耕文明时代,道德与伦理传统的传达教育主要通过故事的讲述来实现。道德教化通过历史的记忆以故事的形式表达出来,在维护国家社会秩序与民族、家庭与族群繁衍生存方面起到了关键作用。因此,伽达默尔说:"叙事也是一种教化形式。教化就是使特殊、个别上升到普遍、总体,从自然上升到总体精神,这是伦理教育的基本目的。"⑤在外国文学研究领域,专事于文学伦理批评的国内学者聂珍钊认为从某种意义上说,文学的产生最初完全是为了伦理和道德目的。文学和艺术美的欣赏并不是文学艺术的主要目的,而是为其道德目的服务的。

---

① 沃尔夫冈·韦尔施.重构美学[M].陆扬,张岩冰,译.上海:上海译文出版社,2002:92.
② 韦恩·布斯.小说修辞学[M].付礼军,译.南宁:广西人民出版社,1987:390.
③ 麦金太尔.追寻美德:伦理理论研究[M].宋继杰译,南京:译林出版社,2003:153.
④ 伍茂国.现代小说叙事伦理[M].北京:新华出版社,2008:22.
⑤ 汉斯-格奥尔格·伽达默尔.真理与方法——哲学诠释学的基本特征(上卷)[M].洪汉鼎,译.上海:上海译文出版社,2004:14-15.

　　至于对"文学伦理"的定义,因侧重点不同,对它的阐述也就不尽相同。美国得克萨斯大学教授亚当·桑查瑞·纽顿在他1995年出版的《叙事伦理》中,正式地表达了他对文学伦理的理解。"纽顿声言叙事伦理可以同时从两个方向加以解释。一方面指叙事话语的伦理形态,另一方面指使叙事与伦理之间的相互关系更加本质和合乎文法的叙事形式,因而他所使用的'叙事伦理'这一概念并非叙事与伦理的简单叠加,而是'作为伦理的叙事',换句话说,就是研究叙事故事和虚构人物的伦理后果,以及这一过程中把叙述者、听众、证人和读者结合到一块的相互作用的理论观点。"①伍茂国在其专著《现代小说叙事伦理》一书中认可了这个观点。张文红认为:"具体而言,叙事伦理是在小说文本分析中同时指涉着小说伦理主题学和艺术诗学的叙事意指判断,它借助于文本中具象伦理关系样态分析和诗学诉求考察,透析创作主体在伦理叙事时秉持的叙事姿态、文化立场、道德价值判断、艺术观念和美学风格诉求等叙事意指性因素。"②在这里,张文红的观点与纽顿的没有太大的差别,都强调叙事与伦理的并重,将叙事观念、叙事方式、表达手段和道德判断结合起来考察才能完整地体现文学伦理评价要求。与之不同的是,刘小枫则轻叙事重伦理,也就是说,文学的表达方式与美学选择都最终服务于文学的道德与伦理目标,如果后者"文学的目的"得以实现,那"怎样表达"并不重要。他认为:"叙事伦理学不探究生命感觉的一般法则和人的生活应遵循的基本道德观念,也不制造关于生命感觉的理则,而是讲述个人经历的生命故事,通过个人经历的叙事提出关于生命感觉的问题,营构具体的道德意识和伦理诉求。"③谢有顺的文学伦理批评方式也正是基于此而进行构建的。他认为叙事伦理也是一种生存伦理。它关注个人深渊般的命运,倾听灵魂破碎的声音,它以个人的生活际遇,关怀人类的基本处境。至于此,基于本文的研究目的,作者对"文学伦理"的认识建立在刘、谢两位先生阐释的基础上,将文学的道德伦理诉求作为重点,把"真""善""美""爱"等基本伦理质素纳入批评视野中进行考察,还应包括主体自由、生命尊严、真挚的情感等涉及人性关怀的道德意识和诸如生存价值、责任承担、高尚、奉献等精神境界诉求;伦理学视域中

---

①　伍茂国.现代小说叙事伦理[M].北京:新华出版社,2008:2-3.
②　张文红.伦理叙事与叙事伦理[M].北京:社会科学文献出版社,2006:8.
③　刘小枫.沉重的肉身——现代性伦理的叙事纬语[M].北京:华夏出版社,2004:7.

的情绪譬如羞涩、忧郁之类的品质也是本文考证的内容。当然重视伦理层面的研究并不等于完全放弃文学技术层面的辨识，只不过文学的表达手段须服从于伦理构筑的要求，文章也有所涉及，但毕竟没有过多地关注。

在这个日益强调技术的社会，文化被技术所统摄而产生的负面效应前文已有较详尽的论述。它对文学伦理的冲击显然是巨大的，在视觉主导的文化与视觉理性思维的强力渗透下，文学伦理发生了根本性的改变，完全失去了应有的范型和指标。

视觉时代的文化全面覆盖改变了现代性文化场域的权力格局，也彻底颠覆了传统与现代主义文化所建构起来的文学生成及运行方式。以言说与倾听、书写与阅读为主导的文化及文学运作模式让位于仿真、复制与观看为主宰的影像商品生产与消费模式，世界从"一部书"（米尔佐夫把传统社会理解为一部书）转换为一方欲望展演的仪式化舞台。世界正在被展现为一部没完没了的肥皂剧。文学曾经拥有的"世袭领地"，已经被铺天盖地蜂拥而至的图像大军大面积地蚕食和鲸吞。文化运作的模式发生了根本性的转变，话语霸权已经让位给图像霸权或电视霸权，因此，从精英话语到大众文化消费，文学遭受到的是双重的颠覆。事实上，在由视觉主导的文化的挤压与围困之下，文学或被放逐或走向视觉化，被文化工业整合进自我建构的生产与运行秩序中自觉成为一种商品类型。这样，进入消费领域中的文学已无法恪守纯粹自律的艺术疆界和对抗性的话语范式，不再把启蒙理性、主体自由、伦理精神等元话语追求设定为合法的审美鹄的，而是通过与资本市场和文化工业的共谋来重新确立自我的文化精神和世俗价值。当然，文学的这种价值转型自然归因于视觉时代的文化权力结构的利诱与招降，同时也表现为其自身在消费主义语境下对欲望和享乐的文化认同。布尔迪厄认为文学是象征资本对抗政治资本和经济资本的结果，但是"象征资本开始不被承认，继而得到承认，而且合法化，最后变成了真正的'经济资本'。从长远来看，它能够在某些条件下提供'经济'利益"[①]。"从'纯'艺术转向'资产阶级'艺术或'商业'艺术时，

---

① 皮埃尔·布尔迪厄.艺术的法则——文学场的生成与结构[M].刘晖，译.北京：中央编译出版社，2001：147.

经济利益就会增加,而特殊的利益会朝着相反的方向发展"①,这就说明在以感性欲望、身体享受和快感消遣为主导价值指向的视觉时代,由于"经济资本"和商业逻辑的篡改与褫夺,文学艺术自律注定只能成为空洞而又渺茫的话语表演。

商业美学法则对日常生活的浸淫与电子媒介对视像符号的生产与传播共同消解了文学艺术与日常生活的界限,文学生活化和生活审美化统一于一种对无限到来的欲望化的消费幻觉中。生活化取消了生活现实上升为艺术理想的必要距离,审美化降解了文学的超越性品格,同时把生活置换为无限制的愉悦形象,"生活化的审美文化活动最后变成纯粹的消费活动——文化的享乐"②,形象的愉悦展演为现实落空的消费欲望的虚妄满足。借此,文学把生存主体滞留在视像游戏中,从而完成了对生命存在与生存意义的双重遗忘。可以看出,艺术向游戏的退落指示出文学突破时间链条的瞬时存在形态,游戏的即时性只提供安抚情感的偶然场所,文学艺术与日常生活浅表层次的视觉媾和阻隔了历史意识的出场,由于失去了历史连续性的深层关联,瞬间只能成为非历史平面上的空间拼图。在此意义上,时间被空间化,也就是说,文学叙述因为时间的碎片化而陷落在无数零散化的欲望瞬间中,繁衍为纯粹的能指游戏。詹明信说:"后现代主义现象的最终的、最一般的特征,那就是,仿佛把一切都彻底空间化了,把思维、存在的经验和文化的产品都空间化了。"③费瑟斯通也认为:"历史通过空间形式外化出来,随着艺术流派之间,以及高雅艺术、大众艺术和艺术的商业形式之间出现的混合杂交,审美等级及其发展被毁弃了。"④有理由相信,文学的空间化表现了文学典型的视觉化特性,它通过对文学话语的生产来实现对"观看者"的欲望引领,但欲望的无限欲求带来话语无限制的增值,能指过剩叙述拒绝了对历史记忆的眷顾只能走向自我生命与情感的耗尽,"'情感的消逝'可以理解为现代主义文艺观

---

①　皮埃尔·布尔迪厄.艺术的法则——文学场的生成与结构[M].刘晖,译.北京:中央编译出版社,2001:298.

②　肖鹰.形象与生存——审美时代的文学理论[M].北京:作家出版社,1996:14.

③　詹明信.晚期资本主义的文化逻辑[M].冯克利,译.北京:生活·读书·新知三联书店,1997:293.

④　迈克·费瑟斯通.消费文化与后现代主义[M].刘精明,译.南京:译林出版社,2000:100.

念中'时间''时间性'以至于 dureé、记忆等主题的消逝"①。

　　时间的空间化使叙事游戏最终转换为语言游戏，叙述游戏通过叙述的混乱来打破文法的逻辑目的来实现，并且把语言从能指与所指的确定关系中解放出来，能指与所指的分裂引爆了直观语义的超量繁殖，语词仿佛成为非连续的、粘贴着非人道形象的视觉符号，每一个词"都是逆料不到的客观物，一个飞出所有语言潜伏性的潘多拉匣子"②。这样，文学语言不再是主体建构的诗意家园，亦无法对存在整体性和意义中心做出话语承诺。福柯因此说："在语言的种种可能性的极端性游戏中，浮现出来的是人已经'走到终点'的景象。"③在此终点上，语言阻止了自我对世界的指涉可能，已异化为"他者"的存在物。在叙事游戏中，语言不可避免地被物化，文学借以沦陷为一种非理性的极端冷漠和无情的话语堆砌。冷漠叙述源于叙述人对自己社会属性和理性的完全剥除，时间的碎片化和历史记忆的断裂赋予作家肆意放逐存在的权力，随着通向世界的文本通道的封堵，不仅外在真实已成虚设，文本内在的真实也被彻底粉碎。文学家对冷漠叙述的主动选择可能包含了更多的欲望压力下的放纵策略。比如暴力、色情、贪婪和畸变事件的展演，一方面是为猎奇心理来刺激视觉消费欲望，另一方面预设了弱者对敬畏与神圣等超越性体验被解构后的虚幻满足。文学正是通过对放纵形象的视觉化完成了对视觉化形象的放纵，"在某种意义上，这样的小说显示了在一个直接感官刺激和模拟越来越多、复杂感官混合体越来越多的世界中文字自足性的最后瓦解"④。文字废墟化，只剩下感官享乐和欲望冲动，面对如此的审美仪式，阅读者被指定为无意义游戏的对象而被彻底阉割为纯粹的看客。叙事游戏把阅读个体带入历史遗忘的"观看"瞬间，在这欲望化的时刻，语言的能指表演取代了自我建构的深度体验。无限的观看，成为最后的风景与仪式。

---

　　① 詹明信.晚期资本主义的文化逻辑[M].冯克利，译.北京：生活·读书·新知三联书店，1997：450.

　　② 罗兰·巴特.符号学美学[M].董学文，王葵，译.沈阳：辽宁人民出版社，1987：168.

　　③ 肖鹰.形象与生存——审美时代的文学理论[M].北京：作家出版社，1996：116.

　　④ 史蒂文·康纳.后现代主义文化[M].严忠志，译.北京：商务印书馆，2002：190.

第三节　研究的现状、方法及意义

文学伦理作为文学研究的一种命题提出在西方大致兴起于20世纪90年代。而在美学和伦理学领域研究审美艺术历史悠久，理论资源非常丰富。比较重要的有康德的《判断力批判》、阿多诺的《美学理论》、保罗·利科的《时间与叙事》等等，不一而足。90年代以来的文学伦理研究首先从以小说为主要形态的叙事伦理开始的，虽然目前还未形成文学伦理的系统理论和批评范式，但从伦理学的角度来梳理与规范文学创作的努力，已日益引起中西学术界的响应与重视。有影响的主要有美国学者詹姆斯·费伦的《阅读叙事》《作为修辞的叙事》和纽顿的《叙事伦理》。德国学者沃尔夫冈·韦尔施的《重构美学》则是一部重要的理论著作，本书对"伦理—美学"进行创造性命名，并详细阐述了其深刻的时代内涵；尤其是结尾处对"听觉文化"的分析与旌扬，都具有很强的启发性，也是本文写作的主要参考书之一。在国内较早地见于刘小枫《沉重的肉身》（上海人民出版社1999年版）这本具有深刻影响的散文化著作中，书中引言部分，作者从叙事文学的角度来阐述他的文学伦理观"现代的叙事伦理有两种：人民伦理的大叙事和自由伦理的个体叙事"。在这里，刘小枫更重视自由伦理的个体叙事，他认为："自由的叙事伦理学不提供国家化的道德原则，只提供个体性的道德状况，让每个人从叙事中形成自己的道德自觉。"刘小枫开阔的学术视野，诗意化的叙述语言为学术界注目，但对其文学伦理观点相应性的交流文章则显得甚为迟缓。如果说刘小枫把文学伦理指认为存在个体的一种生命感觉，强调道德状况与个人独特命运的联系。近来有学者更喜欢把文学伦理学视作一种批评的方法，聂珍钊教授指出，文学伦理学批评运用审美判断和艺术想象的方法研究文学。因此，文学伦理学批评和伦理学使用的方法在基本立场、维度、视野，以及研究的对象、内容和要达到的目的方面既有相同之处，又有不同之处。从数量上看，从1993年以来，在篇名出现"文学伦理"字样的文章共110篇（其中包括对古代文学、外国文学及儿童文学等的研究），2006年以来就有近60篇，占了半数，这说明近几年来，随着文学现实的恶化，对伦理的关注逐渐升温。但这些文章质量参差不齐,重复现象严重,偶见灵光闪现,也被缺乏系统而有力的论述所掩盖。专门以文学伦理为研究对象的专著也不多,其中,张文红的博士论文《伦理叙事与叙事伦理》论述较为深刻。论文把"叙事伦理"作为切入 20 世纪 90 年代小说的视角,寻找到了 90 年代中国小说演进、变化的动力与根源,从而为有深度地呈现 90 年代小说的崭新形象提供了新的可能。伍茂国博士的《现代小说叙事伦理》理论建构方面比较突出。有人认为,中国文化与文学已经进入了"读图时代",也就是视觉时代,但以视觉理性思维与视觉形构的文化视域来研究文学伦理的文章目前在国内实属罕见,倒是惊现一本专著,北京语言大学的路文彬教授的《视觉时代的听觉细语》(安徽教育出版社 2007 年版)开了先河,本书思想视野宽广博杂,语言犀利,观点尖锐,在哲学特别是伦理层面上对比了听觉与视觉特性,对当前视觉主导的文化反思与文学伦理研究都具有很强的启示意义。但本书在当代文学部分论述显得薄弱。

基于上述研究现状,本书从以下几个方面展开研究:一、多学科汇融交叉的研究视野。主要运用文化研究的方法,借助于后现代理论、文艺学、伦理学、哲学、心理学、美学、社会学、历史学等理论资源来梳理视觉时代的文化起源及表现形态、逻辑构成及其影响。分析视觉理性思维的历史演变和现实形态,利用视觉理性思维模式来取证现代启蒙主义和科技理性过度膨胀后的文化灾难,并引出听觉文化来进行补救的文学对策。二、运用细读法进行细致的文本分析,同时借助上述理论知识与女性主义、诗学等来对文本进行内外、前后结合起来研究。文本细读与整体把握相结合;特别是厘清文学历史发展与现实纠葛的境况,以真实地凸现文学伦理的转型与失落的事实。三、揭示、批判为主的研究立场。但并不是说就没有认同,否定的同时要指出积极的一面,文章最后对少数诗歌及"后新历史主义"小说的认定,就是建立在期待伦理回归的立场上的评判,目的是为未来的文学发展提供一种模式和思路。本书认为,从视觉性的文化角度来探讨分析文学伦理转型与失范的生成原因,造成当下文学自身的历史困境也只有通过文学伦理的失落现象才能够得到有效的阐释,而对问题的反思与解决路径指向了论文"听觉"(记忆)概念的引入,听觉文化的介入,文学伦理的理性回归,当代文学未来的前景可以乐观预期。

第一章　视觉隐喻与审美幻象

　　视觉,作为实现"观看"的一种身体性功能,很早就被纳入西方思想史和文化史视野中。从古希腊思想者对眼睛的推崇开始,视觉逐渐脱离了纯粹感官机能与生理范畴而进入隐喻领域,视觉与理性相结合演化为对思想、真理和意义的形象化表达。从此,视觉隐喻成为西方思想图绘现实、认知世界的运思维度与表征形式并支撑起了西方思想秩序建构的基础和尺度。随着现代性的断裂和后现代主义的莅临,视觉隐喻向日常生活经验与理性认知的深层渗透,视觉文化从而在实现全方位散播的过程中确立了自身的兴盛与主宰者身份。实际上,视觉文化是视觉隐喻对现实进行认证后的实践样态,它以否定性的面孔指向了现代性的时间之流,又通过侵略性的凝视挖掘到了自我识别的容身之所和作用场域。如果说视觉形象的处身之地呈现出可见的地理形态,那视觉隐喻的作用场域则是符号化的赋意空间,因此可以说,视觉化空间是可见与不可见,在场与缺席的融合与统一。相对于现代性的时间逻各斯,视觉化空间舍弃了构造历史景深的异态情形,代之以多层次、流动性的平面装饰来迎合商业社会的交换欲望与消费逻辑。为追求商品的市场盈利,视觉文化商品生产充分挖掘自我空间的社会文化属性,以期最大限度地满足大众的视觉消费欲望。可以说,视觉文化生产就是对视觉化空间的再生产,其通过生产性的视觉隐喻符号来表征它的视觉寓意内涵,进而实现它存在的社会意义和文化实践价值;消费领域里的视觉产品驱动着视觉化空间的生产节奏,视觉化空间以其自身的生产强化并加剧了后现代主义的审美幻觉体验。

第一节　视觉隐喻的内涵及表现形式

在西方,对隐喻的学术研究很早就已逾越出了语言修辞学的边界,隐喻曾在哲学、思想、文化和艺术等多学科中得到具体分析与阐释。黑格尔认为:"隐喻其实也就是一种显喻,因为它把一个本身明晰的意义表现于一个和它相比拟的类似的具体现实现象。在纯粹的显喻里,真正的意义和意象是划分明确的,而在隐喻里这种划分却只是隐含的而不是明白说出的。"①黑格尔是从文学和象征型艺术的角度去诊断隐喻功能的,此后法国形式主义批评大师热奈特继续沿着黑氏的研究路径,但他眼中的隐喻已是能够贯穿各种艺术限制的表达形式了,"它所涉及的范围已经扩展到了其他领域,涵盖图像以及虚构类的艺术表现领域,它已经被扩展为泛指各种跨越艺术表现界限的越界方法了"②。美国著名学者唐纳德·戴维森则把隐喻置放进哲学的框架内进行多学科的观照,并以此审理隐喻与真理和意义的关联。他指出:"隐喻不仅在文学中,而且在科学、哲学以及法学中都是一种合法的表达手段。"③这样,在通往世界与心灵的路途中,隐喻自觉连接了自我与他者相遇时的秘密通道。西方思想界历来重视对感官隐喻所承载的认知与表达功能的研究,尤其是针对视觉隐喻,不论是文化早期的柏拉图、亚里士多德还是后来的黑格尔、本雅明、胡塞尔、梅洛-庞蒂、海德格尔、列维纳斯、伽达默尔、德里达和波德里亚等哲学大师都对视觉及视觉形象所隐喻的思想文化内涵进行了深入的揭示和思考。

相对于话语隐喻的纯语言学修辞层面,视觉隐喻除了借助指涉视觉感官的词汇来表达事物之外,还通过视觉形象媒介比如图像、色彩、造型、动作等视觉符号来强化喻指功能,视觉形象媒介可以激发自身之外的意义省察以产生异质元素向同一空间集聚的增值效应,其在本义与喻义双向流动与转换之间,完成了虚与实、动与静、自身与他者的分布与融合,视觉隐喻从而最终实

---

① 黑格尔.美学(第二卷)[M].朱光潜,译.北京:商务印书馆,1979:127.
② 热拉尔·热奈特.转喻——从修辞格到虚构[M].吴康茹,译.桂林:漓江出版社,2013:10.
③ 唐纳德·戴维森.真理、意义与方法[M].牟博,选编.北京:商务印书馆,2012:147.

现了从语言修辞层面到文化观念与哲学思想层面的跨越。从发生学角度看，古希腊哲学一开始就赋予了视觉以奠定认知世界的运思范式与意义基础。柏拉图《理想国》中那段著名的洞穴理论被海德格尔阐释为辨识真理的经典隐喻，在《柏拉图的真理学说》一文中，他告知了真理在古希腊哲学那里的视觉出身。海德格尔常用"外观""遮蔽""去蔽""无蔽"等词来译解古希腊文中的疑难词汇借此直观呈现古希腊人理性深处的视觉情结。柏拉图相信人类是靠视觉来获得知识和真理的，"太阳跟视觉和可见事物的关系，正好像可理智世界里面善本身跟理智和可理智事物的关系一样"①。因为在柏拉图眼里，真理只有建立在善的基础上才能成立。亚里士多德也特别强调视觉的认知功能及社会学意义，他说："能使我们识知事物之间的许多差别，此于五官之中，以得益于视觉者为多。"②无论是柏拉图还是亚里士多德都给予了视觉以最大的信任和可靠性保证并逐步确立起了视观看为唯一生存根基的哲学话语传统，这一传统被称为视觉逻各斯中心主义。"逻各斯"在希腊文中有很多含义，比如有理性、本质、真理和尺度等等，最早是古希腊哲学家赫拉克利特使用的一个哲学概念，海德格尔在诠释其内涵时认为："逻各斯把在场者置放入在场中，并且把它放入（即放回）在场之中。但在场却意味着：已经显露出来而在无蔽之域中持存。只要逻各斯让眼前呈放者作为本身呈放于眼前，它就把在场者解蔽入其在场之中。但解蔽就是无蔽，无蔽与逻各斯是同一的。"海德格尔用"在场""呈放""解蔽"和"无蔽"等视觉性词汇无非是把"逻各斯"置身于目光之下来考量它的视觉性质与功能，因此海德格尔干脆就说："逻各斯就是无蔽。"③

视觉逻各斯中心主义在不同的历史和文明时期体现出不同的理性认知和隐喻表达方式，比如古典时期开始的"模仿"、启蒙时期侧重的"光"、现代的"世界图像化"和后现代的"仿真""拟像"等等。古希腊人认为眼睛的模仿行为具有统括一切艺术的审美意义。"史诗和悲剧诗、喜剧和酒神颂，以及大部分为管乐和竖琴而写的音乐，概括地说，它们都是模仿艺术的表现形式。"④在

---

① 柏拉图.理想国[M].郭斌和，张竹明，译.北京：商务印书馆，1986：269.

② 亚里士多德.形而上学[M].吴寿彭，译.北京：商务印书馆，1959：1.

③ 马丁·海德格尔.演讲论文集[M].孙周兴，译.北京：生活·读书·新知三联书店，2005：235-236.

④ 亚里士多德.诗学[M].郝久新，译.南昌：江西教育出版社，2014：1.

希腊人的观念中,现实世界的真实能够通过视觉性的模仿所形成的艺术形象来再现,真实是通往真理的唯一途径,虽说真理不是直接由视觉体现出来的,但却可以理解为是由视觉所赋予的。海德格尔在阐释真理的本质时揭示了这种真理和视觉的关系:"'真理'乃是存在者之解蔽,通过这种解蔽,一种敞开状态才成其本质。一切人类行为和姿态都在它的敞开域中展开。"①其实,在古希腊时期奠定的艺术模仿观作为视觉隐喻传统一直延伸到文艺复兴时期,并得到再次强调。"重新诞生于文艺复兴时代的东西是对自然的模仿。"②需要说明的是,文艺复兴时期的艺术家借用镜子譬喻来例示艺术的自然模仿观,与前者相比较,其更倾向于从起源意义上去理解而不只是从表达方式上。但无论选择怎样的观看形式,艺术"模仿"的视觉特性从没有被弱化过。"批评家们凡是想实事求是地给艺术下一个完整的定义,通常总免不了要利用'模仿'或是某个与此类似的语词,诸如反映、表现、摹写、复制、复写或映现等,不论它们的内涵有何差别,大意总是一致的。在 18 世纪的大部分时间里,艺术即模仿这一观点几乎成了不证自明的定理。"③由于模仿是非主体性的指向自身之外的单向活动,所以视觉图像的价值意义就受到外在自然和现实世界的制约,模仿中的艺术也就无法自主地对现实进行甄别和筛选,更不能深入现象的背后去挖掘其内在本相,因此,模仿中的艺术构型的只是单纯的表象化空间,一个希冀真实的自然镜像。

如果说模仿看重的是视觉的自身活动,那"光"把视觉认知功能转向了其得以实现的外部条件。早在柏拉图那里"光"或"太阳"就被看作是沟通视觉和可见之物的中介,到了启蒙运动时期,"光"被赋予了祛除"黑暗"与显现真理的工具属性,"光"嵌入启蒙理性的内里衍生出占据中心位置的视觉理性,其逻各斯内涵从启蒙的英文 enlightment 的构词上就能窥见其初衷。有关光的哲学意义,有很多精辟的论述。列维纳斯认为:"充满了我们宇宙的光,无论从数学物理的角度如何解释,在现象学意义上都是现象——也就是意义——的条件……来自外界的——被照亮的——事物也可以被理解,就是说

---

① 马丁·海德格尔.路标[M].孙周兴,译.北京:商务印书馆,2000:219.
② 乔治·迪迪-于贝尔曼.在图像面前[M].陈元,译.长沙:湖南美术出版社,2015:102.
③ M.H.艾布拉姆斯.镜与灯——浪漫主义文论及批评传统[M].郦稚牛,张照进,童庆生,译.北京:北京大学出版社,1989:9-10.

它来自我们自身。由于光的存在，所有的客体才是一个世界，也就是说属于我们的。所有权是世界得以构成的要素：由于光的存在，世界才被给予我们，才能够被领会。"①对于"光"的依赖，现象学比任何哲学都令人瞩目，其常见用语譬如"视域""直观""映射""明见性"等带有浓厚的视觉色彩。"步柏拉图后尘的现象学比所有其他的哲学更受制于光。"②德里达的评价无疑是中肯的。在现象学那里，"现象"不是指客体表象和感觉经验，它只在纯粹意识中存有。胡塞尔认为获取事物本质的途径是"现象还原"，即通过直观的方式让意识回到纯粹的现象现场，其中排除一切经验性的外在因素。在他看来，只有在"直觉"和"直观"的帮助下才能获得明见性，而"明见性无非就是对真理的'体验'而已"③。显然，现象学把"光"推崇到了一种绝对信仰的程度。但这纯粹意识里的东西是否是可以被直观的"一个绝对的给予之物"（胡塞尔语）？答案是令人怀疑的。事实上，在此种"光"的照射下，被还原的事物中只有所在的空间维度是可以确定的，或许可以这样理解，现象学中的"光"只是个遣送空间隐喻的视觉符号。对此，德里达解释道："一种光与统一体的世界，即'一种光的世界、无时间世界的哲学'。"④无疑，现象学中断了时间之流，过去延展为当下的现实，未来到场的可能性也被褫夺，历史意识的消失是现象学谋划视觉化空间的主要指标。

随着技术尤其是摄影、摄像等电子复制技术的进步与发展，图像化的视觉思维逐渐渗透于现代文化的每个角落之中，世界被图像化，海德格尔认为"世界成为图像"是现代性的本质，"现代的基本进程乃是对作为图像的世界的征服过程"⑤。毋庸讳言，复制技术所生产的各种图像和符号充斥着我们生活的现实世界，它们不仅遮蔽了真相和本质，还超越了其再现对象和指向意义而他者化，甚至增延为对自我的否定。本雅明在批判复制艺术时指明了这种否定的后果，他说："各种复制艺术强化了艺术品的展演价值，因而艺术品

---

① 埃马纽埃尔·列维纳斯.从存在到存在者[M].吴蕙仪，译.南京：江苏教育出版社，2006：47-48.

② 雅克·德里达.书写与差异[M].张宁，译.北京：生活·读书·新知三联书店，2001：139.

③ 埃德蒙德·胡塞尔.现象学的方法[M].倪梁康，译.上海：上海译文出版社，2016：86.

④ 雅克·德里达.书写与差异[M].张宁，译.北京：生活·读书·新知三联书店，2001：151.

⑤ 马丁·海德格尔.林中路[M].孙周兴，译.上海：上海译文出版社，2004：96.

的两极价值在量上的易动变成了质的改变,甚至影响其本质特性。"①事实上,世界图像化所驱动的视觉文化的蔓延拆解的不仅仅是艺术,它通过广告、动漫、影视、网络等各种娱乐表演形式对人们的生活和思维方式以及人生、价值、道德伦理等观念产生深刻影响。在视觉图像的包围中,个人对现实世界的感知和认识来源于定义视觉对象的图像符号,也就是说,对真相和真理的把握无法由个体进行自我证实,而是取决于作为媒介的图像符号;由于图像的不稳定性和增殖性,自身的异质信息容易被蠡测为表达主体的真实话语,主体间的有效交流随之落空。于贝尔曼认为"物体的图像变成了某种准主体"②,原本图像再现就转换为图像的自我表达。图像主体化是视觉逻各斯中心主义的现代性实践。现代科技的数码技术使图像实现了从模仿到模拟再到数字影像的飞跃,其把"有血有肉的世界实体化为跟别的东西一样的数学存在物,这是'新图像'的乌托邦",德布雷认为图像已经取代实体成为现实世界的本质和意识形态,真实的不是实际存在而是它的影子,图像才是这个时代的真正主体。"通过电脑辅助设计,产生的图像不再是外在物品的副本翻版了,而是正相反。电脑绘图图像绕开了存在于表现的对立,表象与真实的对立,再无须模仿外在的真实,因为轮到真实的物品去模仿它,方能存在了。"③

从文化经济的角度看,图像进入了现代社会的文化生产、流通和消费领域,图像成为商品积极谋求资本的盈利与增值,相应地,观看主体也就是消费者通过对图像的消费来满足自我的幻觉需求。"视觉文化与视觉性事件有关,消费者借助于视觉技术在这些事件中寻求信息、意义和快感。"④在商品社会,图像生产具有巨大的市场潜力,它以层出不穷的创新形式生产出越来越多的对象、意义及消费者。"图像既是被生产的对象,同时又是因此而生产出更多对特定生产的需求和欲望的手段。简单地说,图像不但使得商品成为现

---

① 瓦尔特·本雅明.迎向灵光消逝的年代[M].许绮铃,林志明,译.桂林:广西师范大学出版社,2008:68.

② 乔治·迪迪-于贝尔曼.看见与被看[M].吴泓渺,译.长沙:湖南美术出版社,2015:97.

③ 雷吉斯·德布雷.图像的生与死[M].黄迅余,黄建华,译.上海:华东师范大学出版社,2014:252.

④ 尼古拉斯·米尔佐夫.视觉文化导论[M].倪伟,译.南京:江苏人民出版社,2006:3.

实的商品,同时也是创造了对商品的现实需求和更多的欲望。"①图像在后现代哲学家波德里亚那里被虚拟的仿像与仿真符号所替代,仿像指舍弃原型的可以无限繁衍的视觉形象,它彻底僭越了可见之物的再现动能,成为只指涉自身的自足的符号结构。因此,图像消费也就转型为后资本主义社会仿真的符号交换。"仿真的意思是从此所有的符号相互交换,但绝不和真实交换(而且只有以不再和真实交换为条件,它们之间才能顺利地交换,完美地交换)。"②在他看来,符号交换主导着后现代社会的生产模式和社会秩序,它在拆除了真实与虚幻、现实与想象、实体与虚拟之间的界限后,致使"真实死了,确定性死了,不确定性成为主宰"③。在《符号政治经济学批判》这部重要理论著作中,波德里亚进一步确认了这种符号交换所带来的无道德消费的伦理窘态,他认为消费个体受到生产秩序的操控,在感官快乐的欲望深渊中越陷越深。由此看出,在波德里亚表征的虚拟化后现代空间里,交换价值的逻辑已被瓦解和拆毁,只剩下非真实交换后的欲望化的感官快乐,这就是后现代视觉消费所隐喻的文化逻辑,因为"一个不争的事实在于,使用价值早已不再存在于体系之中,对此,在经济生产的领域中,很久之前就已经被认识到了。交换价值的逻辑早已无处不在了。今天,这一点也必须在消费领域中以及一般的文化体系中获得认可。换言之,每一事物,甚至艺术的、文学的以及科学的产物,甚至那些标新立异和离经叛道的东西,都会作为一种符号和交换价值(符号的关系价值)而被生产出来"④。

第二节 空间化生产:视觉消费与审美幻象

维利里奥在考察后工业社会中虚拟图像的社会功能时指出:"真相不再被掩盖,而是被彻底废除。这便是真实图像的真相,即物体在实际空间中的图像,人们所观察的机器的图像,以有利于一种'直播'的电视图像,或更准确

---

① 周宪.视觉文化转向[M].北京:北京大学出版社,2008:194.
② 让·波德里亚.象征交换与死亡[M].车槿山,译.南京:译林出版社,2006:4.
③ 让·波德里亚.象征交换与死亡[M].车槿山,译.南京:译林出版社,2006:5.
④ 让·波德里亚.符号政治经济学批判[M].夏莹,译.南京:南京大学出版社,2015:97.

地说有利于实时的图像。在这里，虚假的东西并不是事物的空间，而是时间。"①在这里，维利里奥指证了后现代视觉空间存在的真实性。但需要说明的是，人和自然作为时空的存在物，一直在时间维度上得到西方哲学话语的关注和强调，空间总是处于被压制性的状态。只有到了后现代主义社会在技术理性膨胀的当下，空间话题才出现转机。当代著名社会学家吉登斯认为时间的空间化是传统城市向现代转型的根本标志，他进一步说道："随着时间的转型，空间的商品化也建立了一种特征鲜明的'人造环境'，表现出现代社会中一些新的制度关联方式。这些形式的制度秩序变更了社会整合和系统整合的条件。"②对此，詹姆逊也从空间的社会生产功能上来建立他的研究起点和目标。他认为视觉空间是种崭新的空间形式，不是那种传统意义上的空间，也不是材料结构和物质性的表象形式。在他看来，思维、存在的经验和文化产品的空间化表现出后现代主义的最终和最一般的特征，其生产方式必定对我们的生活和社会关系产生深刻的影响。法国著名社会理论学家亨利·列斐伏尔明确提出了"空间的生产"概念，他指出空间是社会实践创造的产物，空间在本质上是社会的，是物质性、社会性和精神性的统一。"空间的生产，在概念上与实际上是最近才出现的，主要是表现在具有一定历史性的城市的急速扩张、社会的普遍都市化，以及空间性组织的问题等各方面。今日，对生产的分析显示我们已经由空间中事物的生产转向空间本身的生产。"③突出空间的生产性尤其是空间自身的生产，是建立在马克思实践论哲学基础上的空间本体观，列斐伏尔深刻洞察了空间的社会性和实践性，进一步赋予了空间以生产性和产品性的双重特征，他把空间列为生产力和生产资料范畴，并特别强调其作为社会再生产的重要组成部分所具有的消费价值和创造剩余价值的功能。

如果说日益发展的现代工业和建筑技术驱动了当代生活的空间化转向，那视频、影像等电子复制技术给予了后现代空间更多的视觉性内涵。事实经验是：我们的生活已处于视觉文化的包围与裹挟之中了，由影视、动漫、数码

---

① 保罗·维利里奥.视觉机器[M].张新木，魏舒，译.南京:南京大学出版社,2014:130.
② 安东尼·吉登斯.社会的构成[M].李康，李猛，译.北京:中国人民大学出版社,2016:137.
③ 斯宾格勒.西方的没落:世界历史的透视(上)[M].齐世荣，田农，林伟鼎，译.北京:商务印书馆,1963:90.

相机、网络、广告、时尚秀、宣传杂志等传播的视觉图像和符号延伸于生活的各个角落，占据着我们生存的所有空间。其实在此之前，斯宾格勒就判断道："我们的空间始终只是视觉空间，在其中，可以找到其他感觉世界的残余，作为光照事物的属性和效果而遗留下来。"①在电子科技时代，视觉化空间的物质形态就表现为电子传媒工业生产出的各种图像和视觉符号，由于图像符号的商品性和消费性，根植于图像符号的视觉空间还构造了一种社会组织和生产方式。马克思在《政治经济学批判》的导言中指出："生产直接是消费，消费直接是生产。每一方直接是它的对方……生产媒介着消费，它创造出消费的材料，没有生产，消费就没有对象。但是消费也媒介着生产，因为正是消费替产品创造了主体，产品对这个主体才是产品。产品在消费中才得到最后完成。"②由马克思的生产与消费关系理论得知，处于生产与消费关系中的视觉文化产品，其空间的生产功能和消费功能也是有机统一的，为追求商品的市场利润，视觉文化商品生产充分挖掘自我空间的社会文化属性，以期最大限度地满足大众的视觉消费欲望；反过来说，视觉消费通过对空间的关注紧紧牵制着文化生产的实践策略和商品形态，可以说，视觉文化生产就是对视觉化空间的生产，其通过生产性的图像符号来表现它的视觉寓意内涵，进而实现它存在的社会意义和文化价值。

　　如第一节所述，视觉隐喻在不同的历史时期表现出不同的形式和内容，在后现代阶段，视觉隐喻的表达结构和指涉意义是通过视觉图像及其虚拟、仿真符号的自我敞视来完成的，图像虚拟符号分娩出视觉化空间的同时借助其生产功能来实现自身的再生产，由此，视觉隐喻预示着其空间生产的社会文化属性及其运行方式，视觉化空间不断生产出新的消费范型和社会关系，并确立了这种社会关系的文化实践形式和美学形态。根据列斐伏尔的观点，空间生产就是对空间本身的生产，对于视觉空间生产来说，可表现为以下三个方面：

　　首先，对虚拟性、混淆性、异质性等混杂交融空间的生产。众所周知，现代社会的空间已不再是单一和纯粹的物质形态，取而代之的是现实与仿像、乡村与城市、精神与物质、文化与政治等多层面、多元化异质性空间混杂交

---

　　①　亨利·列斐伏尔.空间：社会产物与使用价值[M]//包亚明，编.现代性与空间的生产.上海：上海教育出版社，2003：47.

　　②　马克思.政治经济学批判[M]//马克思恩格斯选集：第2卷.北京：人民出版社，1972：94.

融,"这些社会空间是相互渗透的、相互重叠的,它们并不是互相限制的"①。列斐伏尔强调了后现代社会多样化空间杂糅混同的特征。除此之外,年复年日复日的影视、广告、商业宣传、媒体网络、动漫游戏、仿真乐园、各类生活体验馆等视觉商品的大量生产和消费,使生活与艺术、真实与虚幻、物质与符号变得晦暗不明,难以区分和辨认,对现代社会生活的感知因视觉空间的壅塞和泛滥而呈现虚幻色彩,尤其是数码虚拟符号的介入,使这种幻觉感受更加强烈。无序繁衍的虚拟性、仿真性的视觉符号交换篡夺与修改了世界的真实性,颠覆了人们传统感知经验的同时,以自身的表达逻辑迫使消费性的视觉空间表现为一种审美幻象。著名美学家、文艺理论家王杰先生认为,审美幻象的基本内涵是人们与现实的审美关系及其物化形态,"从现象学的角度看,审美幻象的最直接的表达形式是视觉性形象"②。由此可知,消费领域里的视觉产品驱动着视觉化空间的生产节奏,虚拟性、混淆性和异质性混杂交融的视觉空间强化并加剧了后现代主义的审美幻觉体验。

其次,对平面化视觉空间的生产。平面化既是对空间表象的定义,又揭示了其内涵及本质属性。平面化是建立在历史时间中断与深度模式丧失基础之上的,作为衡量传统社会重要维度的历史与时间意识,隶属于现代主义及之前的哲学与审美范畴,时间将历史、现在和未来统一起来构造了传统社会里人的主体身份。到了后现代时期,对时间的感受和历史的认识发生了前所未有的变化,时间的连续性崩溃了,历史与将来被搁置;后现代瓦解了过去、现在与未来的逻辑关系,加速了时间的当下性和现时性体验。因脱离了历史时间和将来时间的参照和支撑,"现在"孤立为一个符号化和平面化的视觉表象,事实上,现实意义和价值体验的虚无化正是历史时间中断的逻辑后果,深度模式的阙如导致了本质与现象、主体与客体、真实与非真实以及生活与审美的边界模糊。对此,詹姆逊(詹明信)总结道:"我这里详述的后现代主义的两个特点——现实转化为影像、时间割裂为一连串的永恒的当下。"③詹姆逊把视觉化和平面化指认为后现代社会的基本特征,其实二者不可分割,

---

① 亨利·列斐伏尔.空间与政治[M].李春,译.上海:上海人民出版社,2015:8.
② 王杰.寻找乌托邦——现代美学的危机与重建[M].北京:人民文学出版社,2016:39.
③ 詹明信.晚期资本主义的文化逻辑[M].陈清侨,严锋,等,译.北京:生活·读书·新知三联书店,1997:418-419.

是相辅相成、互为证实的统一体,现实转化为影像是生成平面化的前提和基础,平面化为视觉化提供了空间生存形态,视觉化空间在不断生产平面化的过程中,也把审美领域中的视觉文化转掭为对现实与当下景象化和符号化关注。

最后,对表征性视觉空间的生产。视觉化空间具有可见性和不可见性两种属性,可见性直接作用于我们视觉,是指存在实体在空间中的在场性显现,取代实物的图像或视觉符号除了可见性之外还具有不可见性,图像或视觉符号对实物的指涉不具备唯一性,不可能与再现客体做到完全融合对应,图像的每次扩张或变化都会实现对再现客体的僭越,而且图像本身就是一个自足的指涉结构,其表达符号自成体系,图像在再现客观事物时会收获事物之外的隐喻或表征性内容,因此,可见性指事物的实体空间或图像空间,不可性指视觉图像或符号的表征性空间,视觉化空间是可见与不可见的同一。梅洛-庞蒂对图像空间有独到的认识和创见,他认为知觉空间不仅指物体得以排列的外在环境,而是更倾向物体的位置得以成为可能的方式。也就是说,对视觉空间的理解应该进入物体空间表象的背后去探测其表现现实的能力。“空间既不是一个物体,也不是与主体的联系活动,我们不能观察到它,因为它已经在一切观察中被假定,我们不能看到它离开构成活动,因为对空间来说,重要的是已经构成,它就是以这种方式不可思议地把它的空间规定性给予景象,但从不显现本身。”①景象是可见的,不可见的正是景象所隐喻的内容和意义,在梅洛-庞蒂这里就是指“已经构成”的东西。可见是在场,不可见是“潜在性”在场,“可见与不可见在其中交织存在,不可见的通过可见本身间接地显现出来”②。视觉文化对表征性视觉空间的生产也加速了对自身审美幻象的再生产,“审美幻象从一开始就具有二重性,这种二重性的根源在于审美变形的两重性,从文化认同机制的角度说,这种二重性主要表现为再现媒介的可视性和再现对象的不可视性”③。王杰先生对审美幻象二重性鞭辟入里的分析恰恰揭示了视觉化空间的审美属性,再现媒介指视觉化空间的生产载体,其可视性(可见性)和不可视性(不可见性)构成了审美交流的差异和不确定性,从而确立了视觉消费时审美体验的幻象形态。

---

① 莫里斯·梅洛-庞蒂.知觉现象学[M].姜志辉,译.北京:商务印书馆,2001:324.
② 莫罗·卡波内.图像的肉身[M].曲晓蕊,译.上海:华东师范大学出版社,2016:2.
③ 王杰.寻找乌托邦——现代美学的危机与重建[M].北京:人民文学出版社,2016:39.

第二章　倾听的缺席

第一节　故事没落与听觉失聪

　　与眼睛相比,耳朵在日常生活中并没有受到更多的关注,人们常用眼睛来谕指"心灵的窗口",一双美丽的大眼睛特别令人神往,这方面眼睛可谓出尽了风头,而耳朵却是沉默的,它没有华丽的外表,在赞美之外,独自享受着孤独与安静,但耳朵作为听觉器官占据着人体显著的位置,它自我价值与意义的确立是通过对客观对象的倾听来实现的,倾听的姿势勾勒出了生命主体与外部世界相遇时刻的动人形态。相对于观看,听觉更倾向于心灵之间的联系,因为人的眼睛无法抵达灵魂深处的幽秘部位,它只能借助耳朵的倾听来完成对我们的开放。眼睛无法烛照心灵与精神层面上的孤独、荒漠甚至痛苦,唯有仰仗耳朵才能寻找出一条进入心灵世界的通道,心灵间的碰撞与交会所生成的只是一种声音,而不是可被眼睛所捕捉的自然景象。

　　美国学者 D. M. 列文说过,"听可以给人带来更多的东西,而看则使人失去更多的东西,我们是从听的能力而非看的能力那里获得了更多的赐福"①。因为"听是亲近性的、参与性的、交流性的;我们总是被我们倾听到的所感染。相比之下,视觉却是间距性、疏离性的,在空间上呈现于眼前的东西相隔离"②。加拿大传播学家麦克卢汉认为中国文化比西方文化高雅,认为中国人是偏重耳朵的人。道家思想的重要作品《道德经》中有句"大音希声,大象无

---

① D. M. ·列文.聆听自我[M].伦敦:劳特利奇出版社,1989:32.

② D. M. ·列文.聆听自我[M].伦敦:劳特利奇出版社,1989:182.

形"的妙语,这句话影响了中国以后几千年的文学艺术,作为艺术和美的最高境界,"大音"只诉诸人的耳朵,而无形的"大象"同样拒绝了视觉的到场。"希声"与"无形"在摒弃目光的抵达后,同时指向了寂静或沉默,寂静不是无声,是心灵回音的特殊形态,需要主体灵魂的参与聆听。"沉默的时刻根本就不是声音缺席的时刻,而恰恰是等待倾听的时刻。"①道家所崇尚的"无"虽然不是对"有"的绝对否定,但却明显婉拒了观看。"故常无欲,以观其妙;常有欲,以观其徼。"(《老子》一章)显在的"有"与消隐的"无"互为融合互相依存,似乎被看到的事物却隐身于"无"的背后,在这里,可以把海德格尔的名言"时间不存在。时间有。"转述为"事物不存在。事物有。"来理解,不言自明,道家是以反视觉化的方式来进入认知领域,道家面前的世界不是一种景象,而是一种话语,一种蕴藉着无限能指意义的话语,它需要的不是观看,而是领悟与倾听。当然,中国传统文化艺术的这种听觉品质对接受者也提出了很高的要求,听者必须保持宁静,坚守寂寞,在心灵的内在世界来等待"大音"的莅临,而不能像观看者那样,常常为满足视觉的迫切欲望显得急躁不宁。

然而,随着科学技术的日新月异,影视业与新媒体的迅速发展,视觉行为已成为现今社会最基本的实践形式和生存形态,大量的视像产品如影视、动漫、MTV、网络、游戏等电子媒介已经深入到我们日常生活与生存之中,深刻地改变了我们的生存方式与文化观念。文化工业借助资本与市场来使其视觉文化产品进入商品流通领域并通过审美包装以期获取文化资本的增值。文化工业对视觉文化产品的复制、推销与贩卖,必定使艺术成为普通的、廉价的、快速的消费品,而消费大众以即时、瞬间的娱乐体验为价值指。视觉文化产品自觉迎合大众消费趣味和世俗欲望,为追求无限的资本增值与经济盈利,放弃文化的深度模式与精英立场,弱化主体意识,以感官层次的娱乐诉求来争取最大范围的消费指数。就像费斯克所言,"在文化经济中,流通过程并非货币的周转,而是意义和快感的传播。……在这种文化经济中,原来的商品(无论是电视节目还是牛仔裤)变成了一个文本,一种具有潜在意义和快感的话语结构"②。以广告为例,它的功能不仅仅简单地指向对产品的推销与服务,生产某种象征意义与欲望才是其设计的终极目标。周宪说得好,"视觉消

---

① 路文彬.视觉时代的听觉细语[M].合肥:安徽教育出版社,2007:40.
② 约翰·费斯克.理解大众文化[M].王晓珏,宋伟杰,译.北京:中央编译出版社,2001:330.

费实际上就是环绕种种商品形象的目光注视、观看和追踪,而广告也好,橱窗也好,都不过是对欲望的生产和满足,无论是实际的满足抑或是虚幻的满足"①。可见,视觉时代的文化是为欲望生产和欲望消费的文化,也是肤浅与媚俗的文化,没有欲望的培植、满足与消费,也就没有视觉文化的盛行。

"人们沉浸在迷人的影像世界和令人陶醉的娱乐形式中,变得麻木和顺从。"②消费大众躲藏在虚幻的媒介影像中忘我地体验廉价而又低俗的煽情表演,忘却了现实困境,更忘却了对文化事件反思、内省与批判的存在责任。马克思对这种"物役人"的文化关系早就有详尽的论述,视觉文化将经济与文化等多重权力共谋媾和,为消费者提供一个实现欲望宣泄、身份炫耀、文化区隔与认同的欲望空间,并通过快乐方式的不断生产来构建无形的消费控制网络。因为"人们越是彻底地认同控制他们的环境,越是热情地接受支配性意识形态为他们建构的从属性,他们的快乐也就越大。尽管一个人在让自己尽可能愉快地适应支配性意识形态实践的过程中有一种快乐,它也是一种被抑制的快乐,这种快乐并不能成为抵制和对抗的理由"③。菲斯克对这种"快乐"麻木与被形塑奴役品性的指认,可以窥见当代布尔乔亚统治的秘密,欲望与享乐的消费体验承担了筑模现世生活本身的"一体化"意识形态整合功能,视觉文化通过文化"赋意"的形式将单纯的商品物质消费置换成顺役型的文化实践,以给予"快乐"的名义用符号象征结构来构筑崭新的操纵语境,"温柔地对你进行掠夺"④。

"故事的没落"正是耳朵被阉割后的典型的文化事件。本雅明在 1936 年的文章《讲故事的人》中说,讲故事的人早已渐行渐远,对故事与历史记忆的倾听也已经成为遥远的往事。记得童年时代,听故事让我们度过了一个又一个难忘的夜晚,在那寒冷的冬夜,人们在黄昏时刻就已聚集在村头那棵老树下,静静地等待"说书"艺人的到来,那激动人心的时刻成为人们每一天的期待。或者是在田间地头,有风雨的日子,祖父辈们就会边吸着浓烈的旱烟边沉浸对历史的讲述中,是故事抚摸了我们漫长的空寂与孤独,故事中浓厚的

---

① 周宪. 视觉文化的转向[M]. 北京:北京大学出版社,2008.111.

② 居伊·德波. 景观社会评论[M]. 桂林:广西师范大学出版社,2007.6.

③ 约翰·菲斯克. 解读大众文化[M]. 杨全强,译. 南京:南京大学出版社,2006.136.

④ 让·波德里亚. 冷记忆 2[M]. 张新木,王晶,译. 南京:南京大学出版社,2009.7.

浪漫主义与理想主义情怀深深地潜入我们童年的记忆中，无论是一则寓言、一篇童话、一个传说，还是一个民族的神话与史诗，都在被一又一遍的讲述中容纳了叙事人共同的智慧、经验与想象，而每一个听众又是下一次的合法的讲述者，都是对自己人生观、道德观与价值观的延伸与评判。是故事牵动了我们的成长，是聆听让我们滋生了成长的力量。

但当在现代性成为一种价值的时代，视觉文化表现出强大的意识形态整合力，叙事与倾听被视觉欲望所置换。为迎合市场交换的商业需求，文化日益表演化、仪式化，表演驱走了崇高意识，取而代之的是感官的快乐交换所带来的无限的消费欲望，这种欲望还通过集体狂欢的方式把大众收容到众声喧哗的虚假存在的市场喜剧之中。大量低俗且充满色情、暴力与贪欲的小品剧、肥皂剧、网络游戏、影视甚至流行音乐充斥着我们的生活空间，刺激与宣泄成为当下文艺的基本指归。对于现代音乐而言，众声聒噪的当下乐坛在工业噪音的掩护下闪现着欲望诱惑的目光，现代工业炮制出的重金属乐队的展演加速着人类听觉的钝化。贾克·阿达利在《噪音：音乐的政治经济学》这本书中说，"管弦乐团的组成及其组织也是工业经济里权力的象征"[①]，正是权力赋予了"噪音"掌控这一时代的合法地位，"噪音"又被市场法则编排进欲望的交换现场。

被称为"乐坛天王"的周杰伦其前期歌曲就充分利用了这种权力，《双截棍》是利用"噪音"表达"意义"和"权力"的代表性歌曲。"亚洲天后"蔡依林以炫目的舞姿和绚丽的色彩风靡于当今乐坛，并被媒体冠以"少男杀手"的称号，可见其强大的视觉诱惑力。蔡依林的成名作《日不落》以新奇的唱法和快意的节奏对"噪音"做了更为诱人的解释。不管是《双截棍》还是《日不落》，都没有诉诸我们的听觉，因为我们的耳朵无法捕捉到歌曲中任何有效的意义指向，其实不需要听懂，因为它们根本就没有考虑耳朵的存在。《双截棍》和《日不落》等充分借助了舞台空间和功能，通过灯光、服装、发型、色彩、伴舞、电子背景等技术因素，在夜晚的召唤下，由主持人别出心裁地煽情，通过文艺晚会、音乐专场等集体狂欢的形式推销出来，观看—狂欢—娱乐，是当下音乐仪式化的生存理由。音乐仪式化的后果是大众对音乐表演者的宗教式崇拜，歌

---

① 贾克·阿达利. 噪音：音乐的政治经济学[M]. 宋素凤，翁桂堂，译，上海：上海人民出版社，2000.88.

手都有自己的fans,并且其生存方式会对崇拜者的心灵产生控制效应。"当你走在台北繁华的西门町街头,你会发现蔡依林已深深成为这座城市的流行符号。作为公认的流行教主,蔡依林的一举一动都能引起外界模仿与热议。"(见百度网)如果说表演仪式化催促了表演者的神话进程,那么文化工业和商业公司则是设计时尚"英雄"的合谋者,处于为产品的营销寻找形象代言人的需要,生产出能够控制大众消费欲望与选择的精神符号是工业经济的精明策略。一方面,消费大众企图通过审美仪式化来缓解一下无限发展的压力给自己带来的身心困顿;另一方面为对社会阶层区隔造成的精神创伤寻找一种心理上的幻觉归属。文化工业首先以重新命名的方式拉开了表演者与消费大众的距离,"星、帝、天王、天后、教主"等赋予了表演者被仰望的精神等级和权力。令人遗憾的是,现代"造星运动"利用娱乐动机对"麻木和顺从"者的再生产,并没有引起消费大众的高度警惕。

虽然遮蔽了听觉,但通过MTV,我们观察到了其明确的意义指向。《日不落》把舞台搬到了繁华的城市,可以说是一曲都市欲望下的爱情宣言。在科技理性和物质生活都充分发达的西方都会的背景下,《日不落》一开始就围绕着两组城市意象展开。都市广场、欧式花园、城市街道、摩天轮、台球馆、老爷车等意指休闲娱乐方式的崇尚;另一组高楼大厦、超市、冰激凌、项链、低胸服饰、高大帅气的小伙让人不禁联系物欲甚至性的暗示。虽然"河水像油画一样安静",但这丝毫掩饰不住享乐与欲望的喧嚣与聒噪。耐人寻味的是,"爱的巴士"穿梭于《日不落》的始终,连接着都市文明每一条繁华和喧闹的街道,为欲望化的爱情提供远行的物质条件。可见,《日不落》的"爱情晴天"建立在工业经济与科技理性的持续发展中,悖论的是,无序发展的现代工业污染了我们的天空,科技理性所制造的各种形式的"噪音"和视觉幻觉放逐了爱情的"诗意"和本真。如果说经典音乐在表达生命主体的情感经历与精神历险方面给予我们故事般的震撼,那诸如《日不落》等当下流行音乐正是故事的缺席,对听觉的阉割所带来的欲望化的视觉现实。基于此,作者倒希望这样的爱情早点"落幕"为好。蔡依林的主要代表作《花蝴蝶》则走得更远。在MTV中,蔡依林通过身体表演集中诠释了"少男杀手"的美誉,并进一步确证了她的时尚哲学及对音乐艺术的视觉化理解。

出于对当下审美艺术视觉化的忧虑,本文呼吁的不是针对个人的批评与指责，而是对整个社会文化艺术现象的梳理与反思。在这放逐故事，阉割倾听的时代，我们只有继续举起一对"失聪"的耳朵，"倾听噪音，我们才能洞察人类的愚昧并估计会把我们引向何方，而我们还可能有什么希望"①。

第二节　视觉理性与文学迷途

噪音与音乐之间界限的消弭使这个时代的流行音乐失去了意义，在听觉被唤醒之前，视觉理性对倾听的遗忘催促我们陷入迷失自我的感官娱乐中。"真正摧毁音乐的力量不是噪音，是视觉范式对听觉范式的强力征服。"②摄像术与电视的出现为这样的征服提供了强有力的武器。正如前面所分析的那样，电视、MTV、网络等电子媒介保证了流行音乐的推销与扩张。电视、网络视频等视觉媒介挤抑了原本属于听觉的领地，对相声、戏曲、评书等归属听觉范式的传统艺术进行大面积的收编。事实上，传统听觉艺术也只有接受视觉理性对于自身的拆解重塑，依靠视觉传媒的立足而不至于导致销声匿迹的惨剧。但视觉传媒只秉从快乐的原则，"娱乐是电视上所有话语的超意识形态"③。无论什么内容，采取什么样的视角，给观众提供娱乐是电视存在的终极目标。因为只诉诸视觉，对电视节目的优劣评价与其陈述的语言或其他口头交流形式无关，重要的是图像是否新鲜刺激。"电视之所以是电视，最关键的一点是要能看，这就是为什么它的名字叫'电视'的原因所在。人们看的以及想要看的是有动感的画面——成千上万的图片，稍纵即逝然而斑斓夺目。正是电视本身的这种性质决定了它必须舍弃思想，来迎合人们对视觉快感的需求，来适应娱乐业的发展。"④视觉传媒的过度娱乐化决定了它根本就不可能秉持精英立场和思想担当，尽管其也保留了某些听觉元素，但已经失却了自身的功能和尊严。

视觉传媒对听觉的疏离是通过影像的演示来实现的，图片视像是电视用

① 贾克·阿达利.噪音：音乐的政治经济学[M].宋素凤，翁桂堂，译.上海：上海人民出版社，2000.1.
② 路文彬.视觉文化与中国文学的现代失聪[M].合肥：安徽教育出版社，2008：89.
③ 尼尔·波兹曼.娱乐至死[M].章艳，吴燕莛，译.桂林：广西师范大学出版社，2009：77.
④ 尼尔·波兹曼.娱乐至死[M].章艳，吴燕莛，译.桂林：广西师范大学出版社，2009：80.

来表达自我价值的主要语言。文字的存在只起到辅助作用，或者仅仅是影像的补充注释，可以说，视觉理性对文字功能的改变是导致其伦理弱化的主要理由。因为"文字显示声音。声音显示心灵的体验"①。作为心灵交流的媒介，海德格尔认为语言应首先并且根本地遵循说的本质，"说从自身以来就是一种听。说乃是顺从我们所说的语言的听。所以，说并非同时是一种听，而是首先就是一种听"。②听与说是语言的基本功能，也是语言生成的原始动机。听与说互为前提，会听才能会说，会说自然会促进倾听的深入。当下的喧哗聒噪实质上并不是说，当然也就很难作用于听了。基于此，我们就容易理解有些文艺作品可以看得懂，但通过语言文字的诉说却听不懂了，尤其是面对意义深刻的作品，出于视觉的抱怨会更多。如今的大学讲堂、报告厅的学术讲座、文艺专场已不再青睐"高雅的深刻"。吸引学子们目光的不是学术自身的品格，而是讲座者的身份地位甚至级别。他们抱着去观看的目的，期待的是对好奇心的满足。时下，娱乐界的明星被频频请到大学校园的讲台，大学教师则通过视觉传媒专设的文艺栏目给自己贴上"文化明星"的标签，这种学术与娱乐的交叉互用彰显了视觉征服听觉后的真实现状。没有了倾听，深刻便被理解成晦涩，我们起初对"朦胧诗"的偏见就源于此。其实像"朦胧诗"等在语言词句上有所创新的作品正是秉从了听觉范式的美学品格，其一旦作用于我们的听觉，所谓晦涩的意指便会豁然开朗，内蕴的深意也会对我们的心灵彻底开放。"朦胧诗"引发了那个年代的诗歌热潮，其对青少年的巨大召唤力至今让人憧憬。让我们深情流露，满含激情的还有童年时代对故事的倾听。

没有故事的现代写作越来越像个人的不自觉呓语，由于失去了交流对象，写作蜕变为只表达某种自恋情绪的形式而不再提供本雅明所说的"道德教益"。要求写作提供道德教益或者是忠告显然不受视觉主导的文化语境的欢迎，一个作家既无法对自己提出忠告，也不能向读者提出忠告。一个小说家只有讲出一个完整的故事，或者说必须讲出一个故事的结尾，才有可能对人提出忠告。即提供故事的道德教益。不再青睐故事的现代小说，对日常生活琐碎细节的注重及个人心理的隐秘窥视是相映成趣的现象，这种企图"眼

---

① 海德格尔.在通向语言的途中[M].孙周兴,译.北京:商务印书馆,2004:242.
② 海德格尔.在通向语言的途中[M].孙周兴,译.北京:商务印书馆,2004:254.

见为实"的写作其实无法还原真实的现场。真实存在于存在者的互相提醒中。如果把真实建立在零碎的、偶然的自然生活片段和生理冲动，那文学写作除了遗忘提醒窥视者的存在之外，只能沦落为主体赋予客体与自我的一种精神幻觉。真实感是写作者和窥视者借助视觉丧失掉的最重要的事物。因为本质意义上的真实超越了视觉的限度。"对于我们来说，闭上眼睛要比捂住耳朵容易得多。对于我们，面对所看到的依然保持距离和不动，要比面对所听到的时容易得多；我们所看到的保持在一定距离之外，而我们所听到的却渗入了我们全身。声音不会在由自我中心的身体设置的界限前停步，但视觉的自我主体通常却能够更容易保持住它的界限（内与外、此与彼、我与他）。听是亲近性的、参与性的、交流性的；我们总是被我们倾听到的所感染。相比之下，视觉却是间距性的、疏离性的，在空间上同呈现于眼前的东西相隔离。"①不难理解，看视行为需要一定的距离，听则是对距离的缝合。观看只停留在事物的外部，不要求领会把握对方，自我的好奇与冲动是否得到满足是它的最高目标。听觉更倾向心灵之间的联系和对于对方的关怀，倾听者以宽容的态度来接受对方的声音，表达的正是对对方世界的尊重，听者通过声音的共鸣方式与对方联系起来，从而取消了两者之间的距离。因此说，人的眼睛无法抵达灵魂深处的幽秘部位，它只能借助耳朵的倾听来完成对我们的开放。眼睛无法烛照心灵与精神层面上的孤独、荒漠甚至痛苦，唯有依靠听觉才能寻找出一条进入心灵世界的通道，心灵间的碰撞与交会所生成的只是一种声音，而不是可被眼睛所捕捉的景象。相形之下，"倾听"让我们更容易构造一种和谐的社会关系与人伦道德秩序。"当我倾听他人时我也能听到自己：即在他人身上或者他人的立场上，我能够听到我自己。反之亦一样真实。当我倾听自己时我也能听到他人，在我自己身上，我能够听到他人或者他人的立场。在我自己和他人之间，存在着回声与共鸣：当他们变得能够听见时，那些携带着足够能量的极其深沉的反响将会解构由我们的自我逻辑主体性所铸成的界限和盔甲：这些反响将混合、掺杂，甚至颠倒我们的角色身份。"②可见，聆听是一个主动的、创造性的过程，它不仅使两个陌生的主体世界进行对接，更能通过回声与共鸣来实现真正的心灵关怀。除了认知能力之外，"倾

---

①　D. M. 列文. 聆听自我［M］. 伦敦：劳特利奇出版社，1989：32.

②　D. M. 列文. 聆听自我［M］. 伦敦：劳特利奇出版社，1989：182.

听"还具有情感能力和强大的激发能力。这种能力潜蕴于我们的心灵深处，在不知不觉中形塑着我们，改变着我们。

应该说，正是倾听的缺席导致了现代写作中道德教益和伦理情感的弱化，至此写作被迫投靠视觉理性，以期在市场交换中谋得生存席位。视觉则以"现代"的名义褫夺了听觉召遣社会的文化权力，这样，视觉理性的合法化促使把"观看"这一贪婪的动作上升为标贴现代性的符码并成为图像社会（居伊·德波指认为"景象社会"）的意识形态符号。"现代的基本进程乃是对作为图像的世界的征服过程。"①图像的扩张又归结于科技发展与技术理性的蔓延，"正是技术的不断改进与提升使人们沉浸在技术所创造的充满幻想和快乐的影像中。在技术的作用下，一切直接存在都已经转化为表象，技术理性的蔓延使'景观不是在实现哲学，而是将现实哲学化'"②。社会的现代化进程就是技术统治的进一步深化的过程，技术理性掩盖了决定现有诸种社会关系的各种权力关系，把人们从真实的生活状态中驱逐到影像世界里使其感受非真实的存在。德波认为景观本身就是麻醉主体的"鸦片"，当景观生活成为人们的一种生存状态，有景象符号制造的真实幻觉开始了新的一轮被塑形奴役的指认。"大众传媒的单向性传播本质及其看起来无坚不摧的力量体系造成了这样一种后果，那就是，在消费资本主义的景观社会里，分离的、虚幻的媒介影像取代了直接的生活体验以及生活中的诸种关系。人们所消费的是由他人构造的世界，而非自己在实践中创造的世界，生活通过其他的技术装置表现出来，生活成为媒介的制造物，生活与实践不再是同一的。人们开始通过各种各样的媒介来观看世界，花费越来越多的时间体验令人眼花缭乱的虚拟生活。"③虽然大众传媒也具有某些听觉元素，但这里的听是为观看服务的，不具备独立的功能，更无法也不可能改变视觉传媒的傲慢性质。鲍德里亚早在《媒介安魂曲》中就指大众传媒是没有回应的演说。在他看来，大众传媒不意味着信息之间的交流，它禁止回应，阻止任何交换的可能。因此，视觉传媒在根本上放逐了听觉，堵塞了倾听的通道。

不难发现，现代主义文学写作就是一种拒绝交流的写作。听觉的缺席和

---

① 海德格尔.林中路[M].孙周兴,译.上海:上海译文出版社,2004:96.
② 居伊·德波.景观社会评论[M].梁虹,译.桂林:广西师范大学出版社,2007:6.
③ 居伊·德波.景观社会评论[M].梁虹,译.桂林:广西师范大学出版社,2007:6.

故事的退场使现代主义写作成为只面向个人的自我梦呓,现代主义文学作品所提供的每一个人物都是孤独的、带有偏执症的个体,自我封闭,对别人不信任,更失去了自我信任的能力。在现代主义文学场域中我们只能够看到游离、怀疑的目光,和因看不到希望而投射出的绝望感。现代主义文学作为一种现代性历史境遇的寓言,表达的是现代技术理性统治时代的人性异化。科技理性对世界神秘感的祛除,同时祛除了人们的灵魂归属。家园的丧失,绝望和荒诞是现代主义文学所竭力渲染的主题,荒诞意味着和谐的关系瓦解与伦理秩序的崩溃,因荒诞而绝望,因此说现代主义文学是看不到希望的写作,看不到世界的温情和善意。当然,现代主义文学对消费资本主义时代"物役人"的社会现实的揭露不可谓不深刻,但是它将我们的精神篱笆推倒后再也不管不顾了,也就是说它带给我们的除了破坏就是破坏后的荒凉废墟,在这里,只有死亡的气息,拯救的声音杳无踪迹。比如著名爱尔兰现代主义剧作家塞缪尔·贝克特的荒诞派戏剧《等待戈多》,作品着重表现人的心态、心理活动过程以及人的心理活动障碍,"什么也没有发生,谁也没有来,谁也没有去"①的存在悲剧。作品中的人物没有鲜明的性格,也没有连贯的故事情节。语言上废话连篇,通过两个流浪汉重复、啰唆、颠三倒四、无逻辑性的对话,给人以强烈的荒诞感,妄图透射他们内心的绝望、不安和期待。但实际上除了无聊、烦琐的陈词滥调之外,观众和读者可以进入艺术作品的内里去获得心灵上关怀和生存经验的提示。虽然有人认为这种单一建立在视觉基础上的现代人际关系和存在感的揭示是深刻的,但其对荒诞化命运的指认强硬地拒绝了读者参与和交流的期待,同时也否定了文学心灵关怀的人文承担。如《等待戈多》一样,现代主义文学写作是面向绝望的写作,其"总体虚无主义倾向决定了自己的否定性实质,彻底的恐惧最终断送了其清醒认识自我的机缘。它既无法辨清自身的局限,亦无力克服自己的不足。故此,它只有等待被超越的命运。从这一意义上说来,现代主义文学绝无理由成为文学未来的典范,其唯一价值或许便是让后人知晓人类文学记录上曾经有过的历史悲哀"②。

---

① 卡夫卡.卡夫卡小说选[M].李文俊,译.北京:人民文学出版社,1994:60.
② 路文彬.视觉文化与中国文学的现代失聪[M].合肥:安徽教育出版社,2008:111.

第三章　游荡的能指

　　"第三代诗歌"是当代文学中的一个重要现象。它肇始于"朦胧诗",又背叛了"朦胧诗",在汉语新诗百年的诗歌演变中,它注定只是惊鸿一瞬。"第三代诗歌"运动带有明显后现代主义色彩,它凭借形式主义的表达策略,既解构了"朦胧诗"的主体性确证的努力,也将自己跌入了自身导致的伦理失范后的深渊。"第三代诗歌"以群体大展、团体集会、媒体亮相的出场形式上演了一场短暂而又热烈的极具视觉刺激性的舞台剧。可惜的是,这场表演因精神的贫乏而很快沦为一次能指的游戏。相对于"第三代诗歌",历时较长的先锋文学同样运用起后现代主义的颠覆手段来消解历史的整体性和统一性。先锋文学表达的是工具化的历史,秉承的是启蒙主义的视觉理性思维,视觉理性祛除了历史的神秘性和神圣性,使历史不再使人对其保持有敬畏的情感,结果历史的必然性和中心性被否定,失去了对情感表达信仰的权力。先锋文学对历史的戏谑表现为时间的空间化游戏、叙述的能指化、人物的符号化、生存的碎片化与文本的狂欢化等特征。当代小说的空间化趋向正是得益于诸如先锋文学与视觉文化媾和时刻所赋予的内在力量,它舍弃了历史意识和时间构筑的深度模式,代之以平面化、表象化的符号装饰来迎合商业社会的现实需求和消费欲望。处于视觉文化裹挟之下的当代文学尤其是小说在不断营造视觉化空间的过程中,将沿着传统文学伦理与秩序的相反道路越走越远。由此看来,它和"第三代诗歌"、先锋文学一起义无反顾地卸去了承担历史与生存的文学伦理诉求,将文学神圣的道德责任、理想激情和人文关怀化为充填着冷漠、自私、欲望和碎片化现实无序的游荡的话语能指。

第一节　感官盛宴:"第三代诗歌"的精神逃亡

　　"第三代诗歌"泛指"朦胧诗"之后的青年实验性诗潮。又称"新生代"诗、"后新诗潮"等等。谁都没有想到,"朦胧诗"还没有站稳脚跟,"第三代诗歌"就汹涌而至。这场声势浩大的诗歌运动从 1984 年开始,伴随着"Pass 北岛""打倒舒婷"的激烈声音,"第三代诗人"拉扯起无数个诗歌反叛的大旗,集体亮相于 20 世纪 80 年代中后期的诗歌舞台,以狂欢化的艺术形式,给当代文学史奉献了一场炫目多彩的感官盛宴。

　　"第三代诗歌"来势生猛,发展迅速;仅从 1984 年到 1986 年 7 月两年多时间里,就出现了 2000 多家诗歌社团,诗歌流派也数以百计;全国出版的非正式的打印诗集千余种,非正规的诗歌期刊及报纸不计其数,"诗人"多得更是难以尽数。1986 年,由《诗歌报》和《深圳青年报》共同策划举办了"中国诗坛 1986,现代诗群体大展"活动,一次共时性推出了海上诗群、整体主义、新传统主义、非非主义、他们派、情绪流、莽汉主义、病房意识、犀牛派、三脚猫、撒娇派、呼吸派等 80 余家诗歌团体流派,这些社团参差不齐,有的甚至只有一个成员,有的仅仅为了参加本次大展而匆忙成立。真是门户繁多,派别林立,主义如云,让人眼花缭乱,目不暇接。仿佛只在一夜之间,众多的流派、诗人一起涌现,各以自己独特的言语方式和诗歌姿态,招摇过市般地舞蹈在诗歌的舞台上。他们零散、夸张而不无放肆,全无"朦胧诗"那种基本整一的时代精神主流,更缺少"第一千零一名挑战者"的使命责任感和孤芳自赏的"美丽的忧伤"情结。"大展"借鉴商业广告的运作形式来刺激读者的感官,希冀引起轰动效应。"第三代诗歌"这种利用"博览会"的宣传途径来表现自己诗歌的方式,显然与市场经济下的商业化操作手段联系起来,把艺术当作商品来展览;在这里,视觉效果一定程度上成全了诗歌"流行"程度,并实现了自我的"后现代"式对场景的拼贴。这样看来,"第三代诗歌"的精神追求表现了视觉时代的文化形态与精神特征;其实,前者正是后者弥散与设计的结果。它集中体现出"朦胧诗"被颠覆以后当代诗歌所具有的游戏化、欲望化、视觉化的"后现代"景观。

　　"第三代诗人"非常年轻，很大一部分是来自大专院校的在校学生，他们有着强烈的文化反叛意识，这种叛逆的姿态暗示了一种解构旧秩序、重建新世界的后现代主义精神冲动，后现代精神的自负赋予他们勇于摧毁既定的艺术规范和意识形态的欲望，用多元化的无中心的离心结构来取代一元化的统一整体。陈晓明先生说："他们撕毁了诗人充当时代抒情主人公的形象，摧毁了'大写的人'，也摧毁了自我，他们自称'变成了一头野家伙，是腰间挂着诗篇的豪猪，以为诗就是最天才的鬼想象，最武断的认为，和最不要脸的夸张'。他们甚至连'诗'这个一直被奉为神圣的语言祭品的对象也随便揉搓，仅仅是因为'活着，故我写点东西'（于坚语）。他们的自我意识，他们对生活的意识，不再像顾城那双忧郁的眼睛执拗地去寻找'光明'，也不像梁小斌痛心疾首地呼喊：'中国，我的钥匙丢了'，他们的存在平凡而世俗……这一代人表征着完全不同的文化立场，那个悬置于意识形态中心的历史主体镜像，正在被一群崭露头角的'小人物'胡乱涂抹上一些歪斜的个人自画像。"①事实的确如此，不管是"非非主义"诗派的非崇高化、非文化、非价值还是"他们派"对文化意义的疏离以及"莽汉主义"们对价值的拆解，"第三代诗歌"肆意瓦解中心、解构正统、悬搁主体、消弭确定性的诗学姿态，集中展现了其自我主动放弃诗歌精神，逃避文学伦理道义承担的精神形相。下面从几个方面来分析证明。

1. 主体的退隐

　　主体话语是文学伦理的中心内容。作为现代哲学"元话语"的主体，处于宇宙间的中心地位，并赋予人具有衡量一切的标准与尺度。无论是笛卡儿的"我思故我在"，还是洛克和休谟都把主体从社会和历史的存在中独立出来；康德更是对主体保持着绝对的自信心，他建立的"主体性哲学"极力张扬人格意识与主体精神，被称为认识论上的"哥白尼式革命"。但是，自 19 世纪以来，"主体"及"主体性"屡遭质疑；利奥塔把主体看作语言的一种策略，"对于利奥塔来说，语言是第一位的。主体不过是在语言中预留的一个位置，这个位置可以由言说者占据"②利奥塔坚持世界总是通过语言来开启的，并让行动的人在语言中消失。可以说，他的语言范式观悬置了主体的中心化地位。而拉

---

① 陈晓明.表意的焦虑[M].北京:中央编译出版社,2002:186-187.

② 彼得·毕尔格.主体的退隐[M].陈良梅,夏清,译.南京:南京大学出版社,2004:3.

康和福柯则把"主体"与"自我"看作是"对原初的相关人物幻想之镜像的结果"①。因此,詹明信说:"主体的移置和把无意识重新定义为语言,欲望的地形学和类型学及其具体化——这是'拉康主义'的梗概。"②耐人寻味的是,无论是对"主体"的维护还是解构,都代表了一种观看世界的方式,都是把宇宙客体置身于视觉理性的目光下进行审视的。但不言自明的是,主体性的衰竭就意味着"人"自我的沉沦,或是"欲望地形学"的凸现。

就"朦胧诗"而言,正处于中国当代文学的一个主体意识觉醒和强化的时期,对自我意识和主体人格的呼唤就自然成为诗歌写作的主题。但"第三代诗人"以颠覆"朦胧诗"为己任,将"主体"驱逐出虚幻的中心,主体退隐到语言及事物的背后,不再是这个世界的"立法者",更不是道义的承担者。"这条街远离城市中心/在黑夜降临时/这街上异常宁静//正在飘雪……"(杨黎《冷风景》)"非非主义"诗人杨黎在这首诗中隐藏了主体意识的自我表达,只凸现出客体事物的在场;因为主体情感的到达被无限延迟,我们只能在语言的客观化呈现中感受自我退却后冷冰冰的物的世界。何小竹的《看着桌上的土豆》则完全把事物置于了中心位置。"土豆放在桌上/每个土豆都投下一点阴影/它们刚刚从地里挖来/皮上的泥土还没去掉/冬季的阳光渐渐扩大/土豆变得金黄/大小不一的形态/在桌上随意摆放/显得很有分量。"在这由"土豆"主宰的世界里,主体已经销声匿迹,甚至可以说已经死亡;因为在诗人的目光中,语言的意指功能完全沦落到了单纯对物的复制与重复,"这种重复不是词项的积累,不是积累的或叠韵式的冲动,而是成对词项周期性的相互抵消,是通过重复的循环而达到的毁灭"③。波德里亚在论述索绪尔的"易位书写"时指证了"作为价值毁灭的诗歌"就是一种能指重复的语言学,能指脱离所指只展示为无意义的语言材料,由于没有主体精神的参与,过度重复的诗歌语言很容易"成为一种惊人的通胀,它和我们所处的这种增长失控的社会一样,也留下了一堆同样惊人的废料,一堆无法降解的能指废料"④。

事实的确如此,由于主体的消隐,"第三代诗歌"可以说是一堆空洞的游

---

①　彼得·毕尔格.主体的退隐[M].陈良梅,夏清,译.南京:南京大学出版社,2004:3.

②　詹明信.晚期资本主义的文化逻辑[M].陈清桥,严锋,等,译.北京:生活·读书·新知三联书店,1997:228-229.

③　让·波德里亚.象征交换与死亡[M].车槿山,译.南京:译林出版社,2006:298-299.

④　让·波德里亚.象征交换与死亡[M].车槿山,译.南京:译林出版社,2006:304.

荡的能指。无论是欧阳江河的"手枪"和"玻璃",韩东的"石头"和"天空",于坚的乖戾的"乌鸦"都是针对主体和"自我"的反拨与否定,这种客体的强调与凸现除了消解主体、剔除中心之外,没有任何指向意义。比如杨黎的一首《高处》:"A/或是 B/总之很轻/很微弱/但很重要/A,或是 B/从身边/传向远处……"大仙的《工艺品》:"你把我的身体/整齐地叠起来/装在箱子里 锁上/送到行李寄存处/你就走了//很久以后 人们撬开这个没人领的箱子时/发现里面我已经/成为一件漂亮的工艺品。"再如阿吾的《三个一样的杯子》:"你有三个一样的杯子/你原先有四个一样的杯子/你一次激动/你挥手打破了一个/现在三个一样的杯子/两个在桌子上/一个在你手里/手里的一个装着茶。"我们不知道这样的诗歌究竟要告诉读者什么,在这里,我们只看到了一堆无意义的语言材料和一些无聊的动作,除了这些,它们什么都不是。可以这样认为,"第三代诗歌"中的"自我"已经丧失了介入社会现实的能力,人格虚弱化,生活呈现出平庸贫弱的凡俗状态。这方面最有代表性的是"他们"诗派。从命名来看,"他们"就表现出对"自我"与"我们"称谓的厌倦和舍弃。他们强调生命的具体性、自足性、一次性、现时性和不可替代性。因为他们认为我们面对世界的只有一扇窗户,那就是你自己。我们居住在自己的身体中,任何想逃离他的想法都是不切实际的。"一切安排就绪/我可以坐下来欣赏/或在房间里/踱来踱去/这是我的家/……四把椅子/该写上四位好友的大名/供他们专用/他们来/打牌至天明鸡叫。"(韩东《一切安排就绪》)人生在"他们"诗派的眼中已经沦陷到了如此地步,"他常常躺在上边/告诉我们应当怎样穿鞋子/怎样小便 怎样洗短裤/怎样炒白菜/怎样睡觉/等等""很多年 屁股上拴串钥匙 裤带里装枚图章/很多年 记着市内的公共厕所 把钟拨到 7 点/很多年 在街口吃一碗一角二的冬菜面/很多年 一个人靠着栏杆认得沙上炒货……"对于诗人于坚的这首最能代表"他们"诗派精神意向的诗歌,有评论家做了深刻的分析:"于坚用'很多年'这一时间状语的反复出现,顺连起平凡庸常的生活琐事,且把它们全部杂乱堆积在一个不可能产生深度和超越性意向的平面上。因为生活事像是零散化的,'很多年'作为空洞的时间性能指则被播散于这些零散化的生活碎片之中,已经不可能产生对生活具象进行因果归纳、意义整合的符号化行为,众多生活事象也就仅仅作为生活事象而置入文本,它们只是'在那儿'。"①

不仅仅是"他们"诗派,"第三代诗人"绝大多数都沉陷于庸俗破碎的日常生活的无序罗列和拼接中,他们行为乖谬、慵懒无为,重视生活的"现时性"和"此在性"。多用自嘲和反讽的修辞策略来表现当下人生的"多重性、散漫性、或然性、荒诞性"和"真理终于断然躲避心灵,只给心灵留下一种富于反讽意味的自我意识增殖和过剩"②。当然,这只是一种能指的过剩,它以否定拒绝的形式出现,在破除先验意识形态神话的同时把主体和"自我"也搁置了。主体迷失的最严重后果是信仰危机的到来。因为他们执着于现实,而当下世事的无常与人心的复杂又使他们陷入一种犹疑不定、暧昧不明的思想与情感状态。因此,他们对传统的真善美等伦理价值观念也产生了深刻的怀疑。孙文波在《新编迷失在开心馆中》一诗中写道:"善是虚假的。那些还在你身边声言善的人是虚假的。/犹如明丽的花园宽敞的客厅是虚假的。/当不能拥有一个宁静的场所,善,/在什么地方存身?/谁能够说善可以/寄居在别的地方?在别人的怜悯中闪烁光辉?/如果人在物质的包围下无法转身,/善不可能把他带到希望到的地方。"伦理失落后紧接着就是欲望的显现。令人不解的是,性欲望与性行为等被认为放荡下流的隐私宣泄在"第三代"女性诗人的诗歌中泛滥得最为严重。翟永明、伊蕾、唐亚平等诗人的某些篇章写肉体的占有互乐,为满足读者的窥视欲和感官刺激而不惜放纵自己的身体。伊蕾视性爱为生命的全部意义,"当思想还没有成熟,身体却成熟了/像需要呼吸,需要吃饭一样/我需要身体所需要的一切"(《女性心态》),"把你野性的风暴摔在我身上/把我头上的玫瑰撕碎/扔在风里……用你屈辱而恐惧的手抓住我/像抓住一只羔羊/看着我在你脚下发抖吧/这个时候/我愿对你彻底屈服/这个时候/我是你唯一的奴隶"(《把你野性的风暴摔在我身上》),这是赤裸裸的对欲望肉体的自虐式演示,她直接指向道德与伦理的反面。"她甚至为(独身女人的卧室)设计了封闭、幽暗、躁动、神秘而有诱惑力的空间。"③唐亚平则以施虐的方式来表达视觉化性欲望。"是谁伸出手来/指引没有天空的出路/那

① 陈旭光,谭五昌.秩序的生长——"后朦胧诗"文化诗学研究[M].西安:陕西人民教育出版社,2002:70.

② 伊哈布·哈桑.后现代景观中的多元论[M]//王岳川.后现代主义文化与美学.北京:北京大学出版社,1992:128.

③ 罗振亚.20世纪中国先锋诗潮[M].北京:人民出版社,2008:350.

只手瘦骨嶙峋/要把女性的浑圆捏成棱角"(《黑色洞穴》)。不言而喻,"第三代诗歌"在驱逐主体的过程中又在女性诗歌中实现了主体的客观化和自我的他者化,主体消隐后欲望出场。正如詹明信在分析了拉康的"镜像"理论后说:"拉康的非中心化主体的学说——特别是那种对主体的结构性'颠覆'所指向的不是压抑的摒弃,而是欲望的现实化——提供了一个模型,这已不只是一种暗示了。"[①]

2. 消解崇高

"崇高"作为一种经典性的审美理想与美学原则,它也是文学伦理重要的表达内容。从古希腊悲剧时代就一直被文学艺术家们奉为圭臬。崇高感生成于人类在与自然、命运抗争时刻所体现出的强大的理性认识与主体精神,"崇高"渗透着人类浓厚的自我意识与积极乐观的人本主义思想。朦胧诗人由于表现其超前的精神理性、孤独感、愤怒情绪和对历史、文化意蕴的着意探求,"崇高"便成了其普遍的美学风格与精神向度。如北岛的《回答》《结局或开始——献给遇罗克》,食指的《相信未来》《命运》,江河的《纪念碑》等都具有一种庄严、沉郁的美学气象和崇高的精神境界。"朦胧诗"所表现出的这种英雄主义与理想主义的崇高情怀和诗人们主体意识的高涨有密切关系。在"第三代诗人"那里,主体意识的退隐自然会带来诗歌崇高感的消逝;从另一方面看,消解崇高,是他们彻底反叛"朦胧诗"所祭用的美学策略。如"大学生诗派"所宣称的:"它所有的魅力就在于它的粗暴、肤浅和胡说八道。它要反击的是:博学和高深。""它的艺术主张:反崇高。它着眼于人的奴性意识,它把凡人——那些流落街头,卖苦力、被勒令退学、无所作为的小人物一股脑儿地用一杆笔抓住,狠狠地抹在纸上,唱他们的赞歌或打击他们。"[②]与之相似的还有以李亚伟为代表的"莽汉主义",声称捣乱、破坏以求炸开封闭式假开放的文化心理结构,他们比之"非非""他们"等诗派更有过之而无不及。概括起来,这一倾向的共同特征是对神圣的破除和对审丑的刻意追求。如李亚伟的《中文系》将以往涂满神圣肃穆的油彩的中文系写得如此俗浅戏谑:"中文系是一条撒满钓饵的大河/浅滩边,一个教授和一群讲师正在撒网/网住的鱼

---

① 詹明信.晚期资本主义的文化逻辑[M].陈清桥,严锋,等,译.北京:生活·读书·新知三联书店,1997:259.

② 孔范今.二十世纪中国文学史[M].济南:山东文艺出版社,1997:1448.

儿/上岸就当助教,然后/当屈原李白的导游/然后/再去撒网/要吃透《野草》《花边》的人/把鲁迅存进银行,吃利息。"

　　朦胧诗人杨炼和"第三代诗人"韩东都写过"大雁塔"。在杨炼的笔下,大雁塔被赋予了浓厚的人文内涵和历史命运感,它是民族苦难命运的见证与象征。"我被固定在这里/山峰似的一动不动/墓碑似的一动不动/记录下民族的痛苦和生命。"(杨炼的《大雁塔》)而韩东却不以为然,他笔下的大雁塔就是一座普普通通的建筑物,没有什么更深层更崇高的精神意蕴,更没有救世者一样的非凡的人格力量。"有关大雁塔/我们又能知道些什么/我们爬上去/看看四周的风景/然后再下来。"韩东的另一首《你见过大海》也表达了同样的立场。"你见到了大海/并想象过它/可你不是/一个水手//就是这样/顶多是这样/……你不情愿/让海水给淹死/就是这样/人人都这样。"在我们眼里,大海是生命、自由与力量的象征,它能给予人们以无穷的生存动力,但在韩东这里,大海仅仅是一片浩瀚的水面而已。相类似的另一代表诗人伊沙以解构式写作而著称。他的诗歌《车过黄河》对像喻中华民族精神与文化历史的"黄河"进行了消解与嘲弄。他在最后一节写道:"我在厕所里/时间很长/现在这时间属于我/我等了一天一夜/只一泡尿工夫/黄河已经流远。"

　　消解崇高是"第三代诗人"自我萎缩和主体丧失的必然产物,对崇高感的悬隔与否定见证出"第三代诗人"出现的伦理意识弱化与精神信仰方面的深刻危机。尚仲敏的《卡尔·马克思》把一代伟人和革命导师还原成了日常生活中普通的凡人。"犹太人卡尔·马克思/叼着雪茄/用鹅毛笔写字/字迹非常潦草/他太忙/满脸的大胡子/刮也不刮/犹太人卡尔·马克思/他写诗/燕妮读了他的诗/感动得哭了/而后便成为多情的女人/犹太人卡尔·马克思/没有职业到处流浪/西伯利亚的寒流/弄得他摇晃了一下/但很快站稳了/犹太人卡尔·马克思/穿行在欧洲人之间/显得很矮小。"在这里,崇高感消失了,马克思的精神高度和人格境界被剥除,只剩下一个普通的人在生存的困境中挣扎与游荡。梁晓明在《荷马》一诗中把被人看作精神圣徒的荷马转变为一个精神萎靡、可怜巴巴的小人物:"昨晚与荷马走遍了希腊/我手挽着荷马踏入了波涛/他是个瞎子/我一只手拎着他/我向他指点哪是庞培/哪是特洛伊城……"梁晓明的前期诗歌很多都表现了这种对神圣事物的戏谑。从这方面看,"莽汉主义"对"崇高"的消解姿态最为明显和坚决。诗中充斥着狭隘、卑微等自私阴暗心态的玩味,追求一种粗鲁、鄙俗和调侃的诗意情趣,常常与"审丑"融为一体。李亚伟的《莽汉们》、马松的《咖啡馆》和胡冬的《我想乘上一艘慢船到巴黎去》等都具有很强的代表性。

"第三代诗人"似乎对审丑情有独钟,他们热衷于亵渎神圣事物,粉碎美好幻想,刻意展示他们自己无意识深处的变态、畸形、卑琐的欲望与意念。如"大白天回家的我/摘了眼镜就是瞎子/甩了皮鞋就是瘫子/洗了头就是秃子/脱了外套就是棍子/傍晚回家的我/左脸有辉煌的弹片右脸有耻辱的刀痕/饥饿了一口吞下瓶药片/以健康的神经/配合疯狂的脉动"(卓美辉的《真相》)。可见,后现代主义的视觉化策略被"第三代诗歌"充分利用,并把这畸丑的景象推向了一个高度。"我顶着那块西瓜皮/盘膝打坐/赤裸裸的身躯沐浴着/正午的太阳/臀下是一片/广袤无垠的垃圾场/远方 有一只/伟岸的屎壳郎 披星戴月/劳作着一世的荒唐……"(野牛的《闭目·迷幻·美》)

3. 形式的游戏与狂欢

突破传统诗学伦理的桎梏本是"第三代诗歌"的主要目标,可很多"第三代诗人"在形式探索上走上了极端,他们往往以纯粹的技术主义操作取代诗歌本身伦理。"技巧就是一切","诗到语言为止","诗除诗之外没有目的"。"第三代诗歌"高度强调语言与形式,"不是诗人创造语言,而是语言创造诗人"。这使得诗歌充满着浓厚的投机取巧的工匠气和才子气,表现出离经叛道的背离传统诗美的狂欢化与游戏精神。"狂欢"是后现代主义的经典术语,在它身上附集着对已有秩序的解构与颠覆的否定意识,伊哈布·哈桑在借用巴赫金创造的这一概念时说:"因为在狂欢节那真正的时间庆典,生成、变化与苏生的庆典里,人类在彻底解放的迷狂中,在对日常理性的'反叛'中,在许多滑稽模仿诗文和描摹作品中,在无数次的蒙羞、亵渎、喜剧性的加冕和罢免中,发现了它们的特殊逻辑——第二次生命。"①

"'第三代诗人'正是这样一群无所顾忌的语言狂欢者和游戏者。他们往往鄙夷整体性,热衷于任意隔断常规联系,用并列关系的组合与转喻方式的拼贴,任意游戏着能指符号,也常求助于悖谬、反依据、反批评,破碎的开放

① 伊哈布·哈桑.后现代景观中的多元论[M]//王岳川.后现代主义文化与美学.北京:北京大学出版社,1992:129-130.

性,及正版的空白边缘,等等,甚至以图像入诗,或以诗句组构图像,以不同的印刷字体和不同的排列方式表达不同的视觉效果。"为了表现出强烈的视觉效应,除了在内容上强调身体欲望之外,"第三代诗歌"还在形式与语言上下足了功夫,以使诗歌在瞬间能够点燃读者的眼球。总之,诗歌文本在他们手中,已不再像现实主义或现代主义那样有一个现实的和精神的或象征的及物对象,而仅仅成为不及物不在场的"语言的差异性替代出场"的游戏,成为任意播散"言语的碎片"和进行"能指的漫游"的平面。韩非子的图案诗《车号》更是对诗歌的游戏与亵渎:

　　一声
　　一声
　　长
　　长
　　的
　　长
　　长
　　的
　　窜进我心里
　　……

　　为达到解构的目的,"第三代诗歌"大量运用戏仿、拼贴与互文的技术方式来加强游戏的效果。"在后现代艺术里,异质性和差异的表现形式常常为戏仿——这一互文形式自相矛盾的违规行为是得到正式授权的,因为具有反讽意味的差异被置于相同性的中心。"①戏仿、拼贴和互文是不同的三种艺术手法,但它们又紧密联系,戏仿与拼贴必然会产生文本的互文性。于坚的《零档案》就是直接通过对档案体的戏仿创作出来的,伊沙是最善于运用戏仿手段的"第三代诗人"。不难看出,严肃的政治和神圣的文化传统在"第三代诗歌"里已被消解得俗不可耐。周伦佑无疑是一个热衷形式狂欢的诗人,《头

---

①　琳达·哈琴.后现代主义诗学:历史·理论·小说[M].李杨,李锋,译.南京:南京大学出版社,2009:91.

像》和《自由方块》就是他利用拼贴与互文手段创作出的经典的语言狂欢化的诗歌文本。周伦佑是最重视诗歌视觉化形式的"第三代诗人"之一。他毫无顾忌地在诗歌文本的平面上任意播散语言的碎片,并做不合逻辑的重新组合,让能指完全脱离所指,以追求迷乱眩晕般的现场感;"也就是说,整个诗歌文本常常只剩下一些空洞的能指在自我娱乐自我陶醉般地进行着无边无际的播散和无始无终的增值和堆砌的活动。语言游戏本身和过程的非功利游戏性快感凸现出来,几乎完全掩盖了语言的意指功能"①。

李亚伟的《陆地》也深谙此道,"陆地上到处都是古人和星星和国界线/国界线上到处是核武器和教堂和祖国:每一个祖国都长着一棵金色的大树/满树挂着历史和文学!/满树狗和狗东西,满树鲜活的小狗!"有时候干脆连胡言乱语也省略了,完全沦落为空洞的能指游戏,"马伊哩呜噜松/二三四五毛/六啊七啊八啊九啊——啊"。廖亦武的"先知三部曲"长篇系列组诗《黄城》《幻城》和《死城》可以说是"言语狂欢"的代表作。廖亦武似乎对标点符号特别珍惜,他擅长挥舞着超长的语句材料来建筑他的三座语言的废墟之城。这一串串的语无伦次的疯言疯语,像惨痛入骨的符咒通过高密集的意象扭结在一起,互相抵触和互相消解的内外语义在破碎冗长的结构中堆积和漫游。廖亦武凭借自己强有力的主体理性所建构起来的庞大的诗歌之城,仍然是以非中心化的、彼此背离的模式与结构为基础,其诗歌成为一个能指游荡的"语言试验场"和"语流集散地",它最终也必然走上一条诗歌精神耗尽的毁灭之路。

第二节　叙事游戏:先锋文学对存在的遗忘

何谓先锋?哈贝马斯认为,先锋运动是以一种不断变化的时间意识为基础,并在此基础上,可以把先锋理解为对未知领域的占有,向无法预测而令人震惊的遭遇冒险。因此说,先锋带有强烈的实验性。"先锋派艺术最富有特征性的现象之一是用无休止的狂热实验,它来源于对雷米·德·古尔蒙所说的'前所未有的美'的手法的强烈现代渴望,它那勤奋的劳作日复一日,是永

---

① 陈旭光.中西诗学的会通[M].北京:北京大学出版社,2002:326.

远织不完的珀涅罗珀之网。"①卡林内斯库甚至将这种艺术上的实验特征看作一种"美学极端主义","对过去的拒斥和对新事物的崇拜决定了这些新流派的美学纲领"②。对未来的无限期待和对新异事物的盲目崇拜,使先锋把自我实现的价值理想嫁接到事物的变幻不定与转瞬即逝的把握上,但未来是未定的,这种未定性潜在地设定了主体的本体论怀疑;又因为未来的无限性,认识论中的整体性和确定性都在先锋视野中也随之坍塌,"存在"因而也成为一种对虚假的证明。由于整体性和确定性的瓦解,道德伦理和价值理想的法则也被颠覆,先锋行动完全沦为否定性的无价值操作,也就是说,文学伦理在先锋文学的笔下已经彻底失范。"这不仅否定传统的等级制,而且否定人之作为人的价值内涵。霍克海默和阿多诺所揭示的启蒙神话的逻辑在这里被展现:人和物的差异被科学的计算和推理抽象掉了,两者都被纳入以一切为无差别物的'单纯的客观实在'的概念体系中。正是这种'单纯的客观实在'的身份使人在抽象的平等和个性中失去自身存在的独立性而成为可以交换,可以替代,因而也可以制作和再生的物——先锋游戏的能指和符号。"③

如果说价值的削平意味着先锋作为一种话语表达的意义的自觉取消,而意义的丧失从根本上确证了先锋的游戏品质。先锋艺术的形式大于内容甚至置换了内容。阿恩海默因此认为先锋艺术"不是别的,而是一种形式主义的游戏"④。实验性和形式化,使先锋艺术抽离了表达对象所蕴含的存在意义,也使其转换为一个对客观世界表象展示的形式——结构视觉系统。这实际上是取消所表达的对象,有意识遗忘作为主体的人和人的存在。在先锋艺术的形式化实验中,作为生命起源和终极意义的存在被先在地拒绝了,结果便成为,"整个存在都被还原成作品"⑤,还原为只有符号构成的能指在做无序的漫游。从这个意义上说,先锋艺术与后现代主义,先锋文学与视觉时代的文化逻辑密切相关。"后现代主义所体现出来的巨大的解构性、反叛性和对

①　福柯,哈贝马斯,布尔迪厄,等.激进的美学锋芒[M].周宪,译.北京:中国人民大学出版社,2003:170-171.

②　卡林内斯库.现代性的五副面孔[M].顾爱彬,李瑞华,译.北京:商务印书馆,2002:126.

③　肖鹰.形象与生存——审美时代的文化理论[M].北京:作家出版社,1996:97.

④　阿恩海默.艺术与视知觉[M].滕守尧,朱疆源,译.北京:中国社会科学出版社,1985:186.

⑤　杜伏海纳.美学与哲学[M].孙非,译.北京:中国社会科学出版社,1985:197.

抗性,与先锋文学所必须具备的颠覆传统圭臬的精神禀赋完全一致。"①

1. 时间的空间化游戏

毋庸置疑,人的生命存在是时间性的存在,柏格森认为:"只有时间才是构成生命的本质要素。"②正是永恒绵延的时间之流为我们的生命存在提供了绝对的实现条件。时间把自我从存在的范畴中标划出来,并赋予自我存在的生命内涵。海德格尔把人规定为"此在",同样用时间来确定"此在"的生存意义。传统文学艺术无视时间面向自我存在的"此在"性,而先锋就是要返归"此在",重构自我存在的时间之维。但是在返回自我的途中,先锋遭遇了后现代的视觉主导的文化景观;在巨大的解构面前,自我被分割,失去了与过去和未来的联系,"除了现时以外,什么都没有"③。在此,先锋行动踏上了后现代之途。

"不难看出,时间感的丧失成为后现代时间观的一个重要特征。但时间感的消失并不意味着时间的不存在,只是在后现代社会里,时间以另一种形式出现,即传统的、线性的、一维的时间被瓦解,时间整体性在崩溃之后成为一种散化的、无向度的时间碎片。这些时间碎片被另一种力量所左右,并被组织、汇聚到'现在','现在'成为包容过去和未来的唯一时间存在标识。从这个角度看,时间被纳入以'现在'为中心的空间,或者说过去与未来的时间都被纳入了现时的空间,时间被空间化了。"④也就是说,在视觉时代,先锋文学艺术不是实现时间而是在消解时间。因为,时间的非延续性催促了空间结构的筑形,当然,这种构筑是永远不能完成的。正如有学者指出:"后现代主义的主题就是:在构成与消解的二元对立中的无止境的空间游戏。"⑤

被称为当代先锋文学"始作俑者"的马原以其特有的叙述方式为文坛所瞩目。有研究者指出,马原的小说善于在叙述上设置一个个的"叙述圈套",作者似乎在与读者玩捉迷藏的游戏。在马原小说的开头或结尾,常常会出现

---

① 洪治纲.守望先锋——兼论中国当代先锋文学的发展[M].桂林:广西师范大学出版社,2005:48.

② 柏格森.创造进化论[M].王珍丽,余习广,译.长沙:湖南人民出版社,1989:10.

③ 加缪.西西弗的神话[M].杜小真,译.北京:生活·读书·新知三联书店,1987:93.

④ 管宁.视域与转换——文学的媒介视域与文化符号的转换[M].镇江:江苏大学出版社,2011:94.

⑤ 肖鹰.形象与生存——审美时代的文化理论[M].北京:作家出版社,1996:101.

大段的文字来说明本故事的编纂过程。例如：

> 毫无疑问，我只是要借助这个住满病人的小村庄做背景。我需要使用这七天时间里得到的观察结果，然后我再去编排一个耸人听闻的故事。
>
> ——《虚构》

对于马原的叙事方式，有学者认为："马原的小说被视作为'元小说'意识在当代中国小说中诞生的标志。"[①]"元小说"这种叙事形式来自欧洲，作者在叙事中会直接声称自己的故事是对偶尔获得的一份无名手稿的阐释，或是对路人讲述故事的一次转述。在这里，作者明确告诉读者故事是如何被虚构或被杜撰出来的。马原就是这样一边讲故事一边提醒读者不要被虚假的故事所"忽悠"。再例如：

> 这本书里要讲的故事早就开始讲了，那时我比现在年轻，可能比现在更相信我能一丝不苟地还原真实。现在我不那么相信了，我像个局外人一样更相信我虚构的那些远离所谓真实的幻想故事。
>
> ——《上下都很平坦》

可以看出，马原对故事真实性的消解通过作者不时地打断叙事时间，将读者从叙事对象中拉回到讲述的现时，故事的线性时间被粉碎，由于只剩下讲述的空间，故事的虚假性因而被凸现和强调。在马原之后，一大批先锋作家如格非、余华、苏童、洪峰和孙甘露等人纷纷以假定性为基础设置了自己的叙事圈套。苏童的《一九三四年的逃亡》和洪峰的《瀚海》集中表达了对客观历史和传统文学伦理的消解意识。与马原的"元小说"意识不同，这两位作家都通过把历史置放于一个特定的时空内来进行"我"的重新体验与感觉。《瀚海》中，"我"对爷爷和奶奶、姥爷和姥姥那萎缩而病态的生命进行了否定性讲述。在《一九三四年的逃亡》中，"我爷爷"的苦难遭遇并没有给我带来心灵上

---

① 张闳.感官王国——先锋小说叙事艺术研究[M].上海:同济大学出版社,2008:22.

的触动,反而他的鸡鸣狗盗般的营生,嫖娼纳妾的荒淫生活被重点凸现。对历史偶像的消解使历史文本失去中心的支撑而坍塌为一片废墟。这样,以"我"策划的历史重组不再追求确定性和真实性,历史已不再是时间中的一段客观存在,而是被设计为非时间的空间中的向"自我"与现在无限开放又毫无确定性的东西,它不关乎过去与未来,只对现在的"我"的感觉负责。海德格尔认为能从过去流向将来的时间是一种形而上的迷误,是一种神话,现在才是时间存在的现实。余华也认为事实上我们真实拥有的只有现在,过去和将来只是现在的两种表现形式。我的所有创作都是针对现在成立的,虽然我叙述的所有事件都作为过去的状态出现,可是叙述进程只能在现在的层面上进行。在这个意义上说,一切回忆与预测都是现在的内容,因此现在的实际意义远比平常的理解要来得复杂。由于过去的经验和将来的事物同时存在现在之中,所以现在往往是无法确定和变幻莫测的。

在众多的当代先锋作家中,格非是最擅长设计时间游戏的一个,他常常潇洒地出没于由时间和空间交叉织就的叙事游戏中。其小说《褐色鸟群》首先把时空设定在 1987 年(写作的时间)和 1992 年(未来的时间)以及两者交叉往复的循环中。"我"与"棋"的两次相遇和"我"对"棋"讲述的故事重叠交织而成前后相衔接的圆,小说就在这多重缠绕中左冲右突,"我"也由此在这双重的时间迷雾中凝滞。实际上,褐色鸟群的季节往返为"我"的存在提供了时间性的保障,但"我"已游离于时间之外,或者说无限重复的循环时间把"我"安放于一个由 1987 年和 1992 年交错重复的虚空中,"我"的存在被虚妄化。格非的叙事游戏来源于小说对时间束缚的摆脱,时间连续性的断裂使小说的叙述陷入一个意识的迷宫中,真实的存在无迹可寻。他的小说《迷舟》讲述了一个所谓的"历史故事",故事的时间长度为七天,作者特意用"第一天""第二天"……做了引人注目的提示。从表面上看,故事的开展似乎有了可以依托的时间链条,但事实上,这是作者有意制造的一个叙事陷阱,故事并没有沿着线性的时间发展,而是通过主人公"肖"在地理空间上的辗转运动轨迹来结构命运。在叙事中时间随时中断,或让位于记忆,或偏离到另外事物上;主人公"肖"的来去生死迷失在这纷乱的时间假象中。其实,《迷舟》的谜底在小说开头作者就通过画图做出了某种暗示:两条交汇的河流,河流的形状像一段分叉的枯树枝;河两岸的几处地点,像散落的石子,它们有圆和三角的形状。这些图形就像是一面藏有命运谶语的镜子，"肖"的过去和未来在这里重合，它的存在，确定了时间的虚妄化。

利奥塔曾说，"先锋派艺术家的任务仍是拆散与时间相关的精神推断"①，这句话实质上就是指颠覆客观时间的一维性和其所建立起来的秩序关系，创作主体按照自身的艺术理想重构属于自己的精神时序和空间。格非是通过"观看"行为来实现"拆散与时间相关的精神推断"的。"我坐在寓所的窗口，能够清晰地看见远处水底各种颜色的鹅卵石，以及白如积雪的毛穗上甲壳状或蛾状生物爬行的姿势。"(《褐色鸟群》)可以看出，格非的"观看"是典型的视觉行为，因为没有心灵的参与，观看仅是一种物理学式的观察。"我的视线停留在河面浑浊的裹挟着泥沙的水线和你之间，炫目的阳光刺得我的眼球一阵阵酸疼。"(格非的《没有人看见草生长》)但真实性最终没有被呈现，"一切恍若梦中的情景。他在这所著名的大学待了整整十年。他熟悉这条河流以及两岸的一树一石。但他无法区分这个午后与记忆中的过去有何不同"(格非的《嗯哨》)。观看在此时遭遇到了危机。由于时间因素的介入，意识迷乱的注视者表征了事物存在的虚幻性。格非在小说《风琴》中，让这看视行为直接与伦理道德联系起来。

> 在腐沤的酒的香气中，冯保长看见日本人推着他的女人朝村里走来……一个日本兵抽出雪亮的刺刀在她的腰部轻轻地挑了一下，老婆肥大的裤子一下褪落在地上，像风刮断了桅杆上的绳索使船帆轰然滑下。女人的大腿完全暴露在炫目的阳光下……在强烈的阳光照射的偏差之中，他的老婆在顷刻之间仿佛成为另一个完全陌生的女人，她身体裸露的部分使他感到了一种压抑不住的激奋。

当时间的叙事沦落为性与欲望的视觉展演，先锋文学的伦理底线开始全面塌陷。"观看解放了视力，尽管这种解放有时必须付出代价。不仅仅是格非，在莫言和余华那里，我们也能发现，他们在解放视觉的同时，付出了美学上的代价。由此可见，这一代人为了在艺术上解放感性生命，不得不在道德

---

① 让-弗朗索瓦·利奥塔.非人:时间漫谈[M].罗国祥,译.北京:商务印书馆,2000:119.

上和美学上进行冒险。"①当然,并不是所有的时间叙事游戏都来自道德的压力,但游戏带来的却是对自我的怀疑和取消,又拒绝承担任何表现意义的责任,写作仅仅是一种随心所欲的语言实验或欲望宣泄。历史客观性的消解,时间连续性断裂为零散化的瞬间,人只能在空间中沉沦为无意义的存在物。由于意义的根本性缺失,存在被放逐,叙事本身的欲望便被凸现与放大,无限欲求的欲望直接导致叙述的话语增值或是能指过剩,过剩的能指在话语漂浮中做无限制的游荡,使书写成为无深度的平面上的时间游戏,时间被空间化,时间溢出了自我属性的发展轨迹,沦为自我生命耗尽与精神贫血的叙事游戏。

2. 叙事的能指化与人物的符号化

　　时间的空间化最终使叙事成为语言的能指游戏。当自我存在被时间所遗忘时刻,表达的欲望被推向叙事的前台,由于叙事的无意义指向,先锋文学全面向语言撤退是其生存的自我拯救之路,但语言之路也没有实现存在从时间深渊中被救赎的希望。在不可消除的无望感中,对语言的崇拜就转换为对语言的颠覆。巴特认为:"能指完全独立于所指,而无拘无束地和文本打交道,追求反应的一贯性和有效性,而不是客观性和真理性。"②可以说,叙事游戏的实现,不仅仅是通过无序叙述和文法混乱来故意制造荒谬的表达,最主要的是把语言从所指与能指的限定关系中解放出来,让语言的能指自由游荡而无任何拘束,也就是叙事的能指化与符号化策略。

　　作为当代先锋小说的代表作家,孙甘露笔下的故事没有遵从起源、发展、高潮和结果的叙事规则,他的叙事拒绝了语言的历史性构成,放逐了故事的前后因果联系,把叙事转化为一次语言游戏的展演和语词迷宫的冒险,可以说,孙甘露的文学叙事彻底能指化了。

　　孙甘露在小说《访问梦境》和《我是少年酒坛子》里,把语言的感觉和错位的堆砌作为叙事的动力,因为取消了故事性,小说完全凭借感觉的随意漂移和语句的无序延展来实现表达的欲望。以《我是少年酒坛子》为例。"我为何至今依然漂泊不定,我要告诉你的就是这段往事。今夜我诗情洋溢,这不好。这我知道。毫无办法,诗情洋溢。"孙甘露的小说文本极具实验色彩,他的语

① 张闳.感官王国——先锋小说叙事艺术研究[M].上海:同济大学出版社,2008:120.
② 巴特.符号学美学[M].董学文,王葵,译.沈阳:辽宁人民出版社,1987:168.

言华丽优美而放荡不羁,语句形式混乱不堪,纯粹为了表达的快感而存在,与故事的本身并无多大联系。例如:"曲尺性的柜台光可鉴人,那位长相如同鸵鸟的掌柜生就一副骇人的容貌,那神情介于哲人与鳏夫之间,既有沉溺于思辨的惬意的孤寂,又有因谙熟于逝去了的男欢女爱而特有的敌意的超然。"这是典型的对辞藻的玩弄,语词被强制性叠加在一起,除了制造混乱效应,没有指向新的意义生成。孙甘露式的叙事并不排除对话,但这样的对话不是颠三倒四,就是夸夸其谈,前后风马牛不相及。

"你到南方是来参加季节典礼吗?"

"不,我是来参加嘲讽仪式的。"

在我们谈话的时候,时间因讽拟而为感觉所羁留。鸵鸟钱庄之外是被称作街景的不太古老但足够陈旧的房屋。是紧闭或打开的窗,是静止不动或飘拂的窗帘。是行走或停立的人群。

由于过剩的同义词、反义词或近义词的任意交叉组合,小说《我是少年酒坛子》的叙述显得毫无节制,叙述作为一种语言操作,抛弃或割裂了所指与能指间的联系。在《信使之函》里,孙甘露把话语的自由运动推向了极端,他撤除了所有束缚语言活动的规范秩序,让语言自由播散并激起连锁反应。小说中有 50 多个"信是……"的判断句,在这个句式中,宾语的出现不是依照与主语的意义逻辑关系和语法程序,而是语言自由散播碰撞而自发生成的结果。"信是……"句式组合为一个能指群,它被无限制地重复,又没有任何明确的指定意向;"信是……"充满着自我戏谑般的悖论,它在肯定的同时又揭示了自我与存在的虚妄化。对于信使来说,信使之函什么都是,又什么都不是,信像一道无法破译的咒语,无限可能与无限否定的组合;信使的旅程是个不能终止而又永远不能完成的过程。作者对信的第一个定义是"信是淳朴情怀的伤感的流亡",最后一个是"信起源于一次意外的书写"。这两句毫无相关甚至对立的话语组成了一个所谓意义的迷宫,让偶然制作的话语在语言的自由碰撞中随意产生文本效果。在此,书写的动机不过是话语欲望的无尽繁殖,正如拉康所认为的,欲望在符号秩序中占有的不过是一系列的空洞位置。话语欲望本身只能是个能指,它所指涉的客观对象也依然是个能指。

> 耳语城的人民生活在甜美的时光的片段里。在时光的大街上，男女老幼摇摇晃晃地行走如蚁，他们热切的嘴唇以一种充满期待的姿态微张着，那迷惘的神态似乎是一种劝喻，又像是在暗示他们正穿行在自我迷恋的梦幻中。——《信使之函》

透过这些通篇典雅优美而带有快感的戏谑性话语，生活的虚幻性和叙事语言的能指游戏被集中呈现。除了孙甘露之外，还有很多先锋作家热衷于文学的能指化叙事，比如余华、格非、莫言和北村等等。格非的《褐色鸟群》在叙述"她走路的姿势"时用一个长句子来试图展示细节的真实性，但叙述语言的自身无限制运动瓦解了叙述本身，语言完全指向所指的零度状态，文字的能指力量被呈现。"我喜欢她走路的姿势。她的栗树色靴子交错斜提膝部微曲双腿棕色——咖啡色裤管的褶皱成沟状圆润的力从臀部下移使皱褶复原腰部浅红色——浅黄色的凹陷和胯部成锐角背部石榴红色的墙成板块状向左向右微斜身体处于舞蹈和僵直之间笨拙而又弹性地起伏颠簸。"

在余华的《四月三日事件》中，能指与所指脱节，叙述变成语言能指的追逐活动。那个站在"窗口"的无名无姓的"他"，在与外部世界相遇时试图进一步确证自我的存在以及自我与外部的联系，但"他"一系列的动作只暗示了一种面临的状态，意义的到来被无限延迟。有学者把这种叙述称为"临界叙述"。

> 早晨八点钟的时候，他正站在窗口。好像看到很多东西，但都没有看进心里去。他只是感到户外有一片黄色很热烈，"那是阳光"，他心想。然后他将手伸进了口袋，手上竟产生了冷漠的金属感觉。他心里微微一怔，手指开始有些颤抖。他很惊讶自己的激动。然而当手指沿着那金属慢慢挺进时，那种奇特的感觉却没有进展，它被固定下来了。于是他的手也立刻凝住不动。渐渐地它开始温暖起来，温暖如嘴唇。可是不久后这温暖突然消去。他想此刻它已与手指融为一体了，因此也便如同无有。它那动人的炫耀，已经成为过去的形式。

对于余华叙述的这段文字，陈晓明先生做了精彩的分析："余华的叙述语言打断了能指与所指的紧密的线性联系,能指追踪所指与感觉追踪对象事物构成二元对位结构。绝大部分的能指词的所指意义不确定,因为那个中心的语义,或者说终极的所指隐藏在能指群的边际,能指群热衷于相互追踪而并不急于进入所指确切存在的区域。当然,并不是说单个能指词的所指都不存在,这显然是不可能的。但是,'能指群'的建立以单个能指词语所指关系的脱节为前提条件,由此造成一大群的语词压缩为能指词群。'一片热烈的黄色'及其系列的感觉体验去追踪实际存在的'阳光'。'阳光'作为一个阶段性的终极的'所指',藏匿于能指群的边际。"①

　　叙事的能指化必然会导致叙事人物的符号化。北村的"者说"系列,随着叙事游戏的不断延伸,在语言迷宫中人被物化为纯粹的语符是不可避免的。实际上,在西方,以《咖啡壶》的作者罗伯-格里耶为核心的法国新小说作家都热衷于这种艺术实践。苏珊·朗格说:"一件艺术品就是一个符号。艺术家的任何活动自始至终都是制造符号,而符号的制造又需要抽象,符号的抽象越多,其符号的功能就越远地脱离传统,这样一来,它呈现出来的形式的含义就越要靠形式呈现的特征去表现。"②先锋作家把人物处理为"物质性"的符号和代码,呼应了苏珊·朗格的形式主义主张。

　　比如,韩少功小说《爸爸爸》中的"丙崽",王安忆《小鲍庄》里的"捞渣",阿来《尘埃落定》中的"傻子",李洱《遗忘》里的"侯后毅""嫦娥",余华《世事如烟》中的"算命先生"和《难逃劫数》里的"老中医"以及北村《施洗的河》中的"刘浪",等等;这些人物都越来越远离现实生活中的真实经验与生命存在的真实形相,作为作者抽象理念的指代符号,他们只保留了对人类存在的一些象征和寓言。在行者的中篇小说《突豹特》中,人物完全沦为了抽象的语言符号,他们的在场只是为了不断消解包含欲望与神秘化力量的意象——"突豹特"而存在。"突豹特"本身就是作者有意制造的一个叙事符码,它的所指意向被拼接的资料所肢解而呈现出似是而非、复杂诡秘的状态。小说中的人物和意象"突豹特"互相消解与支撑共同承担了叙事文本的寓言化指代。事实上,《突豹特》的所指已溢出了生活事相与理性的边界,体现了某种不稳定的、

---

　　① 陈晓明.无边的挑战——中国先锋文学的后现代性[M].桂林:广西师范大学出版社,2004:70.

　　② 徐剑艺.形式思维[M].北京:人民日报出版社,2000:165.

抽象化与极致化的能指播散。这种景象，在残雪的小说中得到了集中展示。在残雪的笔下，人物缺乏明确的意义指向，形象模糊，飘忽不定，他们的行为方式乖戾荒诞，性格怪异不合常理。比如，齐婆、张灭资《黄泥街》，《突围表演》中的 X 女士和 Q 男士，《苍老的浮云》中的虚汝华、更无善，等等。《山上的小屋》里面人物更是真假难辨，迷离不清。在作者抽象化的叙述中，"父亲""母亲"等"我"最亲近的家人都发生了背离伦理秩序的变异，成为某种颠覆日常伦理的文化符号。

> 我心里很乱，因为抽屉里的一些东西遗失了。母亲假装什么也不知道，垂着眼。但是她正恶狠狠地盯着我的后脑勺，我感觉得出来，每次她盯我的后脑勺我头皮上被她盯的那块地方就发麻，而且肿起来。
>
> 父亲用一只眼迅速地盯了我一下，我感觉到那是一只熟悉的狼眼。我恍然大悟。原来父亲每天夜里变为狼群的一只，绕着这栋房子奔跑，发出凄厉的嗥叫。

其实，《山上的小屋》类似卡夫卡《变形记》中所预设的人性异化的隐喻。"父亲""母亲""小妹"已脱离了自身的所指，成为进入人性异化与分裂的荒谬性指称的表达符号。可以说，《山上的小屋》彻底粉碎了我们赖以生存的家庭道德伦理。显然，先锋文学笔下的人物不再具有任何传统伦理上的精神特征，他们不断僭越生活经验与伦理规范，在展示"人"的否定性方面沦落为一种形而上的艺术符号。为突出人物符号的指代功能，先锋作家往往改变人物的现实情形，极力削减具象化的生活成分，故意忽略他们活动的社会背景和现实时空，有时候甚至对他们生存的客观境域进行主观改造借以凸显和强调人物的符号意指力量。例如马原的《虚构》《冈底斯的诱惑》，格非的《褐色鸟群》，孙甘露的《请女人猜谜》，余华的《鲜血梅花》和史铁生的《一个谜语的几种简单的猜法》等，都没有明确具体的时间和社会背景，人物的活动空间也被虚化。"这样一来，不仅人物的社会性功能被完全消解，而且人物所受的时空局限也被彻底解放，叙事可以自由地进入人物独特的内心世界，人物也可以从容地穿梭于历史、梦境与现实之间。这种情景，其实与先锋作家对叙事的碎片化追求有着内在的一致性,即取消人物的性格逻辑和命运发展的线性轨迹,使人物仅仅作为一种叙事的符号和代码,往返于各种纷繁的叙事碎片之中。"①

进一步讲,许多先锋作家笔下的人物的价值判断也是非不清,有的甚至干脆取消了年龄、性别和姓名,成了一个彻头彻尾的指代符号。比如余华的《世事如烟》,小说中的人物几乎没有姓名,只有极少数通过自身的职业身份来称呼,如算命先生、瞎子、司机等,其他的人物一律用数字来代替。这些人物神秘莫测、行为变幻不定;没有确定具体的时空背景,没有性别和年龄,他们的生存方式与现实相迥异,好像生活在另一个陌生的世界里。"符号化人物不隐瞒人物的虚构性,它就是对人物进行虚构化处理,已获得'变换'的最大可能性。"②

3. 生存的碎片化

显而易见,很多先锋小说不再重视故事的完整性,甚至取消情节的发展,故意让人物性格变得模糊不清。先锋文学视野中的人类生存似乎永远就缺乏一个统一的中心,呈碎片化状态,所以,先锋文学叙事也只展示孤立的细节和没有必然联系的故事片段与彼此陌生或是互不相关的人物。先锋文学的这种后现代观念来源于结构主义与后结构主义的哲学思想,其中,罗兰·巴特是对整体性和统一性写作进行质疑的代表人物。总体性是控制和异化的别名,它暗含着中心、等级制和人为的秩序感。总体性要求屈从和就范,它就是盲目的纪律和权威制度。总体性迫害那些异质上的细节和节外生枝的活力,它是压抑的法律和制度。断片则将总体性撕开了裂口,它摧毁了总体性的堤坝,让那些异质之流自由地涌动。一开始,巴特就意识到总体性的歪曲,他抛弃了其暴君做派,相反,将各种各样的局部细节并置起来,它们享有同等的地位,他不为它们排序和组织,且以一种现象学的方式直接将它们暴露于世,使它们恢复其原样,将它们从一种盲目的牵连中斩断它们的异化绳索,从而最终解放它们的本来面目。

刘震云的长篇小说《一腔废话》就彻底摆脱了时空的一维性制约,时间与

---

① 洪治纲.守望先锋——兼论中国当代先锋文学的发展[M].桂林:广西师范大学出版社,2005:161.

② 陈晓明.陈晓明小说时评[M].开封:河南大学出版社,2002:195.

空间被抽空了现实存在的任何依据,生存像碎片化的树叶一样纷纷地被纳入游戏性的叙事话语里,在写作主体的主观想象中漫游。一个名叫五十街西里的地方,一群远离中心被生活边缘化的平民,却充满巡游历史的野心。悖论的是,他们的理想与愿望被一个又一个的日常经验所缠绕,每走一步都有可能陷入可怕的历史陷阱中。但刘震云的叙事并没有拘泥在现实生活的日常逻辑里,他颠覆了传统叙事的常识性思维,让叙事话语逃离理性逻辑的桎梏,而进入一个充满无限自由的感性空间里。小说中的人物具有多重身份与角色,他们可以任意出入历史与现实编织的时空,在他们身上,迷乱的现实和虚幻的精神变幻重叠,贯穿起一种碎片纷呈、凌乱无序的生存景象。可以看出,刘震云善于利用碎片化的叙事来表达他对现实生活的理解与认识,但由于统一性被拆除,碎石般的话语背后,缺失对整体性存在意义的信任,刘震云的叙事便不自觉地滑向对视觉感官的满足,指向纯粹的叙事游戏。在人物表现方面,自身存在的荒谬性通过叙事的延展被充分挖掘,人物性格与命运在自我的确证中又被自我所消解。老杜和老蒋有着巧妙的目标设计,但它的实施却把他们自己放逐出了本属于自己的家园;小饭铺的老郭变成了梦幻剧场的导演,他让卖白菜的小白来表演模仿秀,可小白只会对自己的模仿,老郭的导演梦最终被自己的导演所粉碎;女主持人想让开澡堂的老冯在一场电视直播的谈话节目按她自己的想法表演,却被老冯戏耍不得不当众脱下裤子;等等,不一而足。总之,在五十街西里,疯子、傻子、常人和智者之间没有明确的界限,有的只是对现实秩序与生命存在的遗忘和对整体意义的颠覆。

石康的写作正如他的小说《支离破碎》的名字一样,生存在石康的笔下与传统的真实含义已经完全不同,这样的生活,也无法从道德立场上来进行价值判断。《支离破碎》毋庸说复杂的情节,甚至故事已经简单到无法进一步省略,只有几个粗糙的人物,和他们串联起的一些生活片段。主人公"我"、大庆、陈小露、朱玲等都是些不好不坏的人物。他们没有理想,不是英雄,更谈不上什么人生业绩,他们只依靠感觉和本能生活。这是一些摆脱了精神重负,带有自虐式意识的"新新人类",他们拒绝了历史与生存的意义,又被历史和生存所拒绝。可以说,石康的人物书写与王朔的都市痞子相类似,只不过,王朔通过完整的故事来呈现,背后有着统一的支撑文本的精神主旨。石康的主人公没有完整的生活,也没有明确的价值取向,对于他而言,生活随意涌现又随意消失让人难以把握,生存充其量是个偶然的、片段化的过程。"我"和张蕾之间的爱欲与激情甚至生死离别等表达生存的极限事物都被作者做了轻描淡写的偶然化处理。石康凭借自我的感觉和欲念来支配小说叙事,由于没有固定的是非认知和价值判断的阙如,他随时对生活进行嘲弄与反讽,用个人的混乱不堪来消解现实生存的理想范式。这样,石康的文学书写成了个人忠于内心欲念的叙事游戏,小说人物也降落到灵魂失重后的符号化位置。

　　碎片式的审美追求在残雪的创作中也表现得十分突出。残雪的小说不讲究故事的完整性,也不追求情节脉络的前后连贯与同一。她善于把一堆不相关联的意象并置在一起来表达不定的、瞬间的感受。如她的《黄泥街》《突围表演》等一系列小说都呈现出一种杂乱无章的碎片景象。碎片化叙事直指紊乱的社会秩序,又是人与人之间正常伦理关系解体的隐喻。对此,评论界把残雪的创作称为"仿梦"的叙事。的确,残雪的作品具有梦的特征:混乱、荒诞、支离破碎和不确定的意义等等。"我曾去找黄泥街,找的时间真漫长——好像有几个世纪。梦有碎片儿落在我的脚边——那梦已经死去很久了"(《黄泥街》),是"梦"让残雪和她的主人公随意地穿梭在幻觉和现实交织重叠的空间里,而梦又是支离破碎的,缺失生存的中心。黄泥街人的生活就像梦魇一样充满着幻觉、子虚乌有的恐惧和令人不适的怪诞。这样的怪诞弥漫在了叙事的每一个细节。请看一段人物的对话:

　　　　"塘里漂着一只死猫。"宋婆压低了喉咙说,也不望人,鼠子一样贴墙溜行着。

　　　　"放屁!没有什么死猫。"齐婆一把紧紧抓住那矮女人,想了一想,想起什么来,以仰头,一拍掌,涨紧了脸反问她:

　　　　"千百万人头要落地?"

　　　　"塘里又漂上了死猫。"

　　　　"鬼剃头……"

　　　　"千百万人头……"

　　　　"血光之灾……"

　　这样的对话混乱、突兀,毫无关联的交流只能是无聊或是无意义生存的荒诞化呈示。同样的情况出现在孙甘露的《请女人猜谜》、史铁生的《务虚笔记》和余华的《世事如烟》等作品中,但叙事手段则是利用人物内心独白来拆散整体性的叙事表达。内心独白性质和梦境相似,既不统一也不连贯,叙事话语不断深入人物精神内部,通过瞬间性的漫游方式在不经意间来实现对整体情节和统一意义的拆解。先锋文学的这种碎片化叙事的美学诉求,在文化哲学上与视觉时代的后现代主义形态不谋而合。后现代主义对文本零散化和不确定性的追求就是对"逻各斯中心主义"和整体论的颠覆,它既是对既定伦理价值体系的动摇,又是对传统生存秩序的反抗,正如尤奈斯库所言:"我们生活在一个彼此不能理解的世界上,在这里是一片混乱。在这种混乱中,应当去寻求一种真理或者什么意义吗? 那是没有必要的。"①

4. 文本的狂欢化

巴赫金在研究拉伯雷和陀思妥耶夫斯基的小说时提出了他的"狂欢化"诗学理论。他认为:"在狂欢节的广场上,在暂时取消了人们之间的一切等级差别和隔阂,取消了日常生活,即非狂欢节生活中的某些规范和禁令的条件下,形成了平时生活中不可能有的一种特殊的既理想又现实的人与人之间的交往。这是人们之间没有任何距离,不拘形迹地在广场上的自由接触。"②狂欢化来自狂化节本身,它具有无等级性、宣泄性、大众性和颠覆性等鲜明的后现代主义特征。在视觉时代,狂欢化叙事因具有浓厚的视觉色彩而被先锋作家所强调,在他们的文学写作中,文本的狂欢化往往通过奇异而又怪诞的情节构思、夸张的人物想象、戏谑的风格、多种文体的混杂以及粗野杂乱的叙事话语等表达方式来实现。

大多数先锋文学家都热衷于对离奇故事情节的大胆构思。在他们笔下,故事颠覆了我们惯常的想象和经验,人物形象也脱离了现实生活的常态。他们不再遵从传统的艺术表现原则,而是通过夸张、变形、荒唐、谐谑等方式来重述他们眼中的现实与历史。这种狂欢化的叙事最能体现视觉时代的文化反叛品性——对既定秩序的破坏和颠倒。莫言的系列小说《红高粱家族》就是这方面的代表作。在小说中,高尚与卑劣、正义与野蛮、美好与丑陋、英雄

---

① 王忠琪,等,译.法国作家论文学[M].北京:生活·读书·新知三联书店,1984:596.
② 巴赫金.拉伯雷研究[M].李兆林,夏忠宪,等,译.石家庄:河北教育出版社,1998:119.

与非英雄常常混为一体，模糊不清。《红高粱家族》对传统的道德规范和价值伦理进行了消解或颠覆。主人公余占鳌就是这样一个复杂的集合体，在他身上，既有的伦理价值判断显然是失效的，莫言对余占鳌形象的塑造集中体现了他的叙事理想与审美追求。余占鳌最初的杀人是由于自己守寡多年的母亲与一个和尚的不正当关系，这件事直接造成了母亲的精神压力，而后也被迫上吊而死。他为了女人，杀人越货，勾引并霸占了后来成了他妻子的戴凤莲。当自己的妻子遭人非礼后，为报仇雪耻，他苦练枪法，冒着生命危险深入土匪花脖子一伙的老窝，将他们一网打尽。他杀死自己的亲叔叔，就是因为其在酒后强奸了一个村姑。他可以为小妾不惜和妻子闹翻，也可以在民族危亡时刻，为民族大义，毅然拉起队伍进行抗日直至最后全军覆没……他就是这样的一个难以评判的人物，他为爱情而拼搏，为正义而奉献自己，在复仇时残忍而野蛮。莫言小说中对他的主人公进行了评价："他一辈子都没弄清人与政治、人与社会、人与战争的关系，虽然他在战争的巨轮上飞速旋转着，虽然他的人性的光芒总是冲破冰冷的铁甲放射出来。但事实上，他的人生即使是能在某一瞬间放射出璀璨的光芒，这光芒也是寒冷的、弯曲的，掺杂着某种深刻的兽性因素。"莫言的其他小说如《酒国》《天堂蒜薹之歌》《梦境与杂种》《丰乳肥臀》以及《檀香刑》中的一些奇异事件，使人物及其日常生活非常态化了。由于摆脱了既有秩序的制约，莫言的文学叙事，如同出现在节日广场上的人群一样，自由地游戏而又快乐地宣泄自己的各种欲望。可以这样认为，文本的狂欢化是莫言小说的一个突出特征，对狂欢化文学世界的建构是莫言文学创作的理想指归。"戏谑"是营造狂欢化效果的重要艺术途径，也是解构文学伦理的主要手段之一。戏谑是狂欢的基本途径。在莫言小说中，有大量的戏谑性场景。如《丰乳肥臀》中对性欲的描写，《模式与原型》里面对动物交媾场面的叙述，《红蝗》中食草乡民的粪便，《红高粱家族》中"我爷爷"往酒缸里撒尿的场景，等等；这些直接作用于读者视觉的景观化叙述使先锋文学的狂欢化叙事溢出了伦理道德的边界。在狂欢化叙事中，有时用"戏仿"代替"戏谑"来处理小说文本。《酒国》中的故事是对侦探小说的戏仿，莫言与李一斗的通信是戏仿了社交辞令和官方文体。戏仿与戏谑是后现代主义写作普遍采用的解构形式，根据加拿大学者琳达·哈琴的论述，戏仿显示为"历史元小说"的后现代品格。"这种带有浓重反讽意味的戏仿经常赋予了小说这种自相矛盾的双重性：就以戏仿的形式在文本里重写'世界'和文学的过去而言，历史和小说的互文本具有相同的地位。文本对这些互文本里面各种过去的合并被视为是后现代小说的构成要素。"①戏仿的出现，在很大程度上反映了后现代文学的视觉化写作倾向。在先锋小说那里，戏仿变成了颠覆传统美学原则和价值核心又一把撒手锏；它的否定性本质瓦解了母本的权威结构和赖以生存的话语基础，文学叙事降格为一场卸去道德责任的写作游戏。

从哈琴的分析中可看出，与戏仿手段相类似的互文写作也是一种重要的后现代表达方式。为加强文本的狂欢化效果，互文性写作在先锋作家那里也是种常见的叙事现象。互文性写作被指为"跨文体写作"的重要范式，着意强调写作主体对既定文体类别、艺术门类之间界限的打破，让多种艺术形式和文体方式同时进入一个叙事文本中。有西方作家曾在诗歌创作中利用一些图形结构来增加文本的形式感和视觉效果。正如伍尔芙所把小说设想为一种综合化的文学形式那样："它将用散文写成，但那是一种具有许多诗歌特征的散文。它将具有诗歌的某种凝练，但更多地接近于散文的平凡。它将带有戏剧性，然而它又不是戏剧。它将被阅读，而不是被演出。"②事实上，除了这些之外，先锋作家还将很多非文学的因素渗透到小说的话语运作中，使小说成为一种"多声部性"的、多种语言形式混杂聒噪的艺术载体。作为重要的先锋文本，刘恪的《城与市》是一部典型的跨文体实验的小说。他把随笔、戏剧、日记、诗歌、戏谑、反神话、梦境、考证、意识流、超现实拼贴等数十种文类体式杂糅在一起，创造了一种似是而非的"超级小说"文本。韩少功的《马桥词典》移植了大量的史实资料和解释词条，是一本集叙事、征引、诠释、分析于一体的"词典"形式的长篇小说。莫言则把地方戏曲"猫腔"中的唱词掺入《檀香刑》的叙事话语中。有的作家喜欢用图画、照片等美术形式来加强小说的叙事功能。譬如海男的《男人传》和李洱的《遗忘》等等，图片的参与让叙事在语言之外获得了直接的视觉效果。在这一点上，潘军的长篇小说《独白与手势》表现得尤为突出。小说主要通过独白的方式来展现主人公心灵内部挣扎、冲突与自我逃避的精神历程。小说中的"我"不断经历，又不断遗弃，永远在冒

---

① 琳达·哈琴.后现代主义诗学：历史·理论·小说[M].李杨，李锋，译.南京：南京大学出版社，2009：166.

② 弗吉尼亚·伍尔芙.论小说与小说家[M].瞿世镜，译.上海：上海译文出版社，1986：250-251.

险,永远处于"逃亡"的路上。为了实现对主人公复杂精神世界的揭示,小说大量借用摄影及美术作品,即从纯粹的视觉化角度来强化叙事本身,插图的利用更直观化地将抽象的精神化为具体的文本景象,强烈的视觉形象冲击在拓展了叙事语言的表现力同时,粉碎了语言的想象功能,从而把文学的听觉品质逐出了审美艺术的门外。

在先锋文学的狂欢化文本中,不同的语言风格互相交织混杂,不同的语言声音互相拼接、组合在一个既融合又对立的语句表达系统里,形成一个众声喧哗的整体。这样的语言形式被巴赫金称为"复调式"的狂欢化语言,其代表了与官方话语相对立的民间声音。狂欢化语言通过粗俗、戏谑的语词,甚至夹杂谩骂、插科打诨等众多粗鲁声音的组装,来达到对既有秩序、等级和权威的反抗和拆解。例如,在莫言的小说《欢乐》中有这样一段记录一个患有精神障碍的中学生的意识活动:

> 你的耳朵里混杂着各种各样的机器声和喇叭声,牛叫马嘶人骂娘等等也混杂在里边;你的鼻子里充斥着脏水沟里的污水味道、煤油汽油润滑油的味道、各种汗的味道和各种屁的味道。小姐出的是香汗,农民出的是臭汗,高等人放的是香屁,低等人放的是臭屁,("有钱人放了一个屁,鸡蛋黄味鹦哥声;马瘦毛长牵拉鬃,穷人说话不中听。")臭汗香汗,香屁臭屁。混合成一股五彩缤纷的气流,在你的身前身后头上头下虬龙般蜿蜒。你知道要毁了,塌蹬了,这是最后的斗争,电灯泡捣蒜,一锤子买卖,发生在公路上的大堵塞,是每个进县赶考的中学生的大厄运。

从上面这段文字可以看出,多重声音共同制造出众声喧哗的效果。里面有主人公的心理活动、生理体验、动物的声音、俚语、粗话俗语、民间歌谣、顺口溜等集中于瞬间的场景中,在话语的平面上互相嵌入混杂。在这样的语言碎片中,崇高与卑俗的等级界限消失,高贵与低下、雅与俗等异质性的差异都被这多重的聒噪之声所淹没。莫言式的语言狂欢也是感觉的狂欢,视觉化的狂欢。有评论家注意到了莫言小说语言的强烈的视觉性,并指出莫言正是通过视觉化的语言来实现他的解构策略的。"对感官经验的大肆铺张,几乎成了莫言小说叙述风格的标志。在一些作品(如《欢乐》《爆炸》《球状闪电》等)中,对感官经验的自由宣泄甚至代替了叙事,而成为小说的核心部分。极度膨胀的感官成了叙事的主角,它使叙事的历时性转化为当下的生命感受,同时,也使有理性的总体化原则构建起来的叙事链断裂为瞬间感官经验的碎片。莫言笔下的世界变成了感官的王国,一个由瞬间的感官经验碎片拼合起来的感官世界。"[1]很明显,在莫言那里,"感官经验的大肆铺张"是通往视觉化狂欢的必由之路。当然,不仅仅是莫言,在先锋文学叙事中,对感官经验的倚重,通过对视觉器官功能的挖掘与强化来凸显狂欢效果是最有效的表现形式。陈晓明先生在分析了小说家哲夫的狂欢化写作后说:"与其说这是哲夫写作的局限,不如说是一种时尚。这种消费式的写作与消费式的阅读,全然由这个时代的商业主义审美霸权所决定。这种审美霸权不再追寻永恒性的和深度性的思想观念,而是捕捉涌动不息的表象体系、随意的思想闪电和感觉碎片,重在提供狂欢节式的感官快乐和满足。这种由视觉符号表征的审美霸权,日益侵入了语言符号领地,当代文学已经在相当程度上为商业主义文化霸权所俘获,勉为其难的抵抗已经更多地为大势所左右。"[2]

第三节　小说空间化:视觉消费与符号表征

在视觉文化语境中,文学的空间化趋势越来越明显,受其影响,文学伦理也随着文学的空间化进程逐步滑落到足以瓦解支撑自我之根本的边缘。在后现代社会,视觉文化遭遇消费主义逻辑后,作为重要组成部分的文学进入生产和流通领域成为迎合视觉欲望的符号化商品和资本,为追求商品的价值盈利和资本的无限增值,文学生产充分挖掘自我的社会文化属性,以期最大限度地满足大众的视觉消费欲望;反过来,视觉消费通过对空间的关注紧紧牵制着文学生产的实践策略和商品形态,可以说,文学生产就是对视觉空间的再生产,其通过生产性的图像符号来表征它的视觉寓意内涵,进而实现它

---

① 张闳.内部的风景[M].广州:广州出版社,2000:63.
② 陈晓明.无边的挑战——中国先锋文学的后现代性[M].桂林:广西师范大学出版社,2004:387.

存在的社会意义和文化价值。说到表征，斯图尔特·霍尔认为，表征是一种意指实践活动，它指利用符号、形象、图像等媒介表达手段来转达和阐释某种象征意义和具体的观念与情感。从文学实践上看，"表征是在我们头脑中通过语言对各种概念的意义的生产。它就是诸概念与语言之间的联系，这种联系使我们既能指称'真实'的物、人、事的世界，又确实能想象虚构的物、人、事的世界"①。文学生产是典型的具有浓厚表征意义的文化实践活动，其通过语言、形象等符号介质，借助直观、再现、敞视等视觉途径来实现文学空间表征的精神内涵。

在当代文学发展史上，新写实小说肇始并成长于市场经济的社会意识转型与深化之中。与稍早的"反思文学""寻根文学"和"先锋小说"相比较，新写实小说体现出越来越浓厚的商品属性。为迎合市场化的商业需求，以最大限度地融入生产与消费的文化产业体系中，新写实小说主动舍弃了寻根文学和先锋小说的历史意识和深度模式转而凸显它的当下性和现场感。不论是池莉的《烦恼人生》《不谈爱情》《太阳出世》《冷也好热也好活着就好》《来来往往》，方方的《风景》《桃花灿烂》，还是刘震云的《一地鸡毛》和《单位》等小说文本，都致力于呈现非历史化的当下日常生活的原初与本相，虽然这种旨在提供日常生活的所谓"真实"的努力诉诸我们知觉的却是都市生活的庸常本性和"鸡零狗碎"般的视觉感受。对此，代表作家池莉宣称新写实小说的非历史化、非典型化的文本追求来源于一种"形而下"的生活视角，她说："我与别人看世界的观点完全不一样。我是从下开始的，别人是从上开始的，用文学界时兴的话说，我是从形而下开始的，别人是从形而上开始的，认识的结果完全不同。"②事实上，新写实小说把写作转换为了一种类似照相、摄影等复制技艺的文字操练形式，"镜头"所到之处，"形而下"的现实生活原始自然地流淌在一个个平面化的生活空间中。在这里，空间意象的选择有意地回避了理性与精神世界对日常生活的双重介入，比如厨房、卧室、公共汽车、菜市、车间和宿舍等挤满烦琐事务的日常生活与工作场域，其在重构日常工作与生活合情合理的同时，隐喻为平庸生活的无聊和人生意义的价值阙如，中篇小说《烦恼人

---

① 斯图尔特·霍尔.表征：文化表征与意指实践[M].徐亮等，陆兴华，译.北京：商务印书馆，2013.22.

② 程永新.池莉访谈录[M]//池莉.烦恼人生.广州：花城出版社，2016.268.

生》的全部意义似乎就蕴含在以上这几个并置的日常生活空间中,主人公印家厚的人生故事由此日复一日地得到不断重复与循环表达;卧室照顾老婆孩子、卫生间排队、挤公交车、路边餐馆的生活花絮、车间里的暧昧情感以及日常家务琐事构成了印家厚所有的人生追求与生存景观;由于历史时间的中断,平庸的生活节奏,琐碎的日常生活细节等生活表象逐步上升为生活的本质与真实,呈现为永远的"当下性",与此同时,获得表达生活"真实"的生活空间意象失去了历史时间和将来的支持,沦落为无所诉求的表象化视觉符号。同样的情形在池莉的其他小说中得到更为明显的呈示,《不谈爱情》突出了"医院外科手术室"和"花楼街"两个空间意象,小说中写道:

> 武汉人谁都知道汉口有一条花楼街。从前它曾粉香脂浓,莺歌燕舞,是汉口商业繁华的标志。如今朱栏已旧,红颜已老,瓦房之间深深的小巷里到处生长着青苔。无论春夏秋冬,晴天雨天,花楼街始终弥漫着一种破落气氛,流露出一种不知羞耻的风骚劲儿。

"花楼街"暗示了女主人公吉玲的家庭出身与社会地位,并为她的现实行为和爱情追求提供了空间活动边界;出生在知识分子家庭的男主人公庄建非,自幼生活在高等学府浓厚的文化教育空间里,成年后成为著名医院"胸外科手术室"的青年才俊;这两种相差迥异的空间却在不经意间产生了碰撞与熔接,其结果自然分娩出"不谈爱情"的无奈主题。庄建非曾为自己的选择给出了一个直接答案:"他在对自己的婚姻做了一番新的估价之后,终于冷静地找出了自己为什么结婚的根本原因,这就是:性欲。"(池莉《不谈爱情》)爱情简化为性欲,后者一旦被证明为维系家庭的可靠方式,婚姻家庭就会有进一步沦为欲望空间的可能与危险,但这正是"花楼街"和"手术室"两大空间的比照和缀合后的逻辑事实。在《冷也好热也好活着就好》中,作家把目光移位到都市夏夜的街头,武汉特有的夜生活就在这繁杂热闹的狭小空间里自然而又平静地展开,这里没有戏剧化的冲突和激动人心的往事,时间似乎停了下来,没有历史,只有炎热的天气和当天的新闻话题支撑起饮食男女们日常生活信念。这部短篇小说依然延续了池莉机械复制的写作方式,对生活材料不做任何纵深的意义挖掘和价值审视,只借用平面化的扫描等视觉手段以期实现生活的原质呈现。池莉曾说自己只做拼版工作，以记"流水账"的形式来观看生活，展示生活；对此，新写实小说另一代表作家刘震云认为他写的就是生活本身，他特别推崇"自然"二字。问题是对生活表象的简单化复制并不等于对生活真实的揭示，文学所表现的真实是一种逻辑真实和本质真实，新写实小说所标榜的"自然"有意摒弃对生活材料的理性裁剪和"内在规律"的把握与总结，一味地强化它的视觉特性，结果会导致它不仅不指向生活真实本身甚至相反，因为视觉空间是可见与不可见的统一，可见的是外在的景象，不可见的是它背后的多元化能指和隐喻。从此方面看，长篇小说《来来往往》对视觉化空间的关注最为突出，男主人公康伟业与 5 个女人的情感故事贯穿于商场与家庭两大空间里。康伟业等人物性格破碎空洞，普遍具有概念化脸谱化倾向，其形象是为满足消费者观看欲望而设计的视觉符号，围绕他们的故事情节是作家精心编织的既没有现实逻辑又没有情感逻辑的画面拼贴。著名学者肖鹰在解读这部小说时认为，阅读《来来往往》式的小说，是不需要通过大脑和心灵的，也不可能有真正的情感体验，只需要对文字传达的视觉信息做视觉还原。在这种纯粹诉诸形象感官的小说中，思想被排除了，情感被物化为形象。这种小说的后现代特性在于，它不仅是商品化的文学作品，而是只是纯粹意义上的消费品——一次性的消费品。肖鹰先生在文章《池莉小说电视化批判》中深刻地分析了新写实小说的这种商品化的视觉消费特质，并指出历史感的消失是致使小说空间意象符号化的逻辑前提；进言之，深度模式的丧失也致使小说表达现实世界资格和能力的自我褫夺，本质与现象的暧昧不明、真实与非真实边界模糊、可见之意与不可见之意混同失序现象，这些都表征了小说在向市场妥协后文学精神逐渐荒废的现实窘态。

　　事实证明，以《烦恼人生》为代表的新写实小说在发表后一定时间内迅速得到市场的青睐，与消费者对视觉符号的接受与偏爱心理有着密切的联系。有学者认为："（新写实小说）以文本生产的方式重构了日常生活空间。"[①]反过来说，小说的空间化生产重构了文本的现实形态。在市场经济的语境中，文学活动包括生产与消费两大环节，文学创作即是生产，文学接受即是消费，文学活动是文学生产与消费的统一。在视觉文化时代，文学生产的空间化策略

---

　　① 谢纳.空间生产与文化表征[M].北京：中国人民大学出版社，2010：208.

是借助其视觉消费功能的实现而实现的,可以这样说,视觉消费功能召遣并推动了文学的空间化生产,文学空间进一步强化了文学语言的符号化及其表征功能,为文学伦理形态的重构提供了保障与支持。

20世纪末以来,随着工业生产和市场经济的飞速发展,中国的城市化进程步调加快,城市生活日新月异,都市化成为现代化中国的空间标志。现代都市是建立在以商品交换为目的、以商业经济为本位的空间样态,在外表现为纵横交错、壮观亮丽的奇异化视觉景观,在内由于人口成分和职业构成驳杂、社会生活各领域交叉重叠、精神形态的多样化与消费形态的欲望化等诸多因素,呈现出矛盾性、混淆性、异质性、多元性、消费性和开放性等多重杂糅并置的后现代空间特征。作为现代生存的基本体验形式,都市空间构造了都市人的观看姿态和空间体验模式,同时也支配着作家的空间生存体验和文学空间的精神形貌,决定着文学在表达空间体验时刻的审视角度和书写方式,特别是电子传媒与视像复制、数码等虚拟仿真技术的普及,催促着都市空间从图像化向虚拟化、仿真化的符号转换,文学书写也相应地僭越为对拟仿性空间符号的体验与生产。从这方面看,新生代作家如朱文、邱华栋、韩东等人的小说充盈着后现代空间体验的浓重色彩。

> 它每天都给我提供流动的真实与幻象相结合的图景,让我处于一种不断变换场景的梦幻之中。
>
> ——邱华栋《时装人》
>
> 有时候我觉得北京是一座沙盘城市,它在不停地旋转和扩展,它的所有的正在长高的建筑都是不真实的,我用手轻轻一弹,那些高楼大厦就会沿着马路像多米诺骨牌一样依次倒下去,包括五十二层高的京广大厦和有三百米高、八十八层的望京大厦。
>
> ——邱华栋《沙盘城市》

在邱华栋眼里,高楼大厦、超级市场、夜总会、游艺室和酒吧间等都市空间意象像一件件互相模仿却转瞬即逝的时装,如同城市广场上那高大壮观、闪烁不停的电子广告屏幕上的图像符号一样,既真实又虚幻。"我站在人群当中,突然觉得,就在今天,我也成了一个时装人,一件时装,所有的人都在注视我,在内心之中模仿我,到明天,他们依旧会忘记我,就像忘记一件过时的时装。"(邱华栋《时装人》)小说中,"时装人"凭借商业化的形象包装而获得了一种可供交换的商品符号,其社会属性也发生了根本的扭曲和置换;"时装人"具有模仿性、瞬时性、虚构性、时尚性和消费性的特点,在消费主义的都市生活空间中,"时装人"表现出后现代都市人的冷漠孤独、虚妄矫饰、疲弱麻木、自我迷失与漂泊无根等空心化的精神形态。在商业社会,消费是欲望的消费,欲望是消费的欲望,欲望与消费统一于都市生活空间之中;都市欲望空间表现为娱乐化的消费场所,进入娱乐化的都市生活空间,各种炫目迷人的广告、刺激与挑逗人感官的视觉形象和语言不断煽动起强烈的消费诉求。在这里,真情、真爱被物质欲望所交换,爱情堕落为赤裸裸的肉欲游戏。朱文的《我爱美元》揭示了金钱和性欲才是生存真谛的都市生活现实,大学毕业的"我"追求更多的美元是为了获得与多个女人性交易的自由,而这种自由恰恰是"我"认为的人生意义所在。卫慧的《上海宝贝》《床上的月亮》《纸戒指》《我的禅》,绵绵的《糖》《啦啦啦》等新生代女作家的小说文本向我们展现了一个个鲜活而又迷乱的都市空间生活图景。卫慧、绵绵等女作家又被命名为"新新人类作家",这个颇带贬义的称呼直接呈露了她们对新奇观念与另类表达的共同写作倾向,比如都自觉追求视觉刺激、崇尚感官欲望表达,等等。酒吧、舞厅、游乐场、豪华酒店、别墅等地是小说人物频繁出入的空间场所,这些隐含着纸醉金迷、声色犬马的后现代场景,由于欲望的交换而转换为一种具有消费功能的商品符号。

这是欲望的宣泄,生命放纵的狂欢和快感消费的节日。"迪厅"作为欲望的交换场所,在商业利益的驱动下乐此不疲地把每一个夜晚都变成欲望的狂欢盛宴,沉浸其间的女人们将"迪厅"等都市空间视为获取生命快乐与生存价值的最佳舞台,并在都市空间里掀起无数次欲望的消费高潮。很明显,"新新人类作家"们的欲望化书写,赋予都市空间极具诱惑的视觉特性和饱满的符号意义,重构着现代都市人新型的交换/消费的欲望关系和人际关系的物质属性。卫慧的小说《我的禅》中的女主人公只热衷性爱和时尚两类事情,不停地更换男友,不论国籍和年龄,疯狂地追逐性爱以至于变态的程度,最重要的是在她那里已没有丝毫的道德负疚和羞愧感,任由欲望支配自己的行为意志,自我完全沦落为性欲的奴隶。卫慧小说具有鲜明的现实性和当下性,由于时间和历史感的退场,空间成为文本世界的主宰,"卫慧小说集中呈现了一个个后现代色彩浓重的场景,这种时间的空间化和空间的平面化,事实上是后现代消费社会商品经济逻辑的必然表现,而卫慧的写作正可以作为这种逻辑的注脚"[①]。"新新人类作家"们确立的都市空间欲望化书写传统被后起的网络小说继承下来,著名网络作家慕容雪村的"都市三部曲"《成都,今夜请将我遗忘》《天堂向左,深圳向右》和《原谅我红尘颠倒》从内容到形式都与"新新人类作家"的写作姿态保持一致,不同的是,慕容雪村对于都市生活空间的认识多了份清醒和理智。比如:

> 夜色中的成都看起来无比温柔,华灯闪烁,笙歌悠扬,一派盛世景象。不过我知道,在繁华背后,这城市正在慢慢腐烂,物欲的潮水在每一个角落翻滚涌动,冒着气泡,散发着辛辣的气味,像尿酸一样腐蚀着每一块砖瓦、每一个灵魂。
>
> ——慕容雪村《成都,今夜请将我遗忘》

无论是新生代小说,还是"新新人类"和网络小说,基本上运用了杂糅交融的视觉化空间并置手段来阻隔叙事的时间之流,人物、情景等大量事象不是在时间维度而是在空间维度上展开和聚集,空间与空间之间频繁更迭与转换,松散、凌乱的空间黏合在一起呈现出难以辨别的混淆性和异质性,都市欲望化空间的象征性在场表征着后现代社会都市生活信仰弱化的时代焦虑症候。对于都市化写作的伦理形态,肖鹰如是认为:"小说的都市化写作,使它丧失了文学对于生活的超越性/批判性距离,而彻底生活化了。以欲望为焦点,在生活中梦想和在梦想中生活,使文学和生活拼合为一体。实际上,通过都市化写作,小说完全变成了与大众传媒、娱乐市场和个人休闲具有同样意义的一种日常生活方式,它们互相反射、互相模仿,构成了鲍德里亚命名的'超级现实'。在超级现实中,真实被淘空了,只存在没有原形的虚空的影像相互之间的虚假模仿和复制。"[②]可以说,以经营视觉化符号消费品为鹄的欲

---

① 管宁.视域与转换:文学的媒介视域与文化符号的转换[M].镇江:江苏大学出版社,2011:102.

② 肖鹰.真实与无限[M].北京:中国工人出版社,2002:175—176.

望化写作,在其视觉化空间的设计与生产过程中,颠覆了文学伦理所蕴含的精神素质和道德秩序,精神信仰、价值理想和人文关怀等品质在当代小说中的失落,昭示着当代小说都市空间化写作将沿着传统文学伦理相反的方向越滑越远。

第四章 想象的代价

　　这一章主要是从文学伦理的"真""善""美"三个角度来研究当代文学的伦理失范现象。伦理学视域中的"羞涩感"与"忧郁"等伦理情绪也纳入了本章的论述范围。第一节主要分析了当代文学在追求所谓"现实主义"的道路上所经历的误区,将"底层写作""现实主义冲击波"与"新写实"小说置放在同一条线索上进行逐个梳理归纳。第二节通过对女性诗人的"身体写作"来求证当代文学在"羞涩感"丧失后的伦理现实。第三节是"暴力的美学",代表作品是余华、莫言等作家的小说;暴力审美化指把暴力行为作为一种艺术快感来向大众尽情展示,那么遭殃的不仅仅是文学伦理,还有被誉为想象性艺术的文学,定会付出惨重的代价。

第一节 真实的幻觉

　　在中国,现实主义文学的兴起来自两股推动力量:一方面是西方文化与文学的强行输入;另一方面也是最关键的生成因素,是由于文学写作基于对传统文学听觉美学范式的不满和反抗。现实主义美学原则的自觉可谓视觉感官的自觉,它借助于建立在启蒙理性基础上的现代性不容置疑的合法性力量,悬置了传统文化艺术与文学"重听觉、轻视觉"的写作行为和美学形式。"现实主义的小说一开始就给读者造成这样的幻觉,即它是按照一般读者看来似乎是真实的生活来反映生活。"①现实主义笔下的真实是出于对事象的外

---

　　① M.H.艾布拉姆斯.欧美文学术语词典[M].朱金鹏,朱荔,译.北京:北京大学出版社,1990:280-281.

在显现，它面向视觉而存在，与听觉无关。如果说，把眼见为实作为衡量是否真实的唯一标准，那文学作品就等同于一面生活的镜子，但事实上，它折射的只是作家自己的"客观"视像，作用于读者的亦是对经过作家目光过滤后的视觉想象的唤醒。

现实主义文学创作中的"写实"与"虚构"问题互相纠结缠绕，成为作家们在寻找为自我行动辩解时所无法回避的难题。事实的情形是，"实"与"虚"的两极争执始终贯穿于整个现当代文学史，而且有很长一段历史时期被政治意识形态强行地建构到自己的话语体系中，虽然期间也出现过此消彼长的情景，但视觉中心主义的霸权地位一直没有被动摇过。那么，现实主义视野中的真实到底是怎样的情况呢？中国现实主义在20世纪发轫之初就把目光对准了苦难中的下层民众。"五四"文学对大众生活的发现体现在传统文化浸润中成长起来的现代作家，实现了从自我的内心冥想到对外在客观凝视的感官转移。不过，由于启蒙者的心理优势，他们并没有普遍深入民众的内心世界去进行彻底的灵魂对接，因此，他们对后者的生活观察只能流于表面层次甚至可以说仅是一种观看的姿态而已。"不能说现代中国作家对于底层民众的关心不够真诚，但是他们对于后者的表现力度的确有限。加上刻意的自上而下的启蒙心态，他们实际上从一开始便对自己意欲表现的对象主体缺少情感层面的理解。可以说，没有哪一位现代中国作家能够像现实主义先驱福楼拜那样，自然而深刻地触及他所处理的小人物的内心世界。由于无法体会表现对象主体的真实感受，他们因此还实施不了视觉的转换，即动用表现对象自身的眼睛来观察周遭的环境。在他那里，被关注的对象同自身的生存境地往往是脱离的；他们看到的仅仅是一个理念的影像抑或是自我的投影。"①这样的分析似乎也很适用于当下被文坛热议的"底层写作"。"底层写作"被认为是"五四"时期现实主义文学的延续，"左翼文学"是它的精神写作资源。"'底层文学'发生的真正动因，与其说是'新左翼'思潮的影响，不如说是现实主义文学精神的复苏。尤其是在2004年发轫初期，那些具有震撼力的作品大都处于'基层作家'或居于边缘的老作家之手，在主流文坛的著名乡土文学作家们把乡村作为'纯文学'叙述容器的时候，他们本着朴素的直面现实的写作

①　路文彬.视觉主导的文化与中国文学的现代性失聪[M].合肥:安徽教育出版社,2008:187.

精神,道出民间的疾苦,控诉社会的不公,显示出曾在中国文学土壤中深深扎根现实主义传统依然保持着顽强的生命力。"①

朴素的"写实"精神应该有着同样朴素的人道情怀,这是"底层写作"所必备的道德意识。人道主义,在某种意义上被认为是"超政治"的价值体系,在"底层文学"叙事中似乎转化为了作家们的一种道德怜悯。于是,底层生活的困境被无限放大,苦难,成为底层生活的标签和唯一景象。由于底层民众复杂的心灵状况和精神情态被忽视,痛苦、磨难、沉沦等词汇牢牢占据了当代作家对底层世界的想象空间。似乎只有"苦难"才能表达底层生活的生存状况。而现实生活中常见的同情、互助、友爱、慈善、合作等高贵的道德情感被作家们所过滤,出现在作品中更多的是冷漠、仇恨、欺诈、贪婪、自私等人性中最阴暗的角落。如尤凤伟的《泥鳅》、刘继明的《我们夫妇之间》和曹征路的《那儿》等一些有轰动性影响的小说,笔墨基本上停留在对生活苦难与人生痛苦的揭示上,很少关注底层人们精神生存的内部世界。因为,只有真正地去关注人的灵魂和精神问题,并由此而触及对现实的"看法",这样的"看法"才是文学的。但是当下许多作家并没有意识到这样的问题。如果说启蒙时代作家们对人的灵魂与精神问题的关注,是试图以自己的思维方式去改变民众的思维方式,创造出革命的意识形态,那么当代中国作家在底层叙事过程对人的灵魂与精神问题的消磁,转而以直观的、极端化的、惨烈的现象性物质主义代之,反映出的则是作家对"底层"想象的缺失,和中国文学近些年淡忘精神书写的后遗症。著名文学评论家雷达先生在一篇学术研究文章中借他人之口指出了"底层写作"的种种弊端:如苦难崇拜式的模式化写作,如脱离底层真实的"想当然"式的隔膜,如对底层认识表面化片面化因而缺乏深刻性等等。可以说,"底层写作"已然是脱离了现实的写作,作家们通过生活中某一部分被夸大的事实来代替他们对底层现实的全部想象,其他的真实被有意遮蔽掉。也就是说,真实的实现,在"底层写作"那里是不可能的事情。因为完成"底层叙事"的主体并非真正来自底层。无论如何标榜自己已然进入到底层人物内心深处并完整地体会到底层的真实状态,他们的言说也始终仅仅是为作为"他者"的底层代言(这正如在真正的底层眼中,所谓的"底层文学"永远

---

① 邵燕君.从现实主义文学到"新左翼文学"——由曹征路《问苍茫》看"底层文学"的发展和困境[J].南方文坛,2009(2).

也是无法找到真正共鸣的"他者"一样），底层概念的命名则首先标示了其作为社会成员的身份印记，其不能够掌握社会大部分资源的现实决定了其在利益再分配中的弱势地位。显然，底层并非没有自己的"叙事"，只是当其"叙事"进入到整个社会系统中来，知识分子所处的社会精英位置显然有意无意地遮蔽了底层的"自我叙述"，而以知识阶层的独断为其进行代言。

　　"底层写作"的非真实性表达还表现在其对"左翼文学"叙事形式的刻意模仿上。曹征路的长篇小说《问苍茫》（发表于《当代》2008年第6期，人民文学出版社2009年1月）就移植了《子夜》和《青春之歌》的写作模式。本来支撑"革命文学"和"左翼文学"的那套价值思想体系已经被文学史所质疑，"新左翼"思潮也没有被充分合法化。在文化语境与社会现实完全相迥异的当代中国，生硬地挪用上面的两种写作模式是可能成功的。问苍茫大地，谁主沉浮？是工人阶级还是资本家？不同生活阅历和思想观念的读者会有不同的答案。在情节主线上，作家有意设计了一场大火来聚集所有的矛盾，但在《问苍茫》中，由于对那场大火发生的必然性缺乏逻辑的铺垫和蓄势，未能形成应有的冲击力和爆发力，在调动起读者对左翼小说的"高潮期待"后又使其落空；在人物塑造上，"左翼文学"本来就容易出现概念化的问题，如果理论论证再不充足的话，人物就会更简单、突兀、缺乏可信性。事实上，由于没有很好地继承与发扬现实主义文学传统，只能一味地照搬《子夜》等小说的人物表现套路。在变化了的生态环境下，对新型经验的提取与整合上显然力不从心，这样，真实感的丧失，导致"底层写作"对底层生活的认识和表达越来越远离它应有的存在意义，它的异质性和挑战性正在被逐渐消解。以《问苍茫》为代表的"底层写作"一路，表现出宏大叙事的复活倾向，对"左翼文学"视域的盲目跟从，遮蔽了现实固有的原生性、生动性和丰富性。奥尔巴赫看来，"严肃地处理日常现实，一方面使广大的社会底层民众上升为表现生存问题的对象，另一方面将任意的日常生活中的人和事置于时代历史进程这一运动着的历史背景之中，这就是当代现实主义的基础"[①]。"底层写作"的作家们没有很好地理解和构筑这个基础，他们眼中的现实只是重构的现实，他们根据自己的理解对想象中的现实重新整理修改，对底层民众生活中的现实进行了形而上

---

① 埃里希·奥尔巴赫.摹仿论［M］.吴麟绶，周新建，高艳婷，译.天津：百花文艺出版社，2002：551.

的处理和加工。

加洛蒂说道："人类的精神进步不单单在于人们对有关世界的新事实和新知识的集体记忆的积累。人类的精神进步的真正含义在于人制订出关于宇宙、社会和自身的符合真理的观念,在于人的理智创造出无论就整体和局部而言都是真正现实界的真实图景。"①加洛蒂把真理同现实统一起来,强调现实主义对真理与现实的双重构造。受此影响下的当代现实主义写作把现实误读为真理,让写作只对现实开放或者说只对眼睛负责。而倾听包括有灵魂参与的回忆被挤抑,当代现实主义写作最终混淆了"写真"与"写实"的本质性区别,把真实降格为一种常见的事物,不再和智慧与精神有关。只要睁一下我们的眼睛,真实就出现在面前。但是,比梅尔说:"在通常的观点看来,艺术只能是真实生活的折射。情形并不是:一边是现实之物(真实之物),即体验内容;另一边是试图模仿体验内容的艺术;而毋宁说,艺术乃是回忆和理解的行为,通过这种行为,经验的意义才能向那个取得经验的人启示出来。唯有通过这种意义阐明,生活经历才能成就自身。没有尝试这样做的人就没有真正地生活过。"②看来有听觉参与的记忆有着很强的生产功能。海德格尔也说:"作诗就是追忆。追忆就是创建。"③这样可以说,只信任视觉的中国当代现实主义失去了构建真实的能力,因为单纯用眼睛是无法捕捉到人精神世界的真实的。

"真实"作为文学表达的主要伦理问题,需要认真加以辨认。真实与现实的关系是:真实来自现实,但不等同于现实,它属于精神的范畴。如果把现实直接指认为真实,不是提升了现实而是降格了真实,误解了真实,这恰恰落入了视觉机制的套路。在更多的情形下,真实是拒绝视觉的出场的,这种情形就犹如"坐井观天""管中窥豹"等成语表明的那样,由于条件所限视觉所不能到达的那无边无形的精神世界,是肉眼所注定无法把握的,从而很可能导致偏见甚至虚假的认知。实际上,真实从来就和视觉无关。在某种意义上说,真实不仅仅高于现实,它还总是先于现实而存在。真实是现实呈现的合法性支撑,荒谬的、没有连续性和中心意义的现实虽然也是现实,因具有消极性和

---

① 罗杰·加洛蒂. 论无边的现实主义[M]. 吴岳添译. 天津:百花文艺出版社,1998:250.
② 瓦尔特·比梅尔. 当代艺术的哲学分析[M]. 孙周兴,李媛,译. 北京:商务印书馆,1999:198.
③ 海德格尔. 荷尔德林诗的阐释[M]. 孙周兴,译. 北京:商务印书馆,2000:183.

不具备表现性而不被真实所构形。所以说："依赖眼睛去搜索现实中的真实实在是不可靠的。真实已然先行决定了我们如何去看，它就藏在看的背后；但观看本身的此种真实并不意味着看到的对象即是真实。在观看本身的真实里，显然亦可蕴含谬误，而谬误的观看看到的只能还是谬误。基于此，能被看到的与其说是真实，毋如说是现实。可是，现实主义的视觉中心主义倾向已经使得真实同现实被混为一谈了。"在现实主义那里，真实有被客体化的危险。真实一旦被客体所统摄，客体便会脱离主体反过来剥夺主体对真实的创造资格。"主体对于真实的认知，亦即对于真实的创造，没有主体也就没有所谓的真实。'眼见为实'之'实'意指的只是客观之实，它压根无须依仗头脑的判断，它独立于主体。而真实则不然，真实依赖于主体，与主体的智慧相通。它是现实的灵魂，永远是内在形式的，唯有主体的灵魂方可感知到这一灵魂的在场。真实可以使现实燃烧。因此，一个作家对于真实的服从，归根结底还是对于其自我灵魂的服从。是灵魂点燃了现实，令真实从中爆发出了光和声。说真实征服和改变了一个作家，实际上就是说是现实征服或改变了一个作家，此种说法仍旧在把真实当成可以同主体对抗的某种外在力量。这与其说是对于现实的尊重，毋如说是对于主体的贬低；它不是对现实的理解，而是对主体的误解。"①

　　把"真实"作为最高创作原则的当代现实主义写作，在语言的选择上割裂了所指和能指的联系而唯独保留所指，认为模糊、晦涩的语言无法用来表现真实，真实是不可能在能指世界里所追逐和体会到的，真实只能够在明确、通俗、清晰的语言中显身，阴郁、暧昧等对视觉不利的话语方式，其真实性必然遭受质疑。这就可以理解"朦胧诗"刚出场时被人指责为不真实的原因了。"朦胧诗"用不确定的语言来表达自我内心世界的真实，这种曲折隐晦的方式在语言总体氛围上会表现出一种朦胧的倾向；内在自我的真实是外在现实真实的折射和反映，也是整个现实的重要组成部分。真实是实在，是不必须为目光所触及的实在。"朦胧诗"通过最大限度地回复语言能指的自由（当然不是绝对的自由）来面向视觉审美范式发难，其出现本身就表明了对某种真实自由的诉求。"朦胧诗"直接指向的是精神的实在，然而在那时，有着难言的

---

　　①　路文彬.视觉主导的文化与中国文学的现代性失聪［M］.合肥：安徽教育出版社，2008：196-197.

历史之隐痛的实在只能通过听觉向世人委婉地表达。如果说"朦胧诗"是一种面向听觉的写作,是诗人只顾对自我内部世界真实的探测从而拒绝了目光抵达的缘故。从揭示真实这点上说,"朦胧诗"并不违拗现实主义的原则要求,虽然"朦胧诗"是不是现实主义写作并不重要,就算是,也是诉诸听觉的现实主义。"朦胧诗"最终被肯定而且被后起的文学写作确立为精神资源,就是对它以真实作为写作动力的最好证明。按照现实主义的视觉中心主义原则,"朦胧诗"称不上现实主义,但随后而起的"新写实"小说,其身上流淌的无疑仍是现实主义的血脉,虽然,"新写实"小说出现首先是出于对现实主义写作模式的不满。与以往的现实主义相比较,"新写实"小说一开始就自以为在表现现实的真实方面更具深度。其实,"新写实"小说仍旧是视觉祛魅后的结果,和以往的现实主义没有本质的不同,不同的只是看待现实的态度而已。从这方面看,"新写实"小说的目光已失去了激情,也没有了往日的灿烂,写作主体尽力压抑自己的感情倾向,隐藏自己的好恶,目的是为了真正实现对日常现实生活的所谓"还原":后现实主义要求作家消解对生活的种种主观臆想和理念构造,纯粹客观地对生活本态进行还原。在还原的过程中,作家要逃避自己的意识判断、理性侵犯。作家写作的过程,不是论述分析,而只是被动地接受生活给予的种种现象,生活现象才是现实的本体,叙述只是努力回到这个本体。作家叙述时是一片真空,一片透明,不带丝毫偏见,不掺入半点属于自己的杂质,而只原原本本把生活的具象原始地还原出来,以达到一种完整的而不是支离破碎的、现象的而不是理念的真实。王干先生把"新写实"称为"后现实主义",在这里,他的论述基本指明了"新写实"小说承续现实主义写作策略的事实。只不过"新写实"小说对真实的追求,是首先以压抑主体自我的意识介入为前提的。"新写实"小说的作家们都普遍相信存在着一种客观化的真实,类似于西方哲学胡塞尔现象学所认定的"现象的真实"。对于"新写实"小说区别于经典现实主义的地方,陈晓明先生认为至少体现在五个方面:"1.粗糙朴素的不明显包含文化意蕴的生存状态;不含异质性的和特别富有想象力的生活之流。2.简明扼要的没有多余描写成分的叙事,纯粹的语言状态与纯粹的生活状态达到统一。3.压制至零度状态的叙述情感,隐匿式的或主体缺席的叙述。4.不具备理想化的转变力量,完全淡化价值立场。5.尤其是注重写出那些艰辛困苦的,或无所适从而尴尬的生活情境。前者刻画出生活的某种绝对化的状态,后者揭示生存的多元性特性,被客体力量支配的失重的生活。"①因为,在他们眼中,如果不以零度的情感叙事,就无法做到对现象的真实呈现。这种把客体凌驾于主体之上、先行摒弃主体能动性的叙事观念严重混淆了真实与事实概念的关系。实际上,在"新写实"的笔下,把事实当作了真实,因为只有事实才有可能进行想象中的"还原",但真实属于主观创造行为,它来自对事实的理解和重构;真实无法被目光所捕捉,更不能通过观看去证实,它没有固定的外在形态,它是意义,是价值,需要借助精神的力量来体现,所以,对它进行"还原"是不可想象的。回到了事实本身不等于就回到了真实,真实不是一个空间实体,它潜伏于我们的内心,只有通过聆听,才能够把握到它的存在,也就是说,真实只会面向听觉而开放。将现象真实化和将真实现象化,暴露了"新写实"小说顽固的视觉中心主义思维模式,问题的严重性在于"新写实"小说对现实中"丑""恶"不加分辨和自以为是的揭示,貌似只有"丑"与"恶"等才是实在的和真实的,而"善"与"美"则是荒谬和虚假的。显然,这样的结论是不真实的,它那所谓"眼见为实"的写作态度表达的不是对现实的尊重,而是视觉祛魅后的信仰与价值的虚无。"新写实"小说的代表作家方方在被称为是"新写实主义"开篇之作的《风景》中,以一个夭折的亡灵的眼光来叙述其家庭的命运变迁。为追求一种客观化的效果,小说用一个没有躯体的不在者,试图通过他的观看来保持某种情感与价值的中立。"令人惊异的并不仅仅是作者讲述出一种与经典文本相去甚远的生活,重要的是如此冷静不动声色的叙事,把生活事实和盘托出的那种态度,而观念性的升华在这里为全部事实缓解。关于人性的道德评价,关于生存命运的理性思考,以及个人与家庭社会冲突,等等,在这里没有现实主义文学惯有的那种强调和暗示。那些生活事实如此倔强地涌溢而出,它不企图完成任何观念性的升华,也不想给时代提供文化镜像,它仅仅是一些纯粹的生活事实,一种纯粹的现实性存在,当代小说从一系列的'反省',一系列的文化冲动,从庞大的'集体想象'关系中,跌落到如此简陋的生活状态中。《风景》的特殊意义,与其说写出了当代生活的最粗陋状态,不如说把当代小说拉回到这个原始的起点。"②展示了"生活的最粗陋状态"看来是真的,但零度的情感叙事倒

---

① 陈晓明.剩余的想象:九十年代的文学叙事与文化危机[M].北京:华艺出版社,1997:74.
② 陈晓明.剩余的想象:九十年代的文学叙事与文化危机[M].北京:华艺出版社,1997:68.

是令人怀疑，即使不动声色，情感达到寒冷的冰点，也绝不意味着一点儿情感也没有。请看下面的讲述：

> ……我宁静地看着我的哥哥姐姐们生活和成长。在困厄中挣扎和在彼此间殴斗。我听见他们每个人都对着窗下说过还是小八子舒服的话。我为我比他们每个人都拥有更多的幸福和安宁而忐忑不安。命运如此厚待了我而薄了他们这完全不是我的错。我常常是怀着内疚之情凝视我的父母和兄长。在他们最痛苦的时刻我甚至想挺身而出，让出我的一切幸福去和他们分享痛苦。但我始终没有勇气做到这一步。我对他们那个世界由衷感到不寒而栗。我是一个懦弱的人，为此我常在心里请求所有的亲人原谅我的这种懦弱。原谅我独自享受着本该属于全家人的安宁和温馨。原谅我以十分冷静的目光一滴不漏地看着他们劳碌奔波，看着他们的艰辛和凄惶。

不难看出这段文字所披露出的浓厚的好恶情绪。对于《风景》，我无意否定作者所具有的奇诡的文学想象能力，但小说的确没有实现她的初衷。如果说把"河南棚子这处逼仄、龌龊的空间"作为"风景"来暗示双关用意的话，那就在这"风景"中，把丑陋认为美不是对某种情感与价值判断的疏离，恰恰表征了合理化的情感判断与价值准则的混乱与倒错。小说还经常出现犹如"池塘里一双挣扎的姿势像一个优秀的舞蹈演员在用空间线条感召他的观众们"等戏谑性的场景，一个行将溺毙的生命被当作赏心悦目的景象来观赏。这不是价值的中立或是情感的零度，是情感的冷漠甚至残忍，它的话语在场，时刻提醒着读者对小说所浮现的价值颠倒和伦理错乱指归的深刻感受，这种感受却是真实的。"新写实主义"另一个代表作家池莉，其小说《烦恼人生》把审美的目光凝聚于一大堆毫无生气、粗俗乃至丑陋的日常琐事之中，妄图通过对这些所谓"原生态"的烦琐生活的呈现来凸显生活中的真实。结果是，作品只纠缠于一些现实生活中杂乱无章的表象事实和细碎的小节，这只会导致对真实的遮蔽而不可能实现对真实的表现。池莉随后的很多小说都涉及了爱情话题，其话题本身就带有作者明显的情感流露。《不谈爱情》坦率地表示了作者对"爱情"的拒绝。在《小姐你早》《有了快感你就喊》《来来往往》等小说中，池莉陷入了婚姻伦理混乱的情感判断的泥淖里。《来来往往》被评论家指认为是在标刻"消费时代无心的风景"，对此，肖鹰先生说："这部小说中的作者的价值判断处于世俗价值观念水平线下，是一种零度价值判断。实际上，《来来往往》只是一片缀满消费时代畅销的欲望形象的无心风景。"①但在我看来，零度是不可能的。小说中男主人公康伟业以其潇洒的外表，包括他的能力、修养和财富被作者认定为理想化的男性；女主人公段丽娜因为相貌平平能力一般，赶不上时代的时尚和潮流而被贬抑。至于"新写实"小说的伦理观，陈晓明先生在分析了方方的《落日》后说："方方的《落日》在叙事方法方面完全承袭经典现实主义手法——在阅读经验中没有任何艺术上的'陌生感'；这样她所描写的生活就占据了全部的阅读视野。方方没有任何压制叙述作用的企图，当然也没有强调叙述作用的预谋，这使得她的叙述和盘托出生活本相（所谓的原生态）。显然，《落日》是以其描写的生活本身获得真实感，它在阅读经验中引起的是关于'生活的'（现实性的）联想，而不是关于'艺术上'的想象。……《落日》与传统现实主义的区别，仅仅表现在它拒绝任何先验性的理念，拒绝任何意识形态的观照及其理想化承诺，这部据说是取材于真实'案例'的小说，几乎没有回避现实矛盾（而经典现实主义显然要回避很多东西），它写出了生活困苦，和被迫放弃的道德感。传统的生活原则和道义原则在贫困的日常生活中已经全面瓦解，连最后一点'孝道'也都丧失了，足可见生活所面临的根本危机。"②在这里，作者对此的看法有所不同，"新写实"小说中道德感的缺失不是被迫的，而是其主动选择的结果，所谓的事实真实不能成为文学拒绝伦理认可的借口，一个真实的案例不足以指代全部生存的真实形貌，何况事实和真实本来就不是同一个概念，这方面上面已有较详细的分析，这里不再赘述。与其说"生活所面临的根本危机"，不如说是"新写实"小说写作所面临的危机倒更真实些。

　　由于"事实"和"真实"等伦理问题始终没有得到深入的理解和解决，现身于 20 世纪 90 年代中后期的"现实主义冲击波"依旧对视觉保持有偏执性的信任。其代表作品主要有刘醒龙的《分享艰难》、谈歌的《大厂》和《车间》、何申

---

① 王岳川主编.中国后现代话语[M].广州：中山大学出版社,2004:292.
② 陈晓明.剩余的想象：九十年代的文学叙事与文化危机[M].北京：华艺出版社,1997:76.

的《年前年后》、关仁山的《大雪无乡》、周梅森的《绝对权力》等等。雷达先生在论述上述作品时最早对"现实主义冲击波"的现象进行了总结。他认为不再满足于形而下的原生态描写,不再专注于一个小人物或一个小家庭的日常生存戏剧,而是带着更强烈的经邦济世的色彩,着眼于国计民生的大问题和整体性的生活走向。看来,现实主义的宏大叙事得到了复现。不过因为时代语境发生了变化,所复现的问题自然有所不同。例如《分享艰难》中的主人公孔太平,作为镇委书记的他为改善地方经济而对私企老板的违法行为再三包庇与迁就,这和以往创业者的悲壮形象区别的是,给读者留下了太多的荒唐的印迹。"现实主义冲击波"所在的时期正值中国经济与文化转型进度日趋深入的时刻,对资本积累的物质欲望上升为人的第一需要;因此,在社会上出现一些无奈、急切、侥幸、是非不辨、为我独享以及麻木的灰色情绪是可以理解的,但绝不可能代表整个社会现实的全部真实心态,它只是个倾向,在没有被判定之前,还只是个暂时的现象,尚缺乏代表性和典型性。如果把此时的这种不稳定的现象纳入文学写作中当作真实来揭示,必定难以触摸到或把握住其中的要领从而会付出丧失真实的代价,真实在那儿只是个幻觉而已。

第二节　羞涩感的价值剥离

　　视觉文化的"祛魅"使我们陷入了所谓"真实"的陷阱中不能自拔,对"光"的倚重使我们的生活越来越透明化,透明的还有我们的身体。后现代主义对身体的青睐肇始于对既定秩序的反抗,但此后在欲望的道路上越滑越远以至于出卖了自己的肉体。肉体一旦脱离伦理规范的制约就会带来不可收拾的道德后果,羞耻感的消逝就成为视觉时代消解重量和深度的文化时尚。实际上,人们并没有深刻地意识到,将羞涩感或羞耻感逐出自我的心理区域时,一种高贵的文化价值也随之被抛弃。羞涩感的淡漠或沦丧作为一个时代的社会问题,在新时期以来的文学写作中暴露得最为明显和直接,并且与时尚文化一起加剧了道德伦理的危机。

　　其实,中华民族的传统文化伦理观念具有强烈的羞耻感意识,儒家文化很早就注意到了羞耻感所蕴含的肯定性伦理价值。"道之以政,齐之以刑,民

免于无耻;道之以德,齐之以礼,有耻且格"(《论语·为政》)把对羞耻感的认
识上升到治国的高度。其中,对"礼"的内涵诠释和精神建设呵护并保障了
"羞耻感"的价值地位。反过来,正是羞耻感这一文化根基,支撑起了儒家思
想的伦理秩序和价值维度。在西方,舍勒对羞耻感的文化现象与社会学意义
上面进行了全面和精辟的逻辑分析。首先,他指出了羞耻感是人类所独有的
表达方式。"动物的许多感觉与人类相同,譬如畏惧、恐惧、厌恶甚至虚荣心,
但是迄今为止的所有观察都证明,它似乎缺乏害羞和对羞感的特定表达。"①
他进一步说,"在身体羞感上,则是针对一切身体的优点和美。在保护感的功
能上,羞感只能指向肯定的自我价值;因为只有这类价值要求并需要呵护。
生命朦胧地感觉和意识到自己越高贵,它的羞感就越强烈;龌龊的东西对它
的威胁越大,天性为它最高贵的核心所设的那层天然保护罩就越牢固。羞涩
只指向个体的肯定的自我价值,这就是一种本质联系。因此,另一方面,羞涩
的发现也始终是'美'的发现。"②在这里,舍勒对羞涩感或羞耻感的价值认定
指向了作为个体存在的自我的主体意识,羞涩感的在场表现了主体对自我存
在的信任和把握。当然,羞涩感的丧失在某种意义上说明了主体的自我存在
意识和价值感的沦丧或破碎。

　　在 20 世纪 80 年代,王朔以一句"我是流氓我怕谁"的痞子式的口号,可以
被认为是面向羞耻感进行挑战的时尚宣言。王朔的反崇高姿态以及对个人
欲望化、世俗化生存的追寻加剧了身体与精神欲望的双重膨胀。其中,权力
欲望与意识在文学书写中被特别凸显,这一点尤其是在所谓女性主义写作中
分外耀眼。这些具有女权意识的女性作家,撕下了温情脉脉的面纱,把男女
之间神圣的爱情置换为一场欲望交换的游戏。在她们的笔下,爱情已经死
亡,所以羞涩感已不复存在,至于其价值更不可能实现了。羞耻感"作为萌动
的爱的标志和一种美的东西,它使人'预感到'那种美丽的而且可见的品质,
那么,一方面只有爱者可以为它所吸引;另一方面,由于它的美的价值,它仅
仅对于爱是一种魅力,而不是对于本能,它已经使内心不再关注于本能的冲

---

　　① 　马克斯·舍勒.价值的颠覆[M].罗悌伦,林克,曹卫东,译.北京:生活·读书·新知三联书
店,1997:165.

　　② 　马克斯·舍勒.价值的颠覆[M].罗悌伦,林克,曹卫东,译.北京:生活·读书·新知三联书
店,1997:210.

动,而且更强烈地阻止着这种冲动表达或与这种活动相应的行动"①。所以说,羞涩感的丧失同时就是本能欲望的出场,本能欲望的表达和与此相关的行动拒绝了情感干预的前提,而沦为纯粹的赤裸裸的性的交往。性的交往是身体欲望膨胀的结果,它没有内容,有的只是诱惑和宣泄以及没有耻感的身体表演。在女诗人伊蕾的笔下,女性的身体和性爱充满着欲望的快乐与期待。"白天我总是拉着窗帘/以便想象阳光下的罪恶/或者进入感情王国/心理空前安全/心理空前自由/然后幽灵一样的灵感纷纷出笼/我结交他们达到快感高潮/新生儿立即出世/智力空前良好/如果需要幸福我就拉上窗帘/痛苦立即变成享受/如果我想自杀我就拉上窗帘/生存欲望油然而生/拉上窗帘听一段交响曲/爱情就充满各个角落/你不来与我同居"(《窗帘的秘密》)。对此,有人这样评价"窗帘挡住了阳光,却迎来了自由、幸福、快感、高潮,这是对文化强权的挑衅与调侃,是毫不畏惧、冲破羞愧感的欲望宣言"②。

让身体置身于众目睽睽下并在文本中做无限的开放,是新时期以来文学发展的写作策略,也就是说,身体在文学中现身而被强调是文学书写本身为实现自我的空间开拓和话语转换而所做的艺术选择。中国传统文学一直对身体讳莫如深,有极少数涉及的也是半遮半掩,羞羞答答。在当代中国,身体意识的觉醒是文化转型的产物,西方女性主义文学理论的涌入和远离宏大叙事而转向个体性私人话语的时代情绪为身体写作提供了精神动力,而女性意识的高涨直接催促了身体的出场。作为女性写作的代表性作家徐坤曾说:"女性因为沉默太久,缄口的时间竟可以用百年千年来计算,所以,若不在沉默中爆发,便是在沉默中死亡。"③事实确实如此,身体首先是作为一种反抗的符号进入叙事话语之中的。"他们的纲领建立在对女性躯体的描写上,大胆地冒犯父权制的言语禁忌,恣意谈论身体器官,在符号学和结构、解构的理论矩阵中,触怒菲勒斯话语的权威感。"④

① 马克斯·舍勒.价值的颠覆[M].罗悌伦,林克,曹卫东,译.北京:生活·读书·新知三联书店,1997:213.

② 马航飞.消费时代的缪斯——20世纪90年代以来中国小说的欲望叙事研究[M].北京:中国社会科学出版社,2008:84.

③ 郑崇选.镜中之舞——当代消费文化语境中的文学叙事[M].上海:华东师范大学出版社,2006:110.

④ 杨俊蕾.中国当代文论话语转型研究[M].北京:中国人民大学出版社,2003:206.

　　法国著名的女权主义作家埃莱娜·西苏就高度肯定了面向身体的写作，"妇女必须通过她们的身体来写作，她们必须创造无法攻破的语言，这语言将摧毁隔阂、等级、花言巧语和清规戒律……它横扫句法学，切断男人当作脐带的线（人们说这是一根极窄细的线）"，"长驱直入不可能的环境"。① 但是，在消费社会，身体写作日益脱离它原来所具有的反抗品质和颠覆功能，为迎合视觉时代的文化逻辑，身体写作无限放大了身体欲望的消费性，让异性间的身体交流剥离了爱的意义与价值判断，身体完全沦为了生产欲望与快感的视觉符号，此时的身体写作已经降格到色情文学的境地。色情文学中的人物因没有价值的支撑而失去历史感，变成了超越出伦理界限的性的动物。它眼中的人"没有特别的特征，色情文学一向是忽视这种局限的，它直接进入到婴儿层面，在那里我们想象自己生下来就是万事万物的中心，是没有羞耻心，也不需要任何理由的性的生物"②的

　　作为当代女性躯体写作的领军人物，林白和陈染的写作中掺入了太多的身体欲望描写。陈染在她的代表作《私人生活》中说："只有我的身体本身是我的语言。"

　　　　我审视着镜子中那年轻而姣美的女子，我看到她忽然转过身去，待她再从镜中转回过来的时候，她的贴身的衬衣已经脱掉了，或者说不翼而飞，她赤裸的上半身毫无顾忌地在镜子里袒露着，暗红的乳头如同浸润在阳光里闪烁发亮，那一双光滑白皙的乳房追随着我的目光，像两朵圆圆的向日葵追索着太阳的光芒。

　　　　　　　　　　　　　　　　　　　　　　　——《私人生活》

　　在这里，身体的欲望被置于双重的目光下，一种是来自"我"的目光，另一种是"太阳的光芒"。如果说陈染让身体在视觉化过程中暗含了一些诗意化的精神向往，那么林白的躯体叙事则表达了赤裸裸的欲望快感。

---

① 埃莱娜·西苏.美杜莎的笑声[M]//张京媛.当代女性主义文学批评.北京：北京大学出版社，1996：201.

② 安·芭·斯尼陶.大众市场的罗曼斯[M]//陆扬，等，编.大众文化研究.上海：上海三联书店，2001.

　　她在镜子里看自己,既充满自恋的爱意,又怀有隐隐的自虐之心。任何一个自己嫁给自己的女人都十足拥有不可调和的两面性,就像一匹双头的怪兽。她的被子像一朵随意放置的大百合花,柔软的棉布触摸着她灼热的皮肤,就像一个不可名状的硕大的器官在她的全身往返。她觉得自己在水里游动,她的手在波浪形的身体上起伏,她体内深处的泉水源源不断地奔流,透明的液体渗透了她,她拼命挣扎。嘴唇半开着,发出致命的呻吟声。她的手寻找着,犹豫着固执地推进,终于到达那湿漉漉蓬乱的地方,她的中指触着这杂乱中心的潮湿柔软的进口,她触电般地惊叫了一声,她自己把自己吞没了,她觉得自己变成了水,她的手变成了鱼。

——林白《一个人的战争》

　　不言而喻,《一个人的战争》对女性身体欲望叙事渗透了明显的色情成分。有研究者认为,"这样的描写可以视为20世纪女性写作的经典描述,即便以现在的眼光来看仍旧让我们无法正视,何况是在90年代初期那样一个女性意识刚刚觉醒的时代。以陈染和林白为首的女性主义作家(尽管她们本人并不认可这样的称号),无所顾忌地把长久以来积淀在女性躯体上的所有禁忌和压抑终结了审美的叙事话语上,充分挖掘了女性躯体的革命性,成为后来者从事女性写作绕不过的经验,同时也让身体叙事成为一股女性文学的重要潮流,延续到21世纪初的现在,直至它成为一种写作的时尚,耗尽了女性躯体所包蕴的任何意识形态的反抗性,沦为消费社会最具诱惑的消费符号和消费策略"[①]。事实如此,继而后起的70年代出生的被称为"美女作家"如卫慧、棉棉们,对羞涩感所表现出的惊人冷漠全面超越了她们的前辈。与陈染和林白们相比,"70年代"的女性作家彻底抛弃了历史责任。魏微认为陈、林们对性和欲望依然是紧张的,她们并没有把性和欲望目的化。魏微们试图以一种毫无顾忌的没有方向感和操守感的方式来面对性和欲望——它们只是它们自身,不承担任何精神或道德上的责任。正如卫慧在其小说《像卫慧那样疯狂》中说:"所以我们的生活哲学由此而得以体现,那就是简简单单的物质消

---

　　① 郑崇选.镜中之舞——当代消费文化语境中的文学叙事[M].上海:华东师范大学出版社,2006:113.

费，无拘无束的精神游戏，任何时候都相信内心冲动，服从灵魂深处的燃烧，对即兴的疯狂不做抵抗，对各种欲望顶礼膜拜，尽情地交流各种生命狂喜包括性高潮的奥秘……"在她们的笔下，身体出没于酒吧、会所、俱乐部等香艳场所，恣意地勾兑着享受商品产生的愉悦和性带来的快感。"棉棉的身体言说来自对性高潮的发现和赞美，虽然高潮总是带着男人对'身体'的入侵和伤害，但是，男人是带着 HIGHT 来到她的身体之内的，女性的身体离不开这种 HIGHT 的书写——'我'不能没有高潮中飞翔的身体，在快乐中的身体，正是这个身体改写和重构了'我'和世界的关联。"①看来，对性欲的无节制满足，摧毁了卫慧们的羞耻心理的防线，她们陶醉在欲望的海洋里，忘却了他人的在场，也忘却了人的伦理存在属性，完全陷入了自恋的幻觉状态中。棉棉通过小说《啦啦啦》里面的主人公偶尔袒露一下自己的羞耻心理，如"这话立刻就把我给说服了，我狼狈地冲出了旗的家，我为这一切感到羞耻""在我们的肉体碰撞中，我始终处于被动，我喜欢他向我施虐，那给我带来无限快感，我有时也会为此而羞耻，我不知道还会有什么人像我们这般做爱"等等，对此，又有谁相信这些话不是自我掩饰的假象呢？

事实上，失去羞耻感的文学叙事之所以有其生存的空间并呈现出流行的趋势与以大众传媒包括时尚杂志、网络等视觉化载体所承载的消费主义价值观的推动有着密切的联系。有一些被媒体炒作的描写情爱的小说热衷于毫无廉耻地叙事，女主人公们没有特别的长处，却梦想着天堂般的生活。不知羞耻的她们不是依靠自身的能力和辛苦的工作，而是把身体交易作为实现异国梦的唯一手段。为了钱，主人公们心甘情愿地忍受身体的屈辱，她们甚至丧失了起码的民族自尊心，个人的自贱意识连同对民族尊严的玷污已经到了无以复加的程度。这种表现，比起卫慧的《上海宝贝》有过之而无不及。虽然都展示了对性欲与欲望的迷恋，可《上海宝贝》在结尾处，通过女主人公倪可失去精神依托后的孤独身影披露了一点小说的反思味道。这些小说则是地地道道的色情表演，人完全动物化、本能化；身体被强硬地剥离了伦理价值后，只能降格到没有灵魂依附的无耻的肉体。对于人性的罪恶，小说中没有忏悔，更说不上有批评的声音了。可以这样说，"70 年代"的"美女作家们"不

① 葛红兵，宋耕.身体政治[M].上海：上海三联书店，2005：99.

仅仅靠作用于人眼球的外貌,还凭借大众传媒的营销策略从而获取了一定的市场份额。而所谓的"80后"作家最初都是先通过网络来聚集人气,受到媒体和市场的热捧后再走向主流报刊和文坛的。因此,"80后"写作带有明显的网络文化印迹,网络的虚拟性、即时性、交互性及自由性为他们的欲望表达带来了充分的施展空间。但网络又是个肮脏和危险的地域,美国学者基恩认为,"最能体现Web2.0破坏我们的道德观和价值观的莫过于色情行业""网络色情已经成为一些网民生活的一部分""网络时代的到来和Web2.0时代业余者生成内容的增加是色情业变得更加普遍、更易获得、更加多元、更堕落和难以避免"。① 可以说,网络是网络色情文学最有效的遮羞布,使他们更加肆无忌惮地进行无羞感的表演。

不仅仅是女性写作,也不仅仅局限在小说等叙事文学上,诗歌写作的色情化倾向也十分突出。被称为"70后"诗人的一支齐聚在"下半身写作"(以他们自己创办的诗歌杂志《下半身》而得名)的旗帜下,开始了一场最厚颜无耻的写作闹剧。代表诗人有沈浩波、盛兴、南人、朵渔、黄礼孩、李红旗、马非等。他们提出"诗歌从肉体开始,到肉体为止"②,"从肉体开始,到肉体结束"③的口号。"下半身写作"主张抑灵张肉,舍灵取肉,经营道德伦理底线之外的肉体"乌托邦"。如南人的诗歌,仅从题目上就看出了性事化内容,如《压死在床上》《干和搞》。羞耻感的沦丧会滋生情感的冷漠、伦理的解体、怜悯情怀的阙如等人道主义灾难。这恰恰是"下半身写作"所追求的伦理,如沈浩波在他的自印诗集《一把好乳》中说:"那些相信和追求崇高的写作为我不齿,那些期待神灵拯救的写作也为我不齿""诗歌中的悲悯情怀是诗人最可耻的一种情绪",不需要再多的例子,读到这里,到底谁最可耻是不言而喻的事情。对此,有人这样评价:"检视他们的具体文本,也的确都以肉体内部的秘密,排斥着肉体之外的精神、情操、意识,肉体外部的伦理、诗性、思想已让位于性、欲望、躯体表演等观感本能的放纵与发泄,仿佛下半身写作即色情诗,肉神化写作即性写作,荷尔蒙符号的流动使诗真正做到了从肉体开始,到肉体为止""'70

---

① 安德鲁·基恩.网民的狂欢——关于互联网弊端的反思[M].丁德良,译.海口:南海出版公司,2010:151-152.

② 沈浩波."下半身反对上半身"[J].下半身(创刊号),2000.

③ 朵渔."是干而不是搞"[J].下半身(创刊号),2000.

后'诗歌的肉体主义的狂欢化书写,已使理想、道德与伦理内容荡然无存,其抽空了有关文化、社会之'思'与'智'因子的浅薄写作,把诗歌降格为肉体能量的生理释放,以一场在世纪末风中上演的赤裸的'身体秀',滋生了一种新粗俗主义的嫩芽,内在生命贫弱而苍白。在'70 后'诗人的文本中,诗歌已萎缩为一种游戏,一种指涉后现代主义精神的生活表象罗列,只'专注于表面并潜心探讨字面上肤浅的意义','所有极端现代主义所推崇的东西(如深度、焦虑、恐惧、永恒的情感)都消失殆尽';他们所提供的文本及倾向,'是一片空白的存在',真而非美,有趣而无深度,有刺激而无意义"。①　当"无知者无畏"退化为"无耻者无畏"的时候,所谓的"无畏"的勇气已僭越了人的限度。"一个勇敢的人,怕他所应该怕的,坚持或害怕他所应为的目的,以应有的方式,在应该的时间。"②"无畏"也应该有益于对于自身权利的捍卫和尊重上,在正常健康的人性范围内,所谓的"无所畏惧"必须有所限制,它应该在呵护人的羞耻感方面达成一致。也就是说,没有羞耻感就没有真正的勇气可言。如果把耍酷、异类、身体消费等作为时尚生活的标号来追逐,那么,羞涩感的消逝也消弭了勇气所固有的价值意义。那些敢于以不知羞耻为荣的文学写作,分明公然对抗了人的以优美和崇高为诉求的道德素质和伦理存在价值,如果再不反躬自省,作为一种想象的艺术样式,肯定会付出应有的代价。舍勒曾无不忧虑地说:"在近代史上,羞感的明显衰减绝不像人们肤浅断言的那样,是更高级和上升的文化发展的结果,而是种族退化的一种确凿的心灵标志;对羞感的评价每况愈下则是诸如此类价值逐渐占统治地位的众多表现形式之一,通过毫无节制的数量增长和由此导致的对上层的排斥,那类卑贱者制造了那些价值,并且善于将其逐步强加于残余的上层。"③

毋庸置疑,羞涩感包含有对以"善"为标杆的道德性判断,但如果仅限于这一点还远远不够,羞涩感的价值体现还表现于以"真"为内核的真理性意义,它适用于不同的社会和时代,具有普遍性的价值衡量标准。可以说,作为一种心理现象和精神素质,羞涩感和人自身的高贵气质联系在了一起,因为,

①　罗振亚.20 世纪中国先锋诗潮[M].北京:人民出版社,2008:316-317.
②　亚里士多德.尼各马科伦理学[M].苗力田,译.北京:中国人民大学出版社,2003:57.
③　马克斯·舍勒.价值的颠覆[M].罗悌伦,林克,曹卫东,译.北京:生活·读书·新知三联书店,1997:251.

它的出现,人类才能得以摆脱那个只依靠本能而行动的纯粹的动物性存在。因为,"羞涩感是一种揭示:我们的存在不是为那个生物学的目的之世界,而是为一个更高世界而确定的"①。所以说,羞涩感的丧失,必然剥离了人生存在的很多价值意义,比如上面提到的"无耻者无畏",它直接导致了对敬畏情感的疏离。舍勒说:"敬畏更接近灵魂的羞涩。敬畏是一种畏,这种畏的对象并不取决于其危险的方面,而是同时享有尊重、爱或崇敬,但在任何情况下,它都是作为一种高级的肯定价值的载体被感觉和被给定。"②敬畏是一种谦卑的情怀,它首先出示的是对对象的尊重,敬畏不会以对抗的方式来显示自身的力量,而往往通过对他者的包容和接纳来体现自己的道德素质。"敬畏无疑同属美德的范畴,只是人们对于部分美德的践踏,表明的是其依然事先完成了针对敬畏情感的疏离。现代视觉理性之于历史传统的叛逆行为本身就是一种遗忘了敬畏的行为,不过这不仅仅是由于单纯的叛逆所致,就实质而言,它仍旧是视觉机制的本性使然。"③对此,路文彬先生的分析在当代文学的身体写作中得到了充分的验证。敬畏情感的丧失就会把人的动物性的一面特征凸现出来,人性中的负面力量比如自私、冷漠无情、无限的欲望、残忍及暴力等因素得到了强调。出现在人类文明史上的两次世界大战证明,为了无限的欲望,正是敬畏意识缺失后的人性中"恶"的力量总爆发的缘故。别尔嘉耶夫还把敬畏与忧郁联系在一起,并指出了它们与"善"相关联的伦理特征。"与恐惧不同,忧郁是一种向上的倾向,向存在的高度的倾向,是因为没有在高处而感到的一种痛苦。"④忧郁与羞涩感密切相关,羞感的沦丧会直接导致忧郁气质的消隐,无耻而产生的"无畏"与忧郁感没有丝毫的联系,而忧郁感却与羞涩感有着相同的精神特质和心理功能。"在某种意义上,人类亦正是借助于忧郁这样的情绪,才得以超越现世的庸俗与丑陋的;因为在这样的情

① 马克斯·舍勒.价值的颠覆[M].罗悌伦,林克,曹卫东,译.北京:生活·读书·新知三联书店,1997:277.
② 马克斯·舍勒.价值的颠覆[M].罗悌伦,林克,曹卫东,译.北京:生活·读书·新知三联书店,1997:194.
③ 路文彬.视觉主导的文化与中国文学的现代性失聪[M].合肥:安徽教育出版社,2008:268-269.
④ 尼古拉·别尔嘉耶夫.论人的使命 神与人的生存辩证法[M].张百春,译.上海:上海人民出版社,2007:179.

绪里,人类不但能够获得心灵的安慰,并且还可以借此实践着个体的精神自由,这种自由便体现在其针对现世所采取的不合作立场。忧郁始终是一种主体在场的自觉意识,麻木永远与它无缘。相对快乐来说,忧郁永远是更深刻、更沉重的一种情绪。前者是对此世界的满足和对彼岸世界的无视,后者却是对此岸世界的焦虑以及对彼岸世界的关怀。快乐趋向于肤浅与遗忘,后者则趋向于高贵和救赎。"①

由此说,面向身体的女性叙事及"70后"的"下半身写作"等没有耻感的写作正是丧失了这种忧郁感的高贵品质,它们都是不对人性的关切而存在。但并不是说当代中国文学就缺乏对人性关怀的优秀质素,忧郁曾在"朦胧诗"身上获得过生机,正是忧郁感的在场,当代文学有机会对外在现实的"观看"转向了对心灵内部世界的"倾听"。但好景不长,"朦胧诗"生成的忧郁文学气质很快被"新写实"小说写作策略消解掉。"新写实"小说主动向庸俗情趣靠拢,将庸俗包装为自我炫耀的时尚。"新写实"小说也是一种面向身体的写作,只不过,这里的身体是为了满足庸俗生活的快乐,"新写实"小说这种低下的生存姿态已然把对人性的关怀遗忘在世界之外。和上面所分析的身体写作一样,"新写实"小说在丧失了对生存的真正忧虑后,以冷血的姿势,从根本上杜绝了忧郁出现的可能,从而也从根本上抛弃了羞涩感的价值体现。

第三节　暴力的美学

暴力,这个带有浓厚视觉色彩的词汇,在中国当代文学的话语系统中占有显著的位置,尤其是在先锋文学那里,暴力书写突然变得毫无节制,甚至远远地超越了道德与伦理的最低限度。随着先锋的影子渐行渐远,对暴力叙事的审美期待并没有因此淡化,反而被视觉时代的消费文化纳入自己的表达谱系中,大有被强化的趋势。

对于暴力行为的整体评价,是一个颇感棘手的问题。因为,在某些时候,暴力会表达出实施方某方面的所谓正义性的诉求。对此,尼布尔说:"一个错

①　路文彬.视觉时代的听觉细语[M].合肥:安徽教育出版社,2007:8.

误是相信暴力是恶的意志的自然和必然的表现,非暴力则是善的意志的自然和必然的表现。因此,暴力本质上是罪恶的,非暴力本质上是善的。虽然这种命题有某种程度的正确性,或者至少有其表面的合理性,但绝不是普遍正确的。如果我们的假定是正确的,即群体与群体之间和谐公正的获得需要强迫的手段(此种手段在最亲密最富有想象力的个人之间的关系上是没有必要的),那么,这个命题对群体之间关系的有效性比对个人之间关系的有效性要差。"他进一步论述道:"一旦我们承认强迫因素是符合伦理的,虽然我们也承认它在道德上总是危险的,但我们却不能在暴力强迫和非暴力强制之间画一条绝对的分界线。或许我们可以辩解道:暴力的直接后果是使得最终目的落空,假若这是真的,那一定不是不证自明的,因此,暴力不能根据先验的理由拒绝使用。假若我们考虑到暴力的直接后果并不像有时设想的那样能够鲜明地与后果区别开来,那么这样做就更加困难。它们之间的区别并不是绝对的,即使可能有很重要的必须仔细权衡的区别。"①可以看出,尼布尔的分析论证并没有给暴力书写带来多少有力的支持,只不过他对暴力部分的相对合法性的预设,在一定程度上引起了我们的误解。暴力的现代文化逻辑秉从视觉中心主义的启蒙理性,非但没能兑现理性的承诺,反倒使人类一次又一次地遭罹着暴力无情的伤害。"在进步思想最为普泛的意义上,启蒙运动一直旨在将人类从恐惧中解放出来,以确立其至高无上的统治权。然而这个已被充分启蒙过的地球却是在得意扬扬地传播着灾难。"②"奥斯维辛"作为人类暴力的最经典体现,足以能够让推动现代文明的视觉理性蒙羞。"现代文明不是大屠杀的充分条件,但毫无疑问是必要条件,没有现代文明,大屠杀是不可想象的。正是现代化的理性世界让大屠杀变得可以想象。"③鲍曼说:"在大屠杀漫长而曲折的实施过程中没有任何时候与理性的原则发生过冲突。无论在哪个阶段'最终解决'都不与理性地追求高效和最佳目标的实现相冲突。相反,它肇始于一种真正的理性关怀⋯⋯大屠杀不是人类前现代的野蛮未被完全根除之残留的一次非理性的外溢。它是现代性大厦里的一位合法居民,更

① 莱茵霍尔德·尼布尔.道德的人与不道德的社会[M].蒋庆,陈维政,阮炜,等,译.贵阳:贵州人民出版社,1998:136.
② 路文彬.视觉主导的文化与中国文学的现代性失聪[M].合肥:安徽教育出版社,2008:122.
③ 鲍曼.现代性与大屠杀[M].杨渝东,史建华,译.南京:译林出版社,2002:18.

准确些,它是任何一座大厦里都不可能有的居民。"[1]这在他的另一部著作中也得到了同样深刻的揭示,暴力装扮成"文明进程"("法与秩序")的维护者来实施残酷行动,"现代组织以其科学的管理和对人的行为的协调,实现了这一效果"[2]。"刽子手们确信他们的行动将是不受惩罚的,他们参加行动的权利是无可争辩的。在听从者点头的赞成下,将军们及宣扬其思想的大众媒体反复指出:主要的战略原则是'拯救生命'。这种说法不明言地表示:只有某种值得拯救的生命才能得到拯救。拯救他们的方法之一就是尽可能多地消灭那些无价值的生命,抢先在这些人送命前做出类似反应时消灭他们。最先进的武器和战略就是大屠杀、大杀戮。由此,几乎没有机会去怀疑:国外的暴力战争竟能划入国内的'捍卫法律和秩序'项目之内,毁坏是一种'创造性的毁灭',而少数人的不幸是为大多数人谋幸福而付出的一种低廉的代价。"[3]但是,这种堂而皇之的理由显然违背了生命关怀的基本伦理,对生命的漠视表明了对生命敬畏情感的严重匮缺。法国著名伦理学家史怀泽说:"真正的伦理的人认为,一切生命都是神圣的,包括那些从人的立场来看显得低级的生命也是如此,只是在具体情况和必然性的强制下,他才会做出区别。即他处于这种情况,为了保存其他生命,他必须决定牺牲那些生命。在这种具体的决定中,他意识到自己行为的主观和随意性质,并承担起对被牺牲生命的责任。"[4]史怀泽的伦理观包含了对人以及其他形式的生命的关怀。对"低级的生命"都有如此的承担道义,何况是对于人。其实,暴力自开始之日起就找到了自我辩护的伦理依据。人对人的暴力首先在人对自然的暴力那里获得起点,继而渗透到我们的语言和思维方式中,并试图主宰我们的文明社会的感受。暴力易通过苦难、残忍、情感冷漠等形式表现出来。在视觉时代,它通过新媒体的力量,逐渐渗透到我们的日常生活中。正如鲍曼所说的那样:"事实上残酷景象已从分离的、独立的后备事物发展成为日常经验的主流。一种结果是纯粹的数字及形象的缺乏变化可能产生一种'逐渐减弱'的影响;为避免

---

① 鲍曼.现代性与大屠杀[M].杨渝东,史建华,译.南京:译林出版社,2002:24.

② 齐格蒙·鲍曼.生活在碎片之中——论后现代道德[M].郁建兴,周俊,周莹,译.上海:学林出版社,2002:168.

③ 齐格蒙·鲍曼.生活在碎片之中——论后现代道德[M].郁建兴,周俊,周莹,译.上海:学林出版社,2002:172.

④ 阿尔贝特·史怀泽.敬畏生命[M].陈泽环,译.上海:上海社会科学院出版社,2003:133.

'收视性疲倦',这些影视必然愈来愈骇人听闻,令人震惊,或'具有新意',以便激起人们的情趣,或实际上吸引注意力。'常见的'暴力水平,残暴行为的残忍性在它下面逃脱了人们的注意,正不断上升。"①毋庸置疑,随着影视等新传媒文化的日益深入人心,新兴的文化产业为了追求最大的资本增值,不惜一切道德代价来制造视觉化的审美刺激,除了影视剧中的暴力情节,在网络视频、电子游戏、电视新闻报道、电视广告和电视专栏节目等中,暴力画面也十分频繁;暴力似乎成了时下文化消费和精神生活中不可或缺的内容。为此,鲍德里亚认为:"消费社会既是关切的社会也是压制的社会,既是平静的社会也是暴力的社会。我们已经看到'平静的'日常生活持续地吸收着被消费了的暴力、'暗示的'暴力:社会新闻、谋杀、革命、核战或细菌战的威胁:这些都是大众传媒中关于悲惨景象的内容。"②

如果说,暴力从原始社会的生存需要,通过漫长的历史文明进化现已沉淀为某种文化心理,那暴力的美学化在一定程度上缓解人们生存压力的同时,也唤起了我们无意识深处的暴力冲动和攻击性本能。据研究表明,未成年人观看暴力影片,阅读暴力性的故事,其性格中的攻击性倾向比没接受过暴力影响的孩子要明显得多。对于视像中的暴力美学的理解有很多种观点,有学者指出,"(它)起源于美国,在中国的香港发展成熟的一种艺术趣味和形式探索,它的内涵是发掘枪战、武打动作和场面的形式感,并将其中的形式美感发扬到炫目的程度,忽视或弱化其中的社会功能和道德教化效果",它的特点是"摒弃表面的社会评判和社会劝诫,就其浪漫化,就其诗意的武打、动作的极其夸张走向彻底的形式主义,把暴力或血腥的东西变成纯粹的形式快感"。③ 例如,被称为当代视觉大片的《英雄》《夜宴》《十面埋伏》《无极》《让子弹飞》和《金陵十三钗》等,无不以宏阔的暴力场面赢得了市场票房。在这些影片中,暴力的动作被处理为充满诗意性的舞蹈,凶残、血腥的场面反而被装饰成一种视觉上的美感。"暴力现象已经组成并进入日常生活,由于媒体的性质,它所'制作的''模拟的'及'导演的'残酷形象比那些对'实际发生的事'

---

① 齐格蒙·鲍曼.生活在碎片之中——论后现代道德[M].郁建兴,周俊,周莹,译.上海:学林出版社,2002:169.

② 让·鲍德里亚.消费社会[M].刘成富,全志钢,译.南京:南京大学出版社,2008:173.

③ 郝建.影视类型学[M].北京:北京大学出版社,2004:323.

的老老实实的记录更为生动、更扣人心弦且更'戏剧化'。"①暴力美学通过趣味化、游戏化和表演化等风格形式妄图在暴力故事和观众之间找到一个欲望平衡。暴力美学在本质上是以丑为美，是用美的形式来掩盖向动物性血腥世界回归的艺术策略。事实上，暴力的反复的视觉刺激会麻木大众的神经，更会潜移默化地扩大受众对暴力行为的容忍限度，弱化社会对暴力的道德评判。这样，在暴力美学的倡导下，暴力的美与丑的对比性被抹平，暴力的形式建立在美的基础上，使视像暴力呈现出一种美的状态，同时，暴力的社会功能和道德教化被弱化或忽略，因为施暴者的施暴动机、施暴后果时常与现存的道德规范和法律制度不吻合或相背离。暴力美学观念下的视像暴力为了暴力的"美"而暴力，导致受众的道德规范和法律意识日趋淡化，并且将暴力作为一种价值观念渗透到意识中，其原有的主流价值观念受到扭曲，甚至部分受众的美丑价值取向严重偏离正常轨道，将内心的不满或仇恨采取暴力的手段去发泄，道德败坏，心灵世界发生变态。相似的情形也出现在当代叙事文学中。作为先锋文学写作的主将，余华、莫言、苏童和韩少功等作家的作品对暴力美学的迷恋也十分引人注目。说到叙事文学对暴力的审美追求自然有很多原因，但不可否认的是，消费文化的兴起，促使文学加快从作家中心地位向读者和市场为中心的转化。随着世俗化的进程，道德观念和价值取向的调整，文学的启蒙功能也被悬置；读者视觉化的审美期待同作家求新图变的开拓意识达成了共谋。因此，带有血腥、死亡、暴力等最具刺激性的题材内容就自然而然地进入了作家们的美学视野中。"作家写作，为的是吸引读者，这同过去没有两样。他无时无刻不向读者的眼睛搜寻惊叹的表情，因为那是他才能的反光。或曰，作家要读者讨厌他，已经无所不用其极了。兴许如此，然而那仅仅是因为他不能公开地向读者邀宠，而且他首先要自己相信，他并没有取悦读者之心。因此他采用陀思妥耶夫斯基笔下激情人物的方法，用反面方式向读者频送秋波。"②莫言也说："我一直强调小说的第一个因素是小说应该好看，小说要让读者读得下去。"③

---

①　齐格蒙·鲍曼.生活在碎片之中——论后现代道德[M].郁建兴，周俊，周莹，译.上海:学林出版社，2002:169.

②　勒内·基拉尔.浪漫的谎言与小说的真实[M].罗芃，译.北京:生活·读书·新知三联书店，1998:278.

③　孔范今，施战军，路晓冰，编.莫言研究资料[M].济南:山东文艺出版社，2006:88.

余华自从发表处女作《十八岁出门远行》以来,对暴力场景的钟情就一直贯穿于他的文学叙事中。《十八岁出门远行》里的"我"还是个懵懂的青年,对人生充满着憧憬;在此,正义第一次与暴力进行了正面交锋,结果是:"这时有一只拳头朝我鼻子下狠狠地搂来了,我被打出几米远。爬起用手一摸,鼻子软塌塌地不是贴着而是挂在脸上,鲜血像是伤心的眼泪一样流。"如果说这时候的暴力叙事还局限于对"打架"事件的较低层次的呈现,那到了《死亡叙述》中,暴力已经充分披露了它残忍、冷酷的一面,与死亡联系起来。

> 大汉是第三个窜过来的,他手里挥着的是一把铁搭。那女人的锄头还没有拔出时,铁搭的四个刺已经砍入了我的胸膛。中间的两个刺分别砍断了肺动脉和主动脉,动脉里的血"哗"地一片涌了出来,像是倒出去的一盆洗脚水似的。而两旁的铁刺则插入了左右两叶肺中。左侧的铁刺穿过肺后又插入了心脏。随后那大汉一用手劲,铁搭被拔了出来,铁搭拔出后我的两叶肺也随之荡到胸膛外面去了。然后我才倒在了地上,我仰脸躺在那里,我的鲜血往四周爬去。我的鲜血很像一棵百年老树隆出地面的根须。我死了。

可以看到,余华以一个旁观者的身份,用其平静和冷漠的目光来"观看"暴力与死亡的场景。"我"作为作家审视的对象,暗示了暴力在被充分落实后的审美快感。小说《古典爱情》里有这样的景象:"一个伙计提着一把溅满血的斧子,另一个伙计倒提着一条人腿,人腿还在滴血。柳生清晰地听到了血滴在泥地上的声响。他往地上望去,都是斑斑血迹,一股腥味扑鼻而来,可见在此遭宰的菜人已经无数了。"人已经降到了专供别人桌上的"菜",让人听起来就不寒而栗,但在余华的叙述中,过于冷静的描绘悬置了作家的情感和伦理判断,使小说丧失了必要的内在紧张感和心理冲击力量,除了强烈的视觉刺激之外,没有提供更多有价值的东西。余华在消解了死亡和鲜血所具有的恐惧品性后,把对暴力美学的迷恋推向了极致,《现实一种》就是对暴力极端化叙事的文本。

　　然后她拿起解剖刀，从山岗颈下的胸骨上凹一刀切进去，然后往下切一直切到腹下。这一刀切得笔直，使得站在一旁的男医生赞叹不已。于是她就说："我在中学学几何时从不用尺划线。"那长长的刀口像是瓜一样裂了开来，里面的脂肪便炫耀出了金黄的色彩，脂肪里均匀地分布着小红点。接着她拿起像宝剑一样的尸体解剖刀从切口插入皮下，用力地上下游离起来。不一会山岗胸腹的皮肤已经脱离了身体像是一块布一样盖在上面。她又拿起解剖刀去取山岗两条胳膊的皮了。她从肩峰下刀一直切到手背。随后去切腿，从腹下上髂前棘向下切到脚背。切完后再用尸体解剖刀插入切口上下游离。游离完毕她休息了片刻。然后对身旁的男医生说："请把他翻过来。"那男医生便将山岗翻了个身。于是她又在山岗的背上划了一条直线，再用尸体解剖刀游离。此刻山岗的形象好似从头到脚披着几块布条一样。她放下尸体解剖刀拿起解剖刀切断皮肤的联结，于是山岗的皮肤被她像捡破烂似的一块一块捡了起来。背面的皮肤取下后，又将山岗重新翻过来，不一会山岗正面的皮肤也荡然无存。

　　令人震惊的不是暴力本身，是作家在叙述时津津乐道甚或洋洋自得的炫耀式神态。倪伟先生认为按照社会的一般规范而言，医生解剖尸体，无论其场面有多么血腥，都不能被认为是暴力行为，然而正如余华的叙述所表明的那样，令人心悸的"科学"态度，却在事实上构成了对肉体的亵渎。在科学神圣的外衣下，掩盖着的仍然是触目惊心的暴力，唯一的区别就在于这种暴力是被制度所认可的因而是合法化的暴力。这就暗示了暴力的存在其实是无处不在的。除了那些昭然若揭的暴力之外，还有更多的无形的暴力披藏在社会结构的每一个角落、每一处褶皱中。但愿这不是出于评论家一厢情愿式的误解。事实上，余华对现实的认知，主要来自他的内心感受和自己的审美趣味。这些都决定了他的文学想象和叙述暴力的方式。他认为暴力因为其形式充满激情，它的力量源自人内心的渴望，所以它使我心醉神迷。但不管怎么说，余华在这极度冰冷的叙述中让我们分明感受到了生命伦理底线的崩溃和对生命敬畏之情的彻底沦丧。这种感受在小说《一九八六》中更为强烈。

请看下面一段话：

> 破碎的头颅在半空中如瓦片一样纷纷掉落下来，鲜血如阳光般四射。与此同时一把闪闪发亮的锯子出现了，飞快地锯进了他们的腰部。那些无头的上身便纷纷滚落在地，在地上沉重地翻动起来。溢出的鲜血如一把刷子似的，刷出了一道道鲜红的宽阔线条……

这个片段虽然是疯子的暴力幻想，还不是实实在在的暴力行为，但正因为它是幻想，所以才更显出余华对暴力形式是何等的迷醉。在血肉横飞的字里行间，我们读到的与其说是惊心动魄的恐惧和哀痛，倒毋宁说是一种豪华、奢侈的感官享宴。飞在半空中的头颅，阳光般四射的鲜血，如尘埃般扑落、堆积满地的肢体，以及帛布一般的人皮，所有这些意象在此都被抽离了实在的意蕴，而仅仅成为在幻想中漂浮不定的字词。对暴力幻想的叙述因此令人吃惊地转变成了一种彻头彻尾的叙述的暴力。暴力美学在余华的其他小说比如《往事与惩罚》《河边的错误》《难逃劫数》《在细雨中呼喊》《许三观卖血记》《活着》和他离现在最近的长篇《兄弟》等小说中也都有一定的表达。

莫言对暴力行刑的现场描述与余华比较起来有过之而无不及。莫言更加注重感官的调动和炫技斗奇的想象；暴力行为在他浓墨重彩、细致入微的描绘下幻化为一场酣畅淋漓的有关生命死亡过程的视觉大餐。毫不逊色的是，《红高粱家族》中有关对罗汉大爷剥皮情节重现了上述惨绝人寰的一幕，使读者禁不住心惊肉跳，全身发冷。

当然，对暴力叙事的美学诉求不仅仅体现在先锋文学那里，在其他作家身上或其他文学形式中，都能觅到它那让人恐怖的、浓重的身影。当代文学进入21世纪以来，暴力叙事呈现多元发展的趋势。比如，陈应松的《马嘶岭的惨案》（2004年），上演了一场因贫困而展开的大杀戮。方方在数年前发表的《水随天去》，叙述了一个打工少年在恋上小姨后，进而杀死姨夫的故事。阎连科的小说《黑猪毛，白猪毛》（2002年），讲述了几个农民争着去替镇长蹲监狱的故事。小说篇幅不长，却悬念迭出，充满很强的反讽意味。故事情节围绕着一个名叫李屠户的杀猪现场展开。虽然说是"杀猪，又不是杀人"，但触目惊心的屠杀现场提示着暴力的始终在场。小说不厌其烦地对屠杀行为的重复，表达出作家对乡村中国的现状及权力暴力特性的隐喻。熊正良在 21 世纪初的以小说《我们卑微的灵魂》为代表的不少作品则表现了弱势群体的暴力反抗。从这方面看，比较突出的还是莫言在 2004 年发表于《人民文学》的《月光斩》。对于这篇小说，陈晓明认为莫言的《月光斩》有着对暴力的双重态度，既向着暴力，沉浸于暴力；又试图逃脱暴力并嘲弄暴力。暴力的古典形式及其价值内涵均已成为"传说"，而现实的暴力则是一个喜剧性的戏仿。

　　毋庸讳言，如果一定说当代文学艺术对暴力的美学呈现还有一点价值的话，那就是，它通过对现实中各种暴力形态的象喻和对我们的视觉提醒来实现。因为，在视觉时代的消费文化中，现实中的暴力现象已经发生了变化，正如鲍德里亚说的那样："我们已经看到，暴力与对安全及自在的挂念之间的亲缘关系并不是偶然的：'耸人听闻'的暴力和日常生活的平静是相互同质的，因为两者同样抽象且依靠同样的神话和符号而存在。也可以说我们时代的暴力通过顺势疗法被接种到日常生活中了——成了抵御厄运的疫苗——以预防来自这一平静生活的真实脆弱性的威胁。因为纠缠着丰盛文明的不再是物质匮乏的威胁，而是脆弱性的威胁。而这一威胁要严重得多，因为它关系到个体及集体结构本身的平衡，这种威胁要不惜代价去预防；这种威胁之所以成为威胁，事实上就是通过被消费了的、包装了的、同质化了的暴力的这种转手。"也就是说，"暴力的真正问题是在其他方面提出的。即被丰盛和安全掩盖起来的、真实的、无法控制的暴力问题，它曾一度达到一定的极限。舒适生活掩盖在自身实现中的也不是那被与其他东西一起一体化并消费了的暴力，而是那无法控制的暴力。这种暴力的特征（恰如我们所定义的消费一样，不是从其表面意义来考察）是无目的和无对象"①。

　　但不管怎样，以余华、莫言为代表的暴力叙述通过对暴力和死亡过程的过度渲染，使文学叙事变成了一种对凶残丑恶的毫无节制的展览，同时也沦为纯粹的感觉和想象的游戏。作家一味地沉浸于暴力美学的迷幻中，忘记了自己所应该承担的文化批判意识和反思精神；暴力美学在刷新与疏离传统审美经验的时候，也推卸掉了文学对人性与生命终极关怀的人道义务和伦理责

---

① 　让·鲍德里亚.消费社会[M].刘成富,全志钢,译.南京:南京大学出版社,2008:173.

任。在他们的暴力叙事文本中,人性中的"善"被抑制,着力凸显"恶"的一面,而且被无限放大,似乎暴力是联系人与人之间关系的唯一存在方式。暴力有很强的视觉特性,这种感官刺激一方面满足了读者的消费心理,另一方面看,过强过于持久的刺激必定会导致感官的疲劳和麻木,从而给读者的精神和心理带来极大的危害。如果道义、道德理性和价值伦理都要遭到颠覆和瓦解,那剩下的只是一片支离破碎的现实世界和道德与精神虚无的废墟。"无处不在的恶勾销了人反抗恶的能力,迫使人要么对恶袖手旁观,要么成为恶的造作的参与者或受害者。随之,人被迫漂流于无意义的生与死之间。"①"恶"的对立面是"善",尊重生命,敬畏生命就是对"善"的呵护和保障,反过来亦然。"善是保存生命,促进生命,使可发展的生命实现其最高的价值。恶则是毁灭生命,伤害生命,压制生命的发展。这是必然的、普遍的、绝对的伦理原理","人必须要做的敬畏生命本身就包括所有这些能想象的德行:爱、奉献、同情、同乐和共同追求"。②

---

① 刘小枫.拯救与逍遥[M].修订本.上海:上海三联书店,2001:343.
② 阿尔贝特·史怀泽.敬畏生命[M].陈泽环,译.上海:上海社会科学院出版社,2003:009.

第五章　欲望的风景

　　欲望是视觉时代文化逻辑中最主要的关键词。视觉时代的文化说到底是一种关于欲望的文化,它在制造欲望和满足欲望的过程中不断刺激并生成着新的消费欲望,消费欲望反过来又推动着视觉主导的文化在享乐主义的道路上愈走愈远。"较之于传统社会节俭的生活伦理,消费社会的到来催生了崭新的伦理观。诸如消费合理、消费幸福,甚至'我消费故我在'的观念,业已成为消费社会的意识形态,其中深蕴了快乐主义、享乐主义和拜物教。我以为,这种意识形态其实和视觉文化的逻辑或本性是相一致的,或者说它就是视觉文化在当代迅猛发展的内在动力之一。"①马克斯·韦伯很早就注意到了这种建立在感官与肉体享乐基础之上的伦理质变现象。丹尼尔·贝尔在考察资本主义的文化时发现,影视、广告等视觉技术的入侵改变了人们的消费方式,催发了包括性开放等各种欲望的膨胀。他说:"过去 30 年里,资本主义的双重矛盾已经帮助树立起流行时尚的庸俗统治:文化大众的人数倍增,中产阶级的享乐主义盛行,民众对色情的追求十分普遍。时尚本身的这种性质,已使文化日趋粗鄙。"②其造成的结果是:以快感、享乐为中心的道德观取代了以人格自律、善行和爱为中心的道德价值观。这种文化嬗变事实也比较突出地表现于当代中国的文学叙事中。随着市场经济意识的深入和视觉主导的文化的渗透与播散,欲望叙事被当代文学建构到自己的话语系统里,并以给予"快乐"的名义来实现它的交换价值和市场前景。这样,欲望化的文学写作一方面在完成了成功的话语转型后同时,赢得了消费文化的确认;另一

---

　　①　周宪.视觉文化的转向[M].北京:北京大学出版社,2008:128-129.

　　②　丹尼尔·贝尔.资本主义的文化矛盾[M].赵一凡,蒲隆,任晓晋,译.北京:生活·读书·新知三联书店,1989.37.

方面通过构筑新型的意识形态操作语境,为消费者提供具有无限视觉诱惑力的、欲望的风景和仪式。

第一节　生存的欲望化景观

中国当代文学的欲望书写肇始于 20 世纪 80 年代初期。随着改革开放的步伐,西方形形色色的生活方式和文化形态唤醒了民族压抑已久的欲望意识。80 年代的一批作品如张贤亮的《男人的一半是女人》《绿化树》,刘恒的《伏羲伏羲》《白涡》和王安忆的《小城之恋》《荒山之恋》《锦绣谷之恋》与《小鲍庄》等,都不约而同地把目光从外部的社会现实转移到人内部的人性现实上面,人性中正常合理的欲求被聚焦与挖掘,体现了思想解放时期欲望叙事的人文主义立场。"这一叙事有着与启蒙叙事相一致的人文深度,它的在场是与另一个人文神话主体的在场同时并存的,并且指向某种自我超越,因此,欲望这一话语便自然而然成为观照人的生存状态的一道亮光、一扇窗口。"①如果说与启蒙话语相联系的欲望书写还带有令人振奋的反抗性质,那到了先锋文学手中,欲望则被过度使用,成了作家们用来颠覆宏大叙事、游戏崇高、戏谑中心话语和解构历史主体的工具。如马原的《虚构》《冈底斯的诱惑》《大师》等小说,欲望被推向了叙事的前台;虽有爱情的动机,却没有两情相悦的故事,爱情沦落为一次次富有激情交欢的场景;小说中的"性"被格外强调,成了生活和爱情双重破碎的怂恿式的欲望符号。这在苏童的文学想象中同样如此,他的《罂粟之家》《妻妾成群》和《米》等等,欲望作为文本的叙事动机,贯穿起了个人命运和历史倒错的荒谬形态。马建的《伸出你的舌苔或者空荡荡》似乎走得更远,它直接打破了"乱伦"禁忌。它是一种喻示,又是一种预演。从此,当代小说欲望叙事不再羞羞答答,而是以"无畏"的姿态面向公众,裸露了欲望深处最幽秘的角落。不管怎样,先锋文学的欲望叙事仍是承接了新时期的启蒙主义理想,虽然它的形式主义解构策略又拆碎了这个理想。但在文本实践意义上说,"欲望"所标画的形而上的寓言性功能一直延续到 90 年

---

① 丁帆、许志英.中国新时期小说主潮[M].北京:人民文学出版社,2002:669.

代物质主义、消费主义文化潮流的来临才偃旗息鼓，至此，当代文学的欲望书写也终于涌溢出了道德与文学伦理的边界。

所谓欲望，根据拉康的定义，"欲望是一种本体性的存在，它不是一种简单的性欲或其他生理性的欲望，而是所有欲望和需要——从食欲、性欲到审美需要和伦理要求——的渊源和本体"①。按照丹尼尔·贝尔的观点，欲望超过了人的绝对需要，指向对个人优越感和无限发展需求的永无止境的满足。虽然不同的学者有着不同的阐释，但都承认欲望所具有的基本属性，比如性欲、食欲、物欲、权欲，道德伦理、审美、爱情和自由等需求则对应着人的自然、社会和精神三个基本层面。这三个层面彼此不应对立割裂，否则，偏重任何一方就会导致人性与人格得不到完整的体现。与以往的文学伦理表达不同的是，资本主义时代的文学极力强调欲望的本能属性，它超越了人的基本生存需求，展示为对享乐型欲望的无限制追逐，这才是消费主义发生的逻辑起点。20世纪90年代以来的文学正是在这个意义上展开它的欲望书写的。90年代以来的中国，商品形式的普遍化，把现实转化为个人各自追寻自我满足的混在的欲望空间。这种情况按照伊格尔顿的话说就是"以普遍的个体的占有为形式的贪欲正在变成时代的秩序，统治的意识形态和主导的社会实践……欲望成了一个晦暗不明的、深不见底的物自体，开始恶魔般地横冲直撞，毫无目的和理性地自我推进，像一个狰狞的神祇"②。在这个欲望构成的现实中，视觉主导的文化把一切都变成了现成的、有形的、可供观赏的、外在的物体，连人的信仰、情感、价值都被实体化了，视觉技术为超越性和精神性的生命存在提供了解体的实现路径。"也就是说，在这个以技术为手段、市场为媒介和欲望为动力的世界，由个人生活构成的现实是永远处于变乱之中的生活碎片，即完全原子化。在这个原子化的现实中，不存在自我认同的任何意义基础和价值前提，情感被瓦解了，只有欲望是真实的，但真实的欲望在持续不断的挫折和满足的交替流动中，也变成了没有任何确定性的一系列似是而非的碎片。"③不确定性的是欲望之间的互相纠缠与混杂。实际上，视觉时

---

① 王杰.审美幻象研究[M].桂林：广西师范大学出版社，1995：101.
② 特里·伊格尔顿.历史中的政治、哲学、爱欲[M].马海良，译.北京：中国社会科学出版社，1999：273.
③ 肖鹰.真实与无限[M].北京：中国工人出版社，2002：172.

代的欲望叙事表现为物欲、权力欲、性消费等各种欲望交错盘结的复杂情形。"物"与"性"紧密相连,不可分割;物欲的泛滥会直接导致性消费的扩张和深入,性消费反过来又加强了对物质贪婪与攫取的程度。

在 20 世纪 90 年代的小说中,物欲是推动情节发展的基本因素。对此,朱文颖的小说《高跟鞋》中的贫穷女孩安弟有着明确的认识。"安弟是清醒的。她迅速看到了一种时代深处最强大的东西。这个聪明的清醒的孩子,她要行动了。她的目标也是明确的:她要有钱,强大,有力量。"[①]诚然,金钱是人生存的基本条件,但却不是最终目标,如果把金钱误读为一种"最强大的东西",那它足以让一个鲜活的生命坠入物欲的深渊。小说《成长如蜕》(叶弥)就讲述了一个青年人在成长过程中被欲望吞噬的故事。"我弟弟"本来天真烂漫,对公平、正义、道德、爱情等美好的事物保持着向往与憧憬,他一直生活在梦想中。但历尽生活沧桑的"我父亲"则失去了人生的价值理想,在商品时代的诱惑下,表现了对金钱、物质等欲望的非理性追求。"我弟弟"与"我父亲"的矛盾与对立,体现出消费主义文化语境中精神生活与欲望现实的紧张关系。但最终,富有朝气的"弟弟"被"父亲"所征服,强大的物质欲望也最终吞噬了"弟弟"蓬勃的精神活力。同样的精神畸变过程出现在毕飞宇的《那个夏天,那个秋季》中,主人公耿东亮从一个"不学坏"的孩子到最后被金钱欲望所捕捉,一个富有音乐天赋的"嫩苗"就这样枯萎了。在教授炳璋眼里,耿东亮具备了专业成长的基本资质,"他将用一生中最后的智慧全部的经验重塑耿东亮。他的爱、激情、希望、严厉全部倾注到这个腼腆的学生身上。耿东亮身不由己地进入了另一隧道。隧道的尽头有炳璋的理想,他将沿着炳璋的理想与愿望穿过这条隧道。那里有一个被设定的'耿东亮'在等待他"。炳璋教授的愿望自然没有实现,因为在使物欲合法化的文化体系里,耿东亮的价值支撑被彻底摧毁是再正常不过的事情。他告别了炳璋,也告别了一个更高世界的象征,去夜总会赚钱去了。"他脑袋到了这个时候才'轰'地一下,他望着那扎现钞,百元面值,码得整整齐齐,油油地发出青光……"这是他拿到报酬时的情景,金钱的光芒照亮了他,也照亮了消费时代的每一个角落。

张欣在《爱又如何》中说:"一切的一切,只要有钱,就可以改变一切。'赚

---

① 朱文颖.高跟鞋[M].沈阳:春风文艺出版社,2001:20.

钱,最过瘾',空手套白狼最难,到了钱生钱的阶段就简单多了。"她笔下的人物都是金钱物欲的追逐者。小说《伴你到黎明》中,作为小职员的梁建平梦想着赚钱,赚钱后再升官,这样会带来更多的钱。身在黑社会的章朝野时刻为钱而卖命。顾美琴知道对方家破人亡仍要去讨债。钱是张欣小说叙事的起点和归宿。她的几乎所有作品都在重复一个信念:可以理直气壮地辞职,下海,赚钱!她鄙视那些在旧体制中苦苦守候的懦夫,而将赞美献给那些在商海中勇于闯荡的人。为了钱,可以不惜一切代价,不管什么友情、荣誉,甚至人性、道德伦理在需要时都可以拿来交换。她的《掘金时代》中的主人公左云飞就是一个这样的人。为了骗取同学的钱来供自己挥霍,他和别人联合设下圈套,当同学陷入绝境后才知被自己的好友欺骗,当着同学的面,左云飞竟恬不知耻地说:"我在大街上找个人来骗,他会相信我吗?"如此的行径和理由直接突破了人性伦理的底线。

作为"新生代"的重要作家,何顿的创作无疑是引人注目的。他的欲望化书写旨在凸显生活的"本真状态",规避预设任何的道德标准和价值尺度。小说《生活无罪》充满着对物欲的激烈辩护。"名誉是一堆废纸,只有老鼠才去啃它","生活无罪"亦即"金钱无罪","世界上钱最大,钱可以买自尊,买卑贱,买笑脸,还可以买杀人"等等。《无所谓》中的人物都"对知识不感兴趣","赚钱"才是他们的"正事"。《弟弟你好》中的"弟弟"拒绝了小学教师的工作,去舞厅当了个经理,刘金秋为了纸醉金迷的生活竟去贩毒。《我不想事》中的熊猫记干脆以抢劫为生。《我们像葵花》中的刘建国、冯建军和刘跃进等为了发财不惜违法犯罪,在他们看来,金钱是衡量一切的标准,是人生存在的终极目标。"'要发狠赚钱',刘建国说着心里话说,'你不赚钱,你这一世就只能生活在这个社会的最下层,死了跟狗一样。好多快活的事情,你都看不到,不是冤枉来到这个世界上了?'所以要发狠赚钱,不然你斗别人不赢。"《太阳很好》讲述了一个女人在欲望中堕落的故事。在女主人公宁洁丽身边,所有的人都被金钱欲望所控制。宁洁丽的丈夫因抵抗不住金钱的诱惑背叛家庭而离家出走。宁洁丽也是内心充满强烈物欲与虚荣心的女人,这个国家事业单位的正式职工,在强大的经济势力面前,在灯红酒绿的物质世界里,她自觉选择了做富人龙百万的"小三",被抛弃后又选择干起了"霓虹灯业务"。对于何顿的欲望化写作,陈晓明先生曾有精彩的分析:"何顿写出了这个时期欲望化生产的现实,欲望是如何被这个急剧发展的个体经济社会生产出来的,它席卷了各个阶层的人们。人们不得不生产组合他们的关系,按照新的欲望化的生产法则,个人重新调整和社会的特殊关系,调整他们的价值观念和行为方式。这个个体经济社会对底层贫困的民众尤为有吸引力,它把一个对它一无所知的人迅速改变为一个受它支配的成员,人们的价值观念早已认同了商品拜物教,如何被这个商业社会彻底俘获则是一个更重要的实践问题。"结合小说《太阳很好》,他进一步论述道:"这样一个过程被何顿表现得极为生动细致,宁洁丽无法拒绝,她被拖进了这种生活,因为这种生活代表这个时代'前进'的方向。……龙百万这种人敢于冒险、敢想敢干、冷酷、自私、背信弃义。必要的时候,他也会装得温文尔雅,一旦目的得逞,猎物到手就翻脸不认人了。他们生活极为潇洒,他们的生活主要由喝酒、搓麻将、找女人以及斗殴构成,这种生活与文化无缘,这是一群反文化的拜金主义者,他们为中国的经济起飞做出卓越的贡献,作为代价,他们也严重地搅乱了当今人们的价值观念。"①

　　问题是,何顿的欲望想象是否就是事实的全部,如果的确像陈先生分析的那样,这样的事实在进入叙事文本后在转化为文学的现实过程中还需要作家的进一步熔铸与整合,起码的价值判断和道德审视应该成为作家进行文学叙事的伦理指标。遗憾的是,在"新生代"的另一个代表作家邱华栋的笔下,欲望化的生存已然是被作为一种景观自豪地迎接着读者的观赏。《花儿花》中,马达的妻子,大学英语教师周槿,由于不满足有限的物质生活而提出离婚跟了王强,后来又遇上了一个荷兰人,权衡二者的经济能力后又迅速投入后者的怀抱。《花儿花》所指涉的目的既具体又明确,那就是建立在物质至上的欲望,如此欲望下的婚姻爱情就像一出出幽默游戏剧,挑逗着我们的目光。同样的在尚西林、眉宁(《生活之恶》)和"我"与黄江梅(《哭泣游戏》)等人身上。为了在消费大潮中一显身手,他们激情地上演了一场争夺物质资源的悲喜剧。单纯、漂亮的女大学生眉宁用自己的贞操交换了一套房子,尚西林为了仕途前程甘愿同自己所讨厌的女人结婚,黄江梅在"我"的帮助下变成了一个标准的都市丽人。"虽然得到了一定的欲望满足,然而在欲海中沉浮已久的他们却再也无力感受幸福,他们已被物化成为空心的稻草人,……《哭泣游

---

① 陈晓明.无边的挑战——中国先锋文学的后现代性[M].桂林:广西师范大学出版社,2004:347.

戏》中的'我'成了一个对生活再也提不起任何兴趣的人,黄江梅在物欲狂热
的摧残下畸变为'漂亮的塑料女郎',而眉宁则成为一个富人圈里的交际花,
是一个'只要叫我玩玩他的红色雪佛兰跑车'就可以跟他'怎么都行'的高级
妓女。"①在一大批以叙述都市生活为背景的小说里,大量的象征都市欲望的
景观化标志符号构成了一幅幅令人目眩的画面。各式各样的现代化的高楼
大厦、豪华别墅、流行音乐、休闲娱乐场所、时装大街与炫目的时尚车牌号等
等,比如,88层的望京大厦、富丽堂皇的丽都酒店、奥特购物中心、国际保龄球
场、国际俱乐部、贵友商场、保时捷跑车等等。邱华栋对这样的欲望物化景观
不厌其烦地重述,他说:"比如大饭店中各种美食的名称,各种流行汽车牌号,
各种摇滚音乐以及别墅中的各种设施,都在我的作品中予以凸现。"②而女性
作家则迷恋于由高档首饰、流行时装、进口化妆品、贵重家具、各种美食与宠
物堆砌成的代表高消费的时尚商品的大展览。譬如卫慧在《爱人房间》对房
间装饰的沉迷,安妮宝贝的小说中充满了时装、西方生活方式以及各种高档
酒店的名字,周洁茹的《到常州去》《告别辛庄》等小说就描绘了时尚物欲对人
的控制与撕扯。"这是一个繁华的世界,时尚是一个穿着晚礼服的半老徐娘,
她每天都换一副新行头,风韵犹存,但她发出了浓烈的臭味,脂粉的后面,衣
服里面已经完全腐蚀掉了。所有的东西都在诱惑我们,同时我们心底里的欲
望也时刻勾引着我们,让我们不得安宁。"③周洁茹的话再次印证了金钱物欲
那强大的统摄力,同时也呈露了作家们普遍存在的创作心态。正如邱华栋与
刘心武对话时所说的那样:

　　刘:像你的作品,表现出一种对现实的非常难能可贵的认同,同
时又有一种青年人在当前激烈变革的社会中的焦虑感。你的焦虑
感是因为城市中有那么多汽车、大饭店、别墅、豪华场所,而你小说
中的主人公没有拥有或没有全部拥有。

　　邱:我本人也非常想拥有这些东西,当然什么时候我能得到就

　　① 郑崇选.镜中之舞——当代消费文化语境中的文学叙事[M].上海:华东师范大学出版社,
2006:97.
　　② 刘心武,邱华栋.在多元文学格局中寻找定位[J].上海文学,1995(8).
　　③ 周洁茹.熄灯做伴,程绍武主编.是谁在深夜说话[M].北京:北京十月文艺出版社,1999:322.

不好说了。我表达了我们这一代青年人中很大一部分的共同想法：既然机会这么多，那么赶紧捞上几把吧，否则，在利益分化期结束之后，社会重新稳固，社会分层时期结束，下层人就很难跃上上层社会了。

不可否认的是，当代文学的欲望化书写在很大程度上就是对上述想法在文学想象上的落实与实践，这也难怪他们的写作自由散漫，缺乏严肃的道德审视和文学伦理的制约。对于金钱的异化作用，马克思有着深刻的揭示和批判："它把坚贞变成背叛，把爱变成恨，把恨变成爱，把德行变成罪行，把恶行变成德行，把奴隶变成主人，把主人变成奴隶，把愚蠢变成明智，把明智变成愚蠢。因为货币作为现存的和起作用的价值把一切事物都混淆和替换了，所以它是一切事物的普遍的混淆和替换。从而是颠倒的世界，是一切自然的性质和人的性质的混淆和替换。"[①]对此，当代的欲望化写作还仅限于社会与生活表象层面的描绘上，因缺少人性维度上的精神批判与道德反思，欲望写作就等于欲望演示或欲望场景的再现，这不仅仅表现在金钱物欲方面，在性欲望叙事方面，情况同样如此。作为一种生理现象的"性"，被消费社会赋意并操纵为能表达多种意义的欲望符号。"性欲是消费社会的'头等大事'，它从多个方面不可思议地决定着大众传播的整个意义领域。一切给人看和给人听的东西，都公然地被谱上性的颤音。一切给人消费的东西都染上了性暴露癖。当然同时，性本身也是给人消费的"[②]，"与我们刚刚定了性的美丽密切联系，并且如今在各处指导着身体之'重新发现'及消费的，就是性欲。美丽的命令，是通过自恋式重新投入的转向对身体进行赋值的命令，它包含了作为性赋值的色情"[③]。"性"如此受到消费社会的青睐还在于它对建立在快感主义、享乐主义意识形态再生产基础之上的欲望表达方式，性的表达最具视觉特性，也最容易调动起大众心理的欲望与冲动，这是性叙事最"阴险"的视觉性策略。贝尔在分析快感欲望的社会生成机制时发现，视觉时代"为人们看见和想看见（不是读到和听到）事物提供了大量优越的机会"，在消费社会中，

---

① 马克思.1844年经济学—哲学手稿[M].中共中央编译局编译.北京：人民出版社,2000：145.
② 让·鲍德里亚.消费社会[M].刘成富,全志钢,译.南京：南京大学出版社,2008：137-138.
③ 让·鲍德里亚.消费社会[M].刘成富,全志钢,译.南京：南京大学出版社,2008：125.

"它渴望行动、追求新奇、贪图轰动。而最能满足这些迫切欲望的莫过于艺术中的视觉成分了"①。而"性"恰恰就是能够提供并满足"追求新奇、贪图轰动"心理的"视觉成分"。

朱文的小说《我爱美元》是"新生代"的代表作，其因极其谐谑和夸张的语言表达方式和对传统道德观念的激烈颠覆而备受争议。"美元"作为解构工具本身就具有暗示意义，"那种叫美元的东西，有一张多么可亲的脸，满是让人神往的异国情调"。"这美丽的元，美好的元"不仅能带来物质欲望的满足，还能换取"身体"和"性"。在小说中，朱文说："我们知道性不是个坏东西，也不是好东西，我们需要它，这是事实。如果我们生活中没有，正好商场有卖，为什么不呢？从商场里买来的也是货真价实的，它放在我们的菜篮里，同其他菜一样，我们不要对它有更多的想法。就像吃肉那样，你张开嘴巴把性也吃下去吧，只要别噎着。"在作家眼里，"性"像吃饭一样随便，像商品一样可以用美元任意购买；足见美元受人尊重的理由，所以"我"渴望金钱，血管里都是金币滚动的声音。在这里，"性"所依凭的社会伦理话语被完全剥离，只剩下作为动物性存在的一面；而"性"和金钱的互惠关系则颠覆了我们的道德观念和价值意识。小说里，作家还通过"性"来颠覆维系在血缘关系之上的家庭父子伦理。借父亲来看"我"之机，我对父亲进行性启蒙，在父亲面前谈论女人、情妇和性，并带父亲去舞厅找舞女，想方设法消除父亲的心理障碍，甚至要自己的情妇去陪父亲睡觉。"父子同嫖"事件拆解了父亲的形象，解构父与子之间的家庭伦理，从而也挑战了既有的文学秩序。福柯曾说："（颠覆旧秩序）并不存在于一次巨大的革命暴力中，而是存在于大量重视身体和快感之重要性的微观力量中，存在于性之中。……性，是权力运作和爆发对它的反抗行为的一个特别重要的领域。"②"性"是朱文解构既有道德规范和伦理秩序的有力工具。"性"是朱文一部分有挑战性的小说叙事的出发点，一个阿基米德式的支点，他只需要这个支点就能把我们的世界颠覆。

相比朱文的狂热和激情，韩东则显得冷漠和自然，但他在颠覆爱情、亲情、友情等传统伦理方面一点也不手软。其代表作《障碍》讲述了两个男人和

　　① 丹尼尔·贝尔.资本主义的文化矛盾[M].赵一凡,蒲隆,任晓晋,译.北京:生活·读书·新知三联书店,1989:154.

　　② 乔治·瑞泽尔.后现代社会理论[M].谢立中,等,译,北京:华夏出版社,2003:91.

一个女人的故事。"我"和朱浩是好朋友,王玉是朱浩的情人。为了对友情的尊重,"我"最初同王玉保持着纯洁的关系。但面对欲望,"我"和王玉再也顾不上什么禁忌了,从此建立了纯粹的性爱关系。"我"与王玉的性爱跨越了双重障碍,第一是"我"与朱浩的友情,第二是朱浩与王玉的爱情。传统的"朋友妻,不可欺"伦理道德被颠覆;本以为会伤害"我"和朱浩间的友谊,但事实上却是,王玉是被朱浩送来给"我"缓解性欲的工具。小说中,女性纯粹是男性欲望宣泄的工具性对象,是"性欲望"的代称。《交叉跑动》中的李红兵从不相信爱情到相信爱情,但最后又回到起点,是性爱游戏推动着主人公在轮回中"交叉跑动"。韩东的小说在肯定欲望的同时,极力张扬性欲对爱的替代意义。述平的很多小说也包含了对欲望化生存的讴歌和赞美。《凹凸》中,主人公周昆和红玲本是一对夫妻,他们对性爱自由都有着狂热的追求,认为那才是最理想的生存状态。另一个人物罗尼则把征服女人的性作为自身存在的最佳方式。整部小说,性爱是唯一的目标。《此人与彼人》中的人物也都是为了性爱而纠缠不清。述平的小说过于沉溺于欲望叙事,表现出对性爱不计道德成本的迷恋。

此外,像张旻、东西、刁斗等作家都或多或少地表达了对性欲望的屈尊逢迎。张旻的《生存的意味》和《情幻》等小说有不少露骨的性描写。东西的《美丽金边的衣裳》表现了爱情蜕变为赤裸裸的金钱和性的过程。刁斗曾直言不讳地说:"在我看来,人是一种欲望的集合体,其中情欲是根本。……我不讳言,情欲在我的小说里是一块基石,就像它在我的生命中也是一块基石一样。"[①]他的小说《捕蝉》和《作为一种艺术的谋杀》的确把欲望和性爱作为人本质性的东西来表现。总之,"欲望化的景观,在 20 世纪 90 年代的现实中急剧扩张,它构成了这个消费社会的基本表象,也开始成为当代小说叙事最具有奇观性的资源"[②]。

---

① 林舟.生命的摆渡——中国当代作家访谈录[M].深圳:海天出版社,1998:124.
② 陈晓明.无边的挑战——中国先锋文学的后现代性[M].桂林:广西师范大学出版社,2004:352.

第二节　爱情伦理：从失衡到空缺

在中国传统文化中，爱情是所有伦理关系中最富有人性内容和言说价值的伦理形态。它把"责任""情爱"和"性爱"等伦理要素置放在统一表达系统中来确定爱情伦理的价值与内涵。爱情成为文学书写中永恒的和最激动人心的主题。爱情书写最能体现创作主体的文学伦理诉求，不同的爱情叙事文本会呈现不同的道德立场和伦理价值倾向，当然也包含不同的文化意识、人道思想和审美选择等文学伦理质素。

现代文学视野下的爱情伦理，在"崇高"的主题学意义上建构起了"宏大"性的爱情叙事范式。除了张爱玲等极少作家的个体化言说之外，绝大多数作家都齐聚在"反封建"的"文化革命"的旗帜下，赋予爱情伦理书写以隐喻式的反抗或革命性品质。这时期的爱情叙事总体上过多地凸显它的"社会性"和"文化性"诉求，而有意识地抑制了它的情感性和生理性一面。因此，理想意义上的爱情伦理是缺席的。中华人民共和国成立后十七年文学中，革命性的爱情伦理被空前强化。这在以《红岩》《红旗谱》《林海雪原》和《青春之歌》等为代表的"革命历史小说"里，表现为"革命加恋爱"的叙述模式。这种文学惯性一直延伸到新时期文学开始后的较长的一段历史时期。20世纪80年代初，以张洁的《爱，是不能忘记的》、古华的《爬满青藤的木屋》和张贤亮的《绿化树》《土牢情话》等为代表的小说，亦然秉持政治性的公共话语，爱情叙事与控诉荒谬时代的激情互相印证，以致故意规避作家对爱情本身的诗意体验。《爱，是不能忘记的》叙写了"我"母亲"痛苦一生"的爱情悲剧。小说中的婚姻都是建立在"阶级友谊"和社会"道义"基础之上，因为特殊时代的要求，使男女主人公都无法正视藏匿在自己内心深处真实的情感冲动，爱情被挤抑被转述为表达"阶级感情"的附属品。但在作家笔下，这种无爱的婚姻被充满理解，而且有意识地美化了无性的、纯精神化的爱情；"尽管他们连一次手也没握过，他们却完完全全地占有着对方"。其实，作家在极力渲染"爱，是不能忘记的"所要攀越的理想主义境界的同时，小说也不可避免地敞视了被时代所异化后的悲情和无奈。

80 年代中期,出现了一批直接描写"性"的小说,如张贤亮的《男人的一半是女人》,王安忆的"三恋"(《荒山之恋》《小城之恋》和《锦绣谷之恋》),等等,"性"作为一种话语意指元素第一次被引入新时期的文学写作中;但是,"性"不是用来建构当代文学的爱情伦理的,它的被放大凸显出其对政治与生理双重压抑进行反抗的工具化力量。不论是在张贤亮还是在王安忆那里,"性"具备剥离了所指的动人的情感存在,上升到拆解既定话语秩序的能指化深度。可以说,张贤亮和王安忆的叙事中没有爱情,有的只是情爱的故事,这种现象在莫言的《红高粱家族》和刘恒的《伏羲伏羲》中再次得到了证实。这两部小说都不约而同地突出了"性"原始和野性的方面,作家有意淡化"情"的故事而着力强调"性"的视觉化场景,"生命强力"的表现带有鲜明的图腾式的精神膜拜和象征寓意。《红高粱家族》极力渲染"性"所具有的本能力量,小说对性有关的场景更是浓墨重彩,比如"我爷爷"和"我奶奶"在高粱地"野合"的场面。由于浓厚的视觉化色彩,这部小说与摄影师出身的导演张艺谋一拍即合,张艺谋用他最擅长的近乎凝滞的背景空间、大面积的红色和一望无际的高粱地等视觉表达语言几近完美地挖掘并扩张了小说所具有的视觉因素,而高粱地的"性力量"的演绎成为影片最具视觉刺激的一幕。小说《红高粱家族》的银幕化,告诉了一个商业时代基本的文化事实:影视利用了小说中的视觉性内容,反过来又催促叙事文学自觉接受视觉思维的渗透,这样,文学与影视同谋媾和,既加强了自身的颠覆力量,又拓宽了生存的领地和空间。从这方面看,《红高粱家族》无疑具有经典性和代表性意义。而刘恒的《伏羲伏羲》讲述了杨天青、杨金山和王菊豆之间的乱伦故事。小说并不在意杨天青和年轻的婶婶王菊豆之间的感情故事,而是无限放大"性"本身所包容的生命意义和价值。这部小说也被张艺谋拍成了电影《菊豆》,因其引爆眼球的"乱伦"情景,给影片带来巨大的经济利益。

80 年代中后期,先锋派作家占领着文坛。这时的"爱情"被置换为"性爱"。"很显然,80 年代后期,'纯文学'特别是先锋文学中,已经少有纯洁神圣的'爱情'故事,用'性爱'故事,替代'爱情'主题,不仅表示 80 年代后期文学所面临的尖锐矛盾,同时也预示着步入现代化的中国社会所面临的精神困扰。

先锋派文学对这一主题的挑战性运用,不过是这次困扰的更加深刻的表征。"①先锋派作家将性爱和暴力、死亡等主题扭结在一起进行想象性的虚构化写作,"性爱"在先锋文学视域中不具备动人的因素,甚至代表人性恶的一面被无限开掘。譬如苏童的《南方的堕落》《妻妾成群》,格非的《青黄》《褐色鸟群》,余华的《古典爱情》,北村《施洗的河》,洪峰的《极地之侧》和叶兆言的《枣树的故事》,等等。这些小说侧重于强调"性爱"的"负面"因素,用淫乱、强奸、嫖娼、乱伦等"丑恶化"现象来对"性爱"进行景观式叙写。这种无"爱"的"性"书写展示了历史与现实的非道德化与非人伦化的灾难性存在。在余华、苏童等作家的笔下,"性爱"是暴力滋生的根源,是死亡发生的诱因,是一切生命存在的致命陷阱。"《难逃劫数》中续接在'性爱'场景背后的必定是死亡场景叙事,东山与露珠、广佛和彩蝶疯狂做爱之后的举动是他们联手杀戮一个无辜孩子,而新婚情侣实际上是彼此暗藏杀机的仇人。在《古典爱情》中,'古典'爱情的发生过程不过是作家想象之下的一场杀戮不断的惨烈死亡过程。可见,余华小说中的性爱伦理更多的是作家诗性想象的结果,是叙事功能和叙事策略意义上的,没有渗透任何的道德伦理价值评价,不过是为作家创作理念中的'暴力诗学'设置的过渡平台。"②这样,先锋文学中的"性爱"就成为其他表达主题的叙事符码,其本身伦理意义的失衡与陷落导致了"爱情"持续的缺席。在马原的小说《虚构》中,"性爱"不过是加强其叙事游戏的一种视觉化力量,"我"和麻风病人之间的"性爱"可能性不存在从伦理及道德上面来进行判断,其只是作家把玩"叙事圈套"中一段必要的链条而已。可见,先锋派文学对"性爱"的叙事附集了大量的纯粹技术性诗学诉求,无关涉文化和道德伦理,只是作家用来营构叙事策略的功能元素。其"非历史""非文化""非道德伦理"和"非爱情"的书写方式,把"性爱"同真实的人性心理体验割裂开来,消解了"性爱"本身所包蕴的激动人心的情感因素。因此说,先锋小说中的"性爱"是一个拒绝升华、拒绝爱情的空洞的"他者化"的符号。

　　"在我的作品中,一切都以巨大的情欲场景告终。我有这样的感觉,一个

---

①　陈晓明.无边的挑战——中国先锋文学的后现代性[M].桂林:广西师范大学出版社,2004:155.

②　张文红.伦理叙事与叙事伦理——90年代小说的文本实践[M].北京:社会科学文献出版社,2006:73.

肉体之爱的场景会产生一道强光,它突然揭示了人物的本质并概括了他们的生活境况……情欲场所是一个焦点,其中凝聚着故事所有的主题,置下它最深奥的秘密。"①米兰·昆德拉的话部分地印证了20世纪90年代以来的文学性爱叙事。可以说,"情欲"与"性欲望"书写是90年代以来的时代文化语境中的最为耀眼也最为刺目的"欲望化"景观。在这里,性爱不是爱情的升华,它是生活的本质。"在我的小说里,我觉得情欲这东西并不仅仅起着一种点缀、润滑、煽情的作用,它们还是一种本质性的东西。"②刁斗的坦率正如他的写作一样在表达性爱方面潇洒而直接。在"新生代"作家那里,"欲望之性"构成小说主体性书写场景,他们在性爱上表现出的游戏姿态,在嘲弄生活的同时,也彻底将"爱情"驱逐出了他们的文学视野。邱华栋在《哭泣游戏》中写道:"这个时代,性游戏却使爱凋零,当性变得像商品一样可以交换的时候,爱的火焰早就被一泡尿淋湿了。"李冯的小说《多米诺女孩》设置的只是一场玩弄女孩的性爱游戏,因为在主人公们看来,与女孩做爱实在是比虚幻的爱情更具吸引力的事情。韩东则更极端,在小说语言选择上,他尽量规避与"爱"有关的词汇,他认为"性"和"爱"有本质的区别。"性与爱有联系,但的确是两码事。通常人们习惯将两者等同起来,似乎和异性联系在一起,和情人、配偶联系在一起就是爱了。爱被降至在性的层次上。爱这种伟大的情感显得多么廉价。它被当作一件漂亮的衣裳用来遮掩人的羞愧。"③韩东的辩白起码证明了一件基本事实:爱情在韩东们那里,从来就没有到场过。

波德里亚说:"当欲望建立在损失和相互洞开的基础上时,它是不可简约的,当欲望被这种结构作用间接化时,它就成为可转让的,通过菲勒斯符号与价值的交换,按照菲勒斯一般等价关系来计算——两者都以契约方式游戏,以菲勒斯积累的方式获得自己的快感——这是欲望政治经济学的完美状态。"④当快感让"性爱"成为商品进入消费领域,也让"性爱"彻底割裂了与爱情的联系,独显自我的消费功能,文学写作是否也以"菲勒斯积累的方式获得自己的快感"? 对这个问题韩东做出了代表性的回答:"我写性,不是写禁欲

① 艾小明编译.小说的智慧[M].长春:时代文艺出版社,1992:145.
② 张钧.小说的立场——新生代作家访谈录[M].桂林:广西师范大学出版社,2002:335.
③ 林舟.生命的摆渡——中国当代作家访谈录[M].深圳:海天出版社,1998:58.
④ 让·波德里亚.象征交换与死亡[M].车槿山,译.南京:译林出版社,2006:153.

或纵欲中性的压力或释放,它不是严重纯粹的生理能量与社会道德之间的纠葛,也不是像一些女作家那样热衷于描述肉体的欢悦、衰老、受损和堕落的种种情况——她们在私人性的是非标准下自我辩护或是自怜不已。我写性,就是写那种心理上的下流,性的心理过程中的曲折、卑劣、折磨、负荷以及无意义的状态。"① 很明显,韩东们的眼中的"性",就是这种"无意义状态"的无道德伦理判断的"性",文学书写享受的就是这种在"曲折、卑劣、折磨、负荷"中的"快感"过程。热衷于书写"情色系列小说"的张旻,更是消弭了主体在场的道德伦理判断的声音。读张旻的小说,回避不了其中的情欲表现,读张旻的小说,似乎也不能绕开他的性语码操作。在当下的文化语境中,性作为叙事语码,似乎成了"个人化"故事叙述的最后的停泊地和竞技场。欲望化叙事法则正以空前的无羁和活跃,生成着关于人的存在的表象描摹和经验传达。波德里亚曾深刻指出,消费社会所消费的不只是物品的欲望性满足,"而是关系本身",欲望消费"已经不是一种单纯的和满足需求的'被动'程序,而是一种'主动'的关系模式,这不仅仅是人与物品之间的关系,也是人与集体、与世界之间的关系"。② 在消费时代,"个体自律的现代规划已经从属于由市场界定和市场引导的消费者的自由,并被纳入后者的轨道"③。"性"作为消费品,完全实现了"性"与"爱"的分离,全然卸去了道德评判的压力。"性之所以丧失了活力,乃是由于性欲爱欲的分离。事实上,我们已把性放在与爱欲敌对的位置上,用性来避免爱欲涉入所可能产生的焦虑。"④ 消费时代就是这样一个不谈爱情的时代,爱情的退席,避免了"爱"对"性"自由消费的干扰,也缓解了由无限的性欲望所可能生成的道德焦虑。对于 20 世纪 90 年代的性叙事文本,有研究者说:"在 90 年代小说中,性爱叙事几乎延伸不出任何宏大意义和'深度模式',它与 90 年代的政治、经济、文化消费表象和日常性的柴米油盐一起'拼贴'成当下现实生存景观,构成多元化的文化现实。性爱伦理叙事表象化和无道德伦理指涉性意味着其被叙事成'非历史化'和'非理想化'的'现在',在有些小说中显现为'肉身'享乐主义的叙事景观。所以,在作家无道德价值

① 林舟.生命的摆渡——中国当代作家访谈录 [M].深圳:海天出版社,1998:59.

② 包亚明.游荡者的权力:消费社会与都市文化研究 [M].北京:中国人民大学出版社,2004:4.

③ 齐格蒙·鲍曼.立法者与阐释者——论现代性、后现代性欲知识分子[M].洪涛,译.上海:上海人民出版社,2000:253.

④ 罗洛·梅.爱与意志[M].冯川,译.北京:国际文化出版公司,1987:60.

判断的叙事伦理诉求之下,90 年代小说中的性爱伦理叙事更多呈现为世俗层面滑行蔓延的文化表象。"①上面的论述也适用于 21 世纪以来的文学写作。《手机》是刘震云在 2003 年出版的长篇小说,因被改编成同名电影而引起不少的争议。《手机》叙写了一个著名电视节目主持人在色欲中放纵的故事。主人公严守一是所谓"成功男人"的代表,他潇洒自如地穿插于年轻貌美的女孩中间。在这个已婚的男人眼里,性爱不是别的,只是能给自己带来身体和心理快感的消费行为。相比之下,他的情人伍月更是有过之而无不及,她的欲望在一次次的身体交换中实现和满足,对她来说,婚外性行为就像"饿了吃饭、渴了喝水"一样正常和简单。"消费化的性爱观舍弃了性的伦理和社会内涵,只剩下实用层面的消费意愿,强烈地消除了传统的婚姻和道德观念。性不仅仅是自然需要,更不是可资消费的商品资源,它往往携带了大量的社会和文化信息,是一个时代的整体特征的有机组成部分。消费文化中的性爱话题的消费化,表面上是对人性欲望的夸大,但结果却极有可能使欲望形成奴隶式的依附,在物化的背后是另一种形式的人性奴役。"②

前几年热播的也是由同名小说改编的电视剧《蜗居》,充满着巫山云雨的镜头和色情化的台词。海藻的身体是被握有权力的宋思明用来消费的,和爱无关,在这场"性"交换贸易中,双方各自获得了自我满足。整个叙事浸润在情欲中不可超拔。所以在许多受众眼里,所谓"蜗居",实为"蜗在居室里"干的那点事儿。卢卡契在讨论艺术的陶冶功能时说:"如果人与自然对象及其组合的视觉关系是一种道德关系——我们重新考虑我们对社会与自然界物质交换的反映的有关论述——那么在它的艺术映象所唤起的效果中,会产生具有道德特征的震撼作用。"③那么文学在反映社会现实中的这种交换关系的时候有没有考虑它的道德作用呢?从 90 年代以来的文学事实看,答案显然是不容乐观的。在强大的由市场经济滋生的消费文化的整合下,视觉欲望刺激了文学压抑已久的冲动,于是文学写作在挣脱了道德伦理规范的制约后,滑向了欲望表达的极致,把人降格到只是为欲望而行动的动物。"吃、喝、性行

---

① 张文红.伦理叙事与叙事伦理——90 年代小说的文本实践[M].北京:社会科学文献出版社,2006:98.

② 郑崇选.镜中之舞——当代消费文化语境中的文学叙事[M].上海:华东师范大学出版社,2006:97.

③ 乔治·卢卡契.审美特性:第二卷[M].徐恒醇,译.北京:中国社会科学出版社,1991:287.

为等等,固然也是真正的人的机能。但是,如果使这些机能脱离了人的其他活动,并使它们成为最后的和唯一的终极目的,那么,在这种抽象中,它们就是动物的机能。"在当代文学中存在着这种大量的旌扬"性欲望"的叙事文本,由于抽离了爱情伦理的内在支撑,只能沦为动物性的性活动;反过来看,是"性行为"的消费化和动物化,彻底导致了爱情伦理的无限空位。可以说,爱情伦理,从失衡到空缺贯穿了整个自新时期以来的文学写作,当代文学的爱情书写,因为伦理意义上的缺席,只能沦为空洞的能指符号和仅仅满足视觉欲望的风景。

第六章　悲剧之思

　　众所周知，当代文学中不乏历史与现实的苦难书写，作家们以自己亲历的痛苦充满着对那个苦难年代的怨恨表达。先锋文学笔下的历史苦难已经被瓦解了它的所指含义，成为体现作家反抗历史"逻各斯中心主义"的能指符号。而在"底层写作"者的视野里，现实的苦难与苦难的现实仅仅是一种个人的不幸遭遇，它无法也不可能上升到命运的层面来观照"底层者"的现实生存。在他们那儿，"苦难"主体叙事可能使写作笼罩在一个悲怆的情绪氛围里，但对于读者来说，这样的叙事文本除了会招致些许同情的眼泪之外，其余的将一无所获。原因是我们的文学已经长久地匮缺撼人心魄的悲剧力量和悲剧精神。恰恰就是这种精神，在西方文学中得到了充分的信任和展现，西方文学正因为悲剧意识的浓厚而散发着永恒的魅力。悲剧"是各门艺术中一切最有价值的经验的一个普遍性特征"。① 诚然，悲剧不回避苦难与不幸，但不等同于苦难，"悲剧与不幸、痛苦、毁灭，与病患、死亡或罪恶截然不同。它的不同取决于它的知识的性质，这一知识是普遍的，而不是特殊的；它是问询，而非接受"②。保罗·利科也认为："那受难正是作为一种回答，一种叛逆，一种对抗，才得以成为悲剧的，而不仅仅是抒情的。"③因此说，悲剧指向的是对苦难与不幸的回应，表现的是一种冲突与抗争的形式。当生存遭遇苦难，不仅不逃避，而是敢于承受与担当苦难所带来的所有不幸和伤害，也就是说认同命运并承受命运。命运意识正是悲剧精神的起点。存在主义哲学家加缪笔下的西绪弗斯为拯救人类而受到命运的惩罚却毫无怨言，西绪弗斯是真

---

① 艾·阿·瑞恰兹.文学批评原理[M].杨自伍，译.南昌：百花洲文艺出版社，1992：225.
② 卡尔·雅斯贝尔斯.悲剧的超越[M].亦春，译.北京：工人出版社，1988：106.
③ 保罗·里克尔.恶的象征[M].公车，译.上海：上海人民出版社，2005：195.

正的悲剧英雄,他用自己的实际行动来抵抗生存的荒谬,并以自我献祭的方式实现了对人类命运困境的精神关怀。对此,路文彬先生认为悲剧中的安提戈涅(索福克勒斯笔下的悲情人物)因为怀有对正义的热爱,所以当正义横遭玷污时,她可以有足够的力量来承担强权给自己带来的任何恶果。此种承担亦正是其对于正义的承担,通过这样的承担,所有降临的不幸皆可借助某种荣耀感的满足转化成一种崇高且又悲壮的幸福。

不难理解,悲剧之思是悲剧精神在作家与作品中的内化,它是一种关涉灵魂的思维意识。"悲剧之思包含着对人类现代生存困境的深刻体验和对历史苦难的深刻记忆。"历史的苦难记忆使悲剧之思带有一种社会责任感和历史使命感的悲怆。"悲剧之思带着终极关怀的形而上的超越的忧郁,但即使这种超越也不是背离人的最切近的生存感受,相反,正是对人类现实的深沉感触的悲伤触发了形而上的超越的忧郁。"①在我看来,林非、王家新、虹影和胡永生就是四位具有悲剧之思的作家。虽然林非只从事散文创作,王家新被人列为"知识分子写作"诗歌写作队伍中,虹影与"新历史主义""后新历史主义"小说家沾亲带故,胡永生则钟情于地域文化的历史探察。但仅就写作而言,我认为,他们独立于任何主义派别,也不为时下盛行的欲望文化所动。他们的写作生成于个人生命与历史、现实的深刻摩擦,历史的苦难被个人记忆所激活,并被个人的命运所承担。他们的写作是面对灵魂的书写,它不对眼睛负责,视觉无法追踪他们精神的探险行动,只有倾听,才能有条件保持与他们的心灵交流与对话。林非的散文,王家新的诗歌,虹影与胡永生的小说在拒绝视觉抵达的同时,也确证了自我书写的伦理承担。

第一节 林非:历史奴役的抵抗方式

林非的散文将自然风物、历史景观、人文知识和生命省察完美地熔铸在一起,充分彰显出主体话语在历史、文化和存在三个维度上所体现出的生命求真意志。林非散文的历史化书写源于一种内心的焦虑和话语冲动而被迫

---

① 肖鹰.形象与生存——审美时代的文化理论[M].北京:作家出版社,1996.194.

进行的对历史奴役和"日常生命保存压力"的双重抵抗。他的散文联结了存在意义上的精神放逐与返乡的哲学命题,并以身体与心灵的双重在场体验,实践了文学书写在历史、文化上对生命存在的精神探求,在当代文学界标立起了属于自己的话语位置。

一

毋庸置疑,林非的散文写作贯穿于新时期文学发展、转型和深化的每一个阶段,从20世纪80年代的纪游性散文到90年代及21世纪以来的具有强烈历史感和文化意蕴的散文,林非以对社会历史、生命存在的深刻理解,确证了属于自己的话语姿态,标示出新时期散文所能腾跃的人性高度。海德格尔一直强调语言是"存在的家",是人"存在之境域"。人必须通过语言来凸现主体的价值在场。林非正是在语言中寻找到了联结自我和历史的生命通道,语言的存在和见证力量在他的写作中得到了充分表达。一方面,写作实现了林非将自然风物、历史景观、人文知识和生命省察完美熔铸在一起的话语策略和实践理念;另一方面,彰显了主体话语通过探究、质询与反思等心灵介入时所体现出的求真意志。由于心灵的参与,主体话语便获得了列身"此在"的精神能量。从这个意义上看,林非的话语实践意义应从历史文化维度上进行具体考量,只有这样,我们才有机会深入他经营的文本世界里,去触摸那颗真实、鲜活而又充满丰盈思想的灵魂。

有学者说:"散文实在是心灵和话语的试验场。"①心灵的舒展与激荡依赖话语空间的生成和召遣,话语须借助心灵的引渡来抵达自我内在追问的现场。当言说主体被空洞现时悬置而遭遇难以名状的尴尬境地时,是历史记忆为他打开了一条通向内心的话语裂缝,在这个裂缝里,自我以回溯的方式去辨认自己的文化血脉,以期找寻到属于自己的精神根基,为现在和未来提供言说的话语资本和动力。英国哲学家、历史学家柯林武德认为:"在某种意义上,历史总是涉及过去,甚至是非常遥远的过去,而在另一种意义上,它却总是与现在相关,把自身树立为典范,标示出应当怎样思考过去以及思考我们

---

① 谢有顺.散文的常道[M].广州:广东人民出版社,2014:83.

自己与过去的关系。"①用林非自己的话说就是："揣摩和思索昨天,其实正是为了预测和争取美好的明天。我准备继续以这种支撑着时间和空间的历史哲学,更为广泛和细致地思考下去。"②很多情况下,这种对自我身份的确认往往通过主体内省的形式进行,而林非就是一个具有清醒的内省意识的学者和作家。在散文《浩气长存》里,面对荆轲和秋瑾无畏的话语逼视时,林非通过严肃的自我审视和心灵解剖,落实了一个真正知识分子直面灵魂的勇气,他说:"我常常感到惭愧得无地自容,为什么自己总是这样胆怯和恐惧呢?"《询问司马迁》一文中,过去的时间被主体话语所复活,司马迁置身于与作家心灵对话的同一时空里,"这位比我年轻十来岁的哲人,好像就站在自己的身旁。我充满兴趣地向他提出数不清的命题,等待着听到他睿智的答案,他就滔滔不绝地诉说着许多使我困惑的疑问"③。在这里,主体话语建立了言说与倾听的灵魂对接路径,在作家面前,历史被赋予了个体存在鲜活而又真实的生命形式,或者说,历史凭借司马迁这个生命符号来辨认自身的话语逻辑,于是,主体间的心灵敞视与交流就在瞬间得到实现,这是灵魂交接的瞬间,"我深深地感到了他的这句话,恰巧是道出了人类历史上所有思想者澎湃的心声"。可以看出,询问司马迁其实就是对于历史话语逻辑的质疑和追问,也是作家自身内在的精神省察。同样是对历史的沉思和体悟,由于心灵的追索和探询,主体话语便在历史维度的视线里,缝合了历史、现实、心灵和生命的存在间隙。寻找历史细节中的模糊面影,倾听隐没在历史宏大叙述中的微弱声音,是反思历史、审视现实的逻辑前提和话语实践基础。雅克·德里达曾说:"唤起记忆即唤起责任。"④《浩气长存》对隐士田光牺牲精神的书写,指认出沉没在历史幽暗隧道里的人性之光。文章写道,田光为了不影响刺杀秦王的义举,竟然用死亡来诠释自己对忠贞的理解和承诺。于是"我常常缅怀和思索着此种书生的意气,觉得这似乎执着得近于迂腐,却又那样温暖、鼓舞和感动着人们的心灵。正是这种刚烈和浩瀚的气势,激励着荆轲走上抗击强暴的征

①　柯林武德.历史的观念[M].何兆武,张文杰,译.北京:北京大学出版社,2010:470.

②　林非.浏览《二十四史》[M]//李晓虹,秦弓,王兆胜,编.思想者的心声.北京:文化艺术出版社,2010:131.

③　林非.询问司马迁[M].上海:东方出版中心,2014:22.

④　雅克·德里达.多义的记忆:为保罗·德曼而作[M].蒋梓骅,译.北京:中央编译出版社,1999:1.

途。田光的死似乎显得有些轻率，其实却是囊括了千钧的重量，因为在生命中如果缺乏和丧失了诚实的允诺，变得油滑和狡诈起来，那就会成为毫无意义的存在。而田光以决绝的自刎表达承诺的重量，整个的生命就闪烁出一股逼人的寒光"①。著名作家王充闾先生在评价林非的散文时说："他是顺着本人情感的奔流，以笔下人物的性格、命运的发展为线索，对历史背景作审美意识的同化，以敏锐的、现代眼光进行观照与思考，给予历史生活以新的诠释，体现出创作主体因历史而触发的现实的感悟与追求，使作品获得了更大的人生意蕴和延展活力。即使是阐发历史，他也没有忽略现实人生。按照黑格尔老人的说法，他所寻求的总是历史中能与现实相联系的一部分内容，历史对于现实仍有意义的那一部分内容。"②

王充闾先生的分析切中肯綮。田光那生命里闪烁出的"逼人的寒光"瞬时穿透两千多年的时光墙壁，让当代人感受着灵魂的强烈震颤。历史无疑有自己的话语逻辑和生成模式，历史对故事的讲述须以事实为依据，但历史中的事实与真实存在的事实存在着差异，因为"历史是需要建构出来的，而不是通过重演生成"③。因此，不拘泥于曾经的事实材料，或者不过分地对史料进行考古学意义上的考据探究，转而重视"历史对于现实仍有意义的那一部分内容"。也就是注重揭示历史对现实而言的意义生成结构，这是许多当代散文作家在书写历史时所秉持的话语维度。著名思想家汉娜·阿伦特认为："今天，在我们被一个接一个的历史建构和一个接一个的公式处置过之后，对我们来说，问题已不再是这个或那个特殊公式是正确还是错误了。在所有这些尝试当中，被认为有意义的东西事实上只不过是这个模式，在功利主义思想的界限内，除了模式之外没有什么是有意义的，因为只有模式能够被'制造'，而意义不能。意义像真理一样，只能揭示或彰显自身。"④很明显，被不断讲述的历史或以事实态出现的模式化历史在阿伦特这里遭到了质疑和瓦解，因为真实的历史事件或许已经永远寂灭在了对过去的历史记忆里，只有其生发的"历史意义"才有可能把现实从"偶发性"中拯救出来。林非的有关历史

---

① 林非.询问司马迁[M].上海：东方出版中心，2014：14.
② 王充闾.思想者的澎湃心声[M]//李晓虹，秦弓，王兆胜，编.思想者的心声.北京：文化艺术出版社，2010：231.
③ 彼得·奥斯本.时间的政治[M].王志宏，译.北京：商务印书馆，2004：251.
④ 汉娜·阿伦特.过去与未来之间[M].王寅丽，张立立，译.南京：译林出版社，2011：77.

化散文就体现了这种"拯救",以《古代美女息妫的悲剧》为例,文章虽然挖掘了息妫人生悲剧的生成根源,但作家的兴趣似乎更在意于历史对息妫现象的价值评判。与晋代的乐妓绿珠比较而言,息妫并不能时刻获得历史话语的公正对待,虽然她用惨烈的一幕阐释了一切,"她决绝地扭过头去,整个身体像卷起一阵飓风似的,顷刻间就跳下了城墙"。息妫用死亡回答了历史的质疑,也实现了自我的意义拯救。在这里,息妫的意义进入了林非散文的话语建构中,历史中的息妫用生命捍卫了爱情的恒定伦理,也衡量出当代"物欲化爱情观"的瞬时性和虚幻性。

《是谁杀害了岳飞》《秦桧的铁像和文征明的词》《童年莫扎特的一次邂逅》《"太史简"和"董狐笔"》和《〈长恨歌〉里的谜》等文章篇什,历史的现实意义从另一个话语层面上展开。"我们讲述或书写故事,为了推迟死亡的来临。"①此刻,施瓦布再次强调了历史记忆与生命书写的内在联系,他认为"不存在没有创伤的生命;也没有创伤缺席的历史"②。扎根创伤经验的书写体现了历史逻辑与个体生命话语权力之间的张力与冲突。这里的创伤经验首先得益于历史记忆中集体创伤对生命个体的赋予,其次来源于书写者个体生命成长过程中的切身遭遇和心灵体验,当然也包括现实黑暗力量带来的精神困厄。这样的话语姿态开启了抵抗暴力历史和现实奴役的书写路径,以隐藏现实的匿名方式来提醒对暴力历史沉默化的危险后果,从而拒斥法国作家塞泽尔眼中的"飞返效果"的实现。"塞泽尔所讲的'飞返效果'源自一种同构式压迫辩证法——通常处于未被公认的状态,属于文化无意识范围。与对创伤记忆的沉默化压制产生的寄生效果一样(幻影效果),这种飞返效果增加了重复的危险和暴力历史可怕的回返。"③施瓦布的解析无疑是深刻的。如果暴力历史制造的罪行、痛苦和耻辱被人为地遮蔽或埋葬,那么持续性的伤害会在代际间传播,并从内部侵蚀着现实与历史的联系,拆毁现实的存在基础的同时也剥夺了话语的求真力量。然而,"历史通常把'真实'确立为可以复制和重

---

① 加布丽埃·施瓦布.文学、权力与主体[M].陶家俊,译.北京:中国社会科学出版社,2011:135.

② 加布丽埃·施瓦布.文学、权力与主体[M].陶家俊,译.北京:中国社会科学出版社,2011:136.

③ 加布丽埃·施瓦布.文学、权力与主体[M].陶家俊,译.北京:中国社会科学出版社,2011:143.

构的无可争议的存在,但在这一切过程中,历史也在恳求解构,以质疑历史写作这一行为本身的功能"①。从这个意义上看,林非正是服膺于内心的求真意志的召唤,走上一条审视历史、解剖自我、抵制记忆和遗忘的话语重构之路。林非出生于战争年代,成长于被风云诡谲的历史与政治挟裹的夹缝中,对生命苦难和历史暴力的体认最为深刻,尤其是几千年来封建文化对奴性主义意识的生产根源有着精辟的见解和独到的分析。散文《秦桧的铁像和文征明的词》有着一个意味深长的结尾:"如果多少年来长期形成的整个奴性崇拜的气氛,并未得到很好的澄清和消除的话,这黄钟大吕似的声音,也未必能够震响每个人的心灵,这就是可见提高以平等精神基础的现代文明素质,是一桩多么紧要的工作。"②很显然,最后一句含蓄地表达了作家对现实秩序进行话语重构的渴望,事实上这种重构欲望因无法挣脱历史暴力创伤性记忆的话语阴影(主要指"文化大革命"话语),只能替代性地诉诸遥远的往事,以探求历史"真实"、重整历史话语逻辑为置换途径的写作策略,以期补偿在创伤性自我审查下的意义缺席。或者说,创伤性的历史记忆以现实隐匿的形式确定了自我的存在。关于奴性人格意识的话语剖析,林非的很多散文形成了互证互动的"互文性"写作。《"太史简"和"董狐笔"》针对已被历史话语规定为无畏气概和坚贞品格的精神标杆,林非指出两位史官其实是"盲目和愚昧的忠臣,麻木和颟顸的书蠹"。作家秉从历史维度的话语逻辑,回应了《〈长恨歌〉里的谜》所隐藏的历史悬案。杨玉环其实就是广大的被绝对权力奴役的生命符号,她最终也无法逃脱暴虐的历史话语所设计的黑暗陷阱。林非的另一篇散文《关于残酷的话题》集中揭示了"文化大革命"话语的暴力形态和逻辑后果。文章提醒,只有瓦解生产卑贱奴性的历史根基和社会存在的现实规则,才能建立起催生健康人格的话语秩序。"是谁杀害了岳飞?"正是在此意义上对暴力历史的话语专制所做的深入质疑和追问。对此,著名学者、散文理论家王兆胜先生曾经敏锐地指出,秦桧们固然可憎可恶,但某种程度上说,他们也是专制主义特权的工具和牺牲品。

---

① 琳达·哈琴.后现代主义诗学:历史·理论·小说[M].李杨,李锋,译.南京:南京大学出版社,2009:130.
② 林非.秦桧的铁像和文征明的词[M]//李晓虹,秦弓,王兆胜,编.思想者的心声.北京:文化艺术出版社,2010:35.

可以说，林非散文的历史化书写，不是出于单纯怀旧型的对历史时间和过去的迷恋，也不是置身于虚妄现实而做的无望的话语僭越，而是源于一种内心的焦虑和话语冲动，被迫进行的对历史奴役和"日常生命保存压力"（德国学者克劳斯·黑尔德对时间形式的一种理解，见《时间现象学的基本概念》）的双重抵抗。在此意义上讲，林非散文是具有浓郁现代性意识的。

二

从广义上看，人是文化的存在物，文化就是人化或自然界的人类化。反过来，对人的理解也无法摆脱文化语境的审定。德国著名哲学家卡西尔就认为只有在人类文化的维度中才能把握"人"的存在含义。因此，作为以人为对象的文学书写，文化维度上的话语选择一方面呈现出作家主体意识的文化自觉和清醒，另一方面也表达了主体话语在追寻现实生存的文化根基时刻所内蕴的省察意识和担当精神。这种精神意识在林非的散文中是无法回避的。他的散文深受鲁迅启蒙主义文化思想的影响，鲁迅那具有巨大历史穿透力的文化批判意识始终内在地指引着林非散文的话语实践。他在《鲁迅和中国文化》一书中说："只有具备了'人'的觉醒和解放这种独立的文化心态，从自觉和主动地建设自己民族崭新的文化出发，才可能会准确地对待西方近代文化与中国传统文化。"[①]"立人"思想也是理解林非散文的逻辑起点。由于具备这种独立的文化心态，在对待中国传统文化和西方文化上有着属于自己的认识和思考。不管是早期的纪游性散文，还是后来的文化历史性散文总缠绕着一种对民族国家和人类文化的忧思，这种忧患意识生成于主体话语在启蒙思想烛照下的对社会、历史与文化的深刻把握。林非的一系列以域外见闻为题材的散文，比如《访美归来》《西游记和东游记》等，体现了作家保持着一贯的文化清醒。在《旧金山印象》一文中，他写道："当人们将各种最流线型的高楼大厦汇集在一起之后，却也同时给自己造成了一个失掉阳光的环境，多少重复了洞穴中那样阴暗的气氛，这也许是出于那些建设者意料之外的罢。"[②]文章在肯定西方文明成果的同时，也在人性维度的视域里，为西方文化的异化问

---

① 林非.鲁迅和中国文化[M].北京：学苑出版社，2000：348-349.
② 林非.西游记和东游记[M].重庆：重庆出版社，1991：2.

题进行了精准的把脉。

散文《车声隆隆》涉及了对现代性反思和现代人的生存问题,现代人处于工业、科技与理性的包裹中,遭受着技术文明的持续伤害。汽车作为现代科技的先进文化符号,给人类带来方便的同时又严重地损害了我们的日常生活,这似乎回应了存在主义的生存悖论母题。"我整夜都被折腾得迷迷糊糊,在似梦似幻的磨难中,回忆起好多年前借宿于大阪的一座旅馆里,昂着头颅聆听窗外凄厉和混沌的汽车噪音,一团团像云雾那样飘浮的思绪,就冉冉地生向长空中去,思忖着正在此时此刻,世界上有多少饱受这噪音侵袭的人们,也许都瞪着眼睛,摇头晃脑地叹气,甚至还有人在它不断的纠缠和捶打中,最终停止了细微的呼吸,结束了辛劳与迷惘的一生。人类在追求现代文明生活的速度和舒适时,付出的代价与牺牲,为什么会如此巨大呢?"①以"人"的存在尺度作为衡量一切行为和文化的出发点和最终归宿,这样的追问和质询无疑是最具有反思力量和人文价值的。西方现代文明以发达的商业文化为表征。商业社会以市场"交换"为原则,把一切都纳入这个商品运行体系和法则中,包括家庭伦理、爱情、友谊等彪炳传统文化内核的道德情操。"一切坚固的东西都烟消云散了。"(美国学者马歇尔·伯曼对现代性的体验)只剩下利益、欲望和享乐以及通往"娱乐至死"的祛魅仪式。这是资本主义文明的文化逻辑,"文化不再作为表达的象征或道德的意蕴,而是作为生活方式开始统治一切"②。商业文化对人性的侵蚀力量也是林非散文反思批判的重要内容。例如《闲话金钱》《旧金山印象》《深夜的冥想》等文章都涉及了物质欲望桎梏道德伦理的现代人精神危机问题。当然,作家的话语判断不是盲从或者武断的,而是立足于以"人"为背景的文化制高点上,希冀于在人性的尺度和边界内进行的文化反思。对此,王兆胜先生认为林非最大的贡献是用现代文化思想意识烛照自然、社会和历史,从而创作出具有较高思想文化水准的散文作品。他往往不像有的散文家那样容易犯了"思想文化的迷失症",即或用西方文化简单地否定中国文化,或过于迷恋中国的传统文化,而是站在人类健全发展的角度,坚决地批判中国封建专制制度,批判国民的劣根性,批判金钱崇

---

① 林非.车声隆隆[M]//李晓虹,秦弓,王兆胜,编.思想者的心声.北京:文化艺术出版社,2010:108.

② 丹尼尔·贝尔.资本主义文化矛盾[M].严蓓雯,译.南京:江苏人民出版社,2007:70.

拜与腐朽思想,同时全力以赴地张扬自由、民主与平等的现代意识。

资本主义工业与科技的无限发展是导致现代性困境的原因。在欲望与贪婪的目光里,强势蔓延的工具理性和技术统治把人驱逐为"大地的异乡者"。面对无家可归的生存窘境,漂泊在此的"异乡者"将何处置身?"异乡者"是海德格尔在诠释特拉克尔诗歌时对灵魂的命名,"所谓的'异乡的'(fremd),即古高地德语中的'fram',根本上却意味着:前往别处,在去往……的途中,与此前保持的东西相悖。异乡者先行漫游。但它并不是毫无目的地、漫无边际地乱走一气。异乡者在寻找之际走向一个它能够在其中保持为漫游者的位置。'异乡者'几乎自己都不知道,它已经听从召唤,走在通向其本己家园的道路上了"①。"异乡者"在大地上漫游,以便寻找到诗意的栖居之地。海德格尔对特拉克尔诗歌的隐喻式解读包含了文学书写对精神困境的解救之路。这是存在主义意义上的话语救赎,它首先来自灵魂主体对"大地"和"人"诗意化生存意义的理解,更听从于书写者内在的精神信仰和人文理想的召唤。林非的文学活动就受驱于这种召唤力量,他以散文形式的心灵书写,坚定而又自觉地踏上了一个根植于文化视野里的话语重建的漫漫征程。

与当时流行的过于强调宏大叙事的文化大散文不同,林非散文是一种突出事务、细节和心灵的在场性写作。在林非建构的话语空间里,主体意识和自我感知永远出现在心灵交接的现场。不论是诉诸遥远历史的文化勘探,还是写个体记忆、家庭琐事、朋友交往、读书经历等等,林非都从切身体会或经验出发,抒写经由个体心灵过滤后的"第二自然"和现实。读林非的散文,不论题材如何,都有一个共同点,那就是由作家心生后的亲近关联。林非能够在复杂的人生经历、广博的文化阅览和无数的旅行体验中始终保持心灵的温度和生命主体的在场。林非首先是个谛听者、观察者、体验者和反刍记忆者,然后才是个写作者。林非的一系列游记散文,看似是寄情山水的娱乐之作,实际上寄寓了作家深沉的人格理想和家园意识。如《九寨沟纪行》《天台山观瀑记》《岳阳楼远眺》《武夷山九曲溪小记》《从乾陵到茂陵》《三峡放歌》《高昌故城》《仙女湖游记》和《美哉,嘉兴》等文章架构,那里的山水草木,村庄古城无时无刻不牵引着这个大地的漂泊者。九寨沟碧绿的溪水、高远的天空,三

---

① 海德格尔.在通向语言的途中[M].孙周兴,译.北京:商务印书馆,2005:33-34.

峡雄峻的气度,古城幽曲的街道,仙女湖"闪烁的阳光"和"瑟瑟的风声",等等,无不维系着作家潜藏于心灵中的文化与精神谱系。在那里,以"异乡者"身份漫游的林非寻找到了诗意的栖居之地。"在拥挤不堪的通都大邑里,人潮汹涌,车声喧嚣,环境太吵闹了,尘埃太污浊了。能够有机会抽身出来,在静谧得没有一丝声响的山谷里,张望着粼粼的湖水,尽情地呼吸着新鲜的空气,悠闲地去寻觅鸟儿嘤嘤的啼鸣,是一种多么令人神往的情韵。"(《仙女湖游记》)①这是典型的具有现代性特征的恋乡文化心态。大自然是人类永恒的家园,但人类远离"家乡"太久,甚至会永远无法"返乡"。然而,林非的"回家"之路是充满诗意的,他用身体来验证"恋乡"文化形态的现代性意义。恋乡"让自己重新获得在他乡继续生活下去的信心和确定性。怀旧/恋乡并不一定与对于形式的超越相抵触。恰恰相反,它很可能是一种让针对物化的不懈斗争变得更加坚定的手段。怀旧/恋乡就像未来性,为求知意志提供了一个家园"②。

与此相对应的是林非有关童年、家乡和故土的怀旧之作。在《记忆中的小河》《母亲的爱》《童年琐记》等有关个体记忆的散文中,故乡型构了关于精神家园的伦理形态。作家话语中的故乡既是地理学意义上的出生地,又与个体生长有着深刻的精神和道德联系。故乡那些曾与自己发生过生命摩擦的每一件事物,都会穿越物质经验层面上升到审美与精神层面,并在伦理意义上成为作家精神自传中的隐喻式符码。"怀旧向往的定义就是所渴望的那个原物的丧失,以及该原物在空间和时间上的位移。"③有些时候,怀旧披露了言说主体在走向记忆诗学时刻的话语矛盾和心理冲突。比如《记忆中的小河》在结尾的一段:"我在熙熙攘攘的人群里,默默地低着头,不愿他(父亲)瞧见我失望的表情,因为我并不希望这小河被填掉,却希望它变得青青的,还掩映着葱茏的大树。现在这小河固然被填没了,不过世界上还有多少混浊的东西并未消失啊!"④文章里的"混浊的小河"是故乡文化与生命的血脉,是整个县

---

① 林非.询问司马迁[M].上海:东方出版中心,2014:103.

② 基思·特斯特.后现代性下的生命与多重时间[M].李康,译.北京:北京大学出版社,2010:73.

③ 斯维特兰娜·博伊姆.怀旧的未来[M].杨德友,译.南京:译林出版社,2010:43.

④ 林非.记忆中的小河[M]//李晓虹,秦弓,王兆胜,编.思想者的心声.北京:文化艺术出版社,2010:74.

城"独一无二的水源";但它又是故土人事愚昧落后与污浊黑暗现象的像喻。它蛰伏于作家记忆的深处,牵动着主体话语进行现代性重构的每一次朝向家园的回眸。所以,"小河"意象呈现出作家困惑和犹疑的文化心态,现代文化信念与故乡情怀彼此纠缠对立,难以取舍。"小河"虽然最终被现代化的扬尘填没,但"世界上还有多少混浊的东西并未消失啊"。故乡的"小河",连同记忆的"故乡"一起丧失,丧失的还有现代人"所渴望的那个原物"。在这里,"青青的""葱茏"的风景只是个空洞的能指符号,僵化的现代性粗暴地剔除了记忆的文化根系,返乡者成了真正的"异乡者"。因此说,如果不从文化和存在维度上进行深入解析文本内部的现代性困境,要想彻底进入林非散文的心灵世界,是很难实现的。

总而言之,林非的散文联结了存在意义上的精神放逐与返乡的哲学命题,并以身体与心灵的双重在场体验,实践了文学书写在历史、文化和存在维度上的精神探求,在当代文学界标立起了属于自己的话语位置。

第二节　王家新:永远的漂泊

王家新的诗歌在中国当代诗坛具有独特的地位。当历史进入众声喧哗,商业化、世俗化、物质化等多声部话语共时聒噪的视觉时代,承载人性重量的诗歌艺术被时代语境放逐到话语言说的边缘时,内心疲弱的诗人们纷纷疏离诗歌的人文立场,开始自觉与不自觉地向主旋律靠拢,并忘情地加入对政治抒情的集体音响;或者主动集结在"民间写作"的旗帜下,开拓出"下半身"写作资源来确立诗歌的日常行为和消费意识;那些逃向故乡田园的诗意记忆,优雅地弹拨着古典式的牧歌情思,在"后海子时代"把沉重的历史和个人心灵的隐秘创伤进行双重悬置。如此等等,诗歌现实有效地形成瓦解诗歌精神史进程中人性灵魂的力量。而王家新诗歌的出现恰恰就在于对文学内部灵魂的激活与恢复。灵魂来自生命主体遭遇时代境遇所发生的深刻摩擦,真切的个人生活与具体历史语境的媾和,历史苦难意识沉潜于个体生命经验的延展和悲剧性体验中,悲剧之思的生成是诗歌灵魂在场的表征。著名诗人、评论家陈超先生把王家新主要诗歌作品《回答》解读为"将个体遭际的沉痛经验一点点移入更为广阔的时代语境中,使之既烛燃了个体生命最幽微最晦涩的角隅又折射出历史的症候"①。陈先生的理解无疑切中肯綮。事实上,王家新从20世纪80年代中后期开始,由于倾听到某种内在魂灵的巨大召唤,这个带有沉郁风格的超越型诗人便协同他那对生存与历史命运的求证意志,赴难式地踏上了自身地理学空间和诗歌精神有机融合的探险征途。王家新的诗歌自此也就进入一种无限循环的"漂泊"之途。

王家新生活空间的转换和诗歌精神的迁徙应该是共时同构的。"不幸"的家庭出身决定着他童年时遥望天空的忧郁姿态,故乡生活的灰色记忆蛰伏在他无意识心灵深处。但20世纪80年代前期的诗歌充满着激扬的情绪和透明的音质,这与他自觉接受主流诗歌的牵引从而使主体被迫遮蔽内心景象有关。1985年,王家新到"诗刊社"任编辑(借调),从湖北家乡偏僻一隅来到喧嚣的大都市北京,临时"身份"的隐约不安与中国北方严酷与明亮的生存环境相遇,记忆中忧惧的精神内核随即被激活或拯救。"北方的气候、大自然景观和它的政治、文化、历史相互作用于我们,在我的写作中就开始了一种雪。"②"雪"作为一种意象就开始频繁出入在王家新诗歌语言谱系中,并通过延异的心理过程不断形成对于其他语词意象的统摄力。"雪"的形质有寒冷、明亮、高洁、纯净等读解方式。但被主体沉郁的记忆和心灵同时照亮的"雪"转化为"困境"与"磨难"的隐喻和灵魂自我辨认后"坚毅生存力"提升的见证。"蜡烛在燃烧/冬天里的诗人在写作,整个俄罗斯疲倦了/又一场暴风雪/止息于他的笔下,静静的夜/谁在此时醒着……"(《瓦雷金诺叙事曲》)。整个民族在受难。"雪"罗织的牢笼禁锢了所有的声音,只有写作,沉默以书写的方式承受了"雪"的压力。而"蜡烛在燃烧","冬天里的诗人"孤独地呼吸着民族的惨痛命运,是"雪"一次又一次地经历了生命个体精神意志的消耗与增长。诗人最后写道:"当语言无法分担事物的沉重,当我们永远也说不清/那一声凄厉的哀鸣/是来自屋外的雪野,还是/来自我们的内心……"这里,"分担"是"承担""坚持""抵抗"的同义语,是"承受"的另一种形式。有人说,诗歌的边界就是语言的边界。当语言已无法承受生存的重量,诗歌的绝望便显示出抵达创伤之源的不可能性。既然已不能诉说,那只有回到内心,回到个体生命的存在

---

① 陈超.游荡者说[M].济南:山东文艺出版社,2007:17.
② 王家新.为凤凰找寻栖所[M].北京:北京大学出版社,2008:267.

勇气来承担虚妄的现实,从而实现抵抗"雪",又是"屋外的雪"对个体生命的逼视与整合。可以说,诗人以诗歌的绝望承受并重构了生命的绝望。灵魂便从文本的罅隙中升起。

在诗歌《瓦雷金诺叙事曲》中,王家新借助精神的漫游展开了一场写作者与自我的对话,诗中主人公帕斯捷尔纳克形象与诗人另一个自我对接,在互诘、互动、互融中完成了个体对历史苦难的承受。类似的"承担"在《帕斯捷尔纳克》中更为明显。"不能到你的墓地献上一束花/却注定要以一生的倾注,读你的诗/以几千里风雪的穿越/一个节日的破碎,和我灵魂的战栗……命运的秘密,你不能说出/只是承受、承受,让笔下的刻痕加深……这是你目光中的忧伤、探询和质问/钟声一样,压迫着我的灵魂/这是痛苦,是幸福,要说出它/需要以冰雪来充满我的一生"(《帕斯捷尔纳克》)。读着这些让人震撼的句子,"灵魂的战栗"不仅仅来自诗人自己。王家新曾谈到创作这首诗歌的情景,一种共同的生活和命运,一种痛苦或者说幸福积聚在他的内心,快要迸发和呼喊。可以这样理解,王家新对生存现实的认知和承受正处于无法言说的时刻,焦虑着的灵魂迫使诗人不得不通过对"风雪"的穿越,在冲破时间与空间的双重阻隔后,找到了异质语境下的帕斯捷尔纳克。这是自觉的诗学。诗人柏桦在一篇文章中认为是帕斯捷尔纳克对王家新的唤醒。我认为不如说是对王家新诗歌的唤醒更为恰当。因为,是"流亡"(王家新语)的命运驱动着诗人的精神漂泊,在与帕斯捷尔纳克相遇后又催生了王家新的诗歌,帕斯捷尔纳克的精神生活重组了王家新诗歌生命的经验和灵魂。王家新借《瓦雷金诺叙事曲》《帕斯捷尔纳克》两首诗深入地介入了中国的现实。

如果说《瓦雷金诺叙事曲》和《帕斯捷尔纳克》是王家新通过想象的方式完成的一次精神流浪,那么1992年他赴西欧访学,地理位置的迁移所带来的惶惑、孤独与压迫感再一次点燃了他内心的沉重。在卡夫卡、里尔克、叶芝的故乡,异域的文化品格、语言形态和大师们承受世界的方式与诗人母语的力量发生了深刻的联系,"流浪似乎成为一种内心的驱策"[①],用诗人的话说,也就是"某种在词语中早已开始的'流亡',现在进入它的现实空间,正是在这一转换中,一个诗人才有可能更深切地体悟到他自身存在的根本命运(如卡内

---

①　杨小滨.历史与修辞[M].兰州:敦煌文艺出版社,1999:164.

蒂所言的'我只有从我的恐惧中才认出自己')"①。在异国与本土漂游的旅途中,诗人无法控制自己,于是,《布拉格》《另一种风景》《词语》《游动悬崖》《伦敦随笔》《回答》《孤堡札记》等诗歌文本以内在的视角,更加自省的精神和哲学沉思形态出现。《布拉格》(创作于比利时根特)的文化背景设定在一个城市的黄昏里。"谁在这时来到桥头伫望/谁就承担了一种命运/谁从深巷或书本中出来,谁就变为游魂。"以"伫望"的姿态楔入,诗人已真切地触摸到了"布拉格"此时此刻的品格:温暖、坚硬、明朗又深沉、凝重,承担意识再次浓烈起来。在当代诗歌中,很难再找到一种比王家新的"承受"延续了如此长久的词语,并且这一延续一直维持着一种敏感的高昂的音色。这个看似朴素的词,却有奇妙的暗示和隐喻力量,他可以被看成一个敏感而丰富的灵魂在我们时代的写照,一种坚忍的生命意志的语言浮标,或一种有关诗人的信仰和良知的自我诊断。毋庸置疑,"承受"是一个反复出现的主题词语和主导意象。诗歌中的"承受"姿态是在书写主体不断的"流亡"途中实现的。"流亡""流浪"是人类文学史上"漂泊"主题的另类表述。西方文学中的漂泊精神来源于基督教文化传统,它既包含人类对终极意义的无限追寻,又指向世俗精神上的生存关注。"漂泊"是文学性传达的永恒母题,又是生存个体抵抗与承担严酷现实所展现的精神形态。所以,"不仅需要形而上的思考与追问,更加需要个体道德伦理的实践承担"②。再接着看《布拉格》,"流亡的人把祖国带在身上/没有祖国,只有一个/从大地的伤口迸放出的黄昏……没有祖国/祖国已带着它的巨石升向空中/祖国仅为一瞬痛苦的闪耀/祖国在上,在更高更远的地方/压迫你的一生/我将离去,但我仍在那里/布拉格的黄昏会在另一个卡夫卡的/灵魂中展开……"诗中的"祖国"理解为与母语相关联的历史与现实,具象与抽象的事物。"祖国"已化为漂泊者内心刻骨的隐痛和无处不在的绝对信仰与宿命。抵达之路没有终点,只有灵魂上升的凝重姿势。以卡夫卡的名义,哲学的沉思和浓厚的历史与现实精神同时到场。可见,王家新诗歌在对漂泊精神的呈现上不期然中到达了世界文学的高度。

如果"漂泊"或"流亡"是诗人真正的命运,那灵魂的"家园"或"故乡"是否

---

① 王家新.为凤凰找寻栖所[M].北京:北京大学出版社,2008:268.

② 谭桂林.本土语境与西方资源——现代中西诗学关系研究[M].北京:人民文学出版社,2008:247.

能够存在？《祖国》一诗首先做出了回答。"当我卷入流水/你是那黝黑的/承受日晒的石头/当我打开地图/你，升向天空/当我走到一个极限，几乎彻底走出/远远传来你的呼喊……""卷入"一词暗示被动的行为，有命定的色彩。"流水"呈露出"漂泊"或"流亡"的具象形态。与"我"相对应的"你"是块"石头"。王家新诗歌的"石头"意象仅次于"雪"的地位存在，它坚硬、沉默、梗顽，似乎隐喻着对某种信仰的坚持，某种事物的形上沉思（《从石头开始》）或对某种坚韧品质和孤独精神的求证（《伦敦随笔》）。"黝黑的石头"沉实滞重，附集着苍凉的悲剧意蕴，体验着诗人对历史与现实真实而独特的生命感知。显然，故乡一直存在着，只不过，它是以"承受日晒"的方式招引着漂泊者的灵魂。在柔软与坚硬之间的巨大差异中，"流水"和"石头"所冲积成的紧张语境彰显了"我"离家又渴望返乡的隐秘之痛。但家乡在哪里？"地图"只是个虚幻的标记，因为"你"已远离沉实的大地，幻化为信仰的乌托邦。此时，诗人已经遭遇到了流亡途中的巨大困境，似乎到了难以承受的极限。在"几乎彻底走出"时，却"传来你的呼喊"。"故乡"既是个自明的存在，又是个无法触摸的符号。返乡行为被证实为一种虚妄的假设，无法返回之乡恰恰无时无刻不在地"呼喊"，于是，在此难以克服的窘境中，灵魂在受难。荒谬生成于"漂泊"与"返乡"这相反相成的两极的缠绕之中。

那灵魂能否被拯救？王家新在回答普美子的诗学问题时表达了这样的困惑。"如果一个人经历了漫长的艰难生活，却感到某种更高的力量依然在他身上存在而没有被毁灭，那么这个'故乡'就是与他同在的。说到底，'故乡'不可能是外在的。"既然"故乡"已经和诗人同在，那也就无关乎"抵达"或"永不到达的"问题。仔细考察诗人 20 世纪 90 年代中后期到 21 世纪的诗歌文本，发现王家新的确不再有意识"设置一种精神流亡的情景"。但为什么"要从深入不懈的写作中，去找到那种奇迹般的复活的力量；最起码，要把这种不可能完成的'境遇本身'不是草草地而是深刻有力地勾勒出来？"[①]难道"某种更高的力量"和"复活的力量"存在巨大的差异？透过诗人自我阐释中显现的话语裂痕和文本事实本身的述说，内在的情景逐渐明亮起来。事实上，王家新诗歌内部绝对精神的分量并没有缩减多少，转换的只是诗歌联系

---

① 王家新.为凤凰找寻栖所[M].北京:北京大学出版社,2008:284.

世界的方式及精神漫游的通道,灵魂通过语言的遮蔽巧妙地伪装了自己出游的形态。也就是说,不存在诗歌灵魂"定居"的问题,"返回"的只是诗人对语言与形式的关注,灵魂通过语言的"返回"以期实现更隐秘的方式"漂泊"。

在诗歌《尤金,雪》中写道:"一场雪仗也许会在你和儿子之间进行/然而,这一切都不会成为你写诗的理由/除了雪带来的寂静。"温馨的日常生活虽然进入了诗歌的视野,但还没有成为它的目标,诗人仍然追寻"雪带来的寂静"——生命与哲学境界的沉思。接着,诗人急切地陈述了"写诗的理由","一个在深夜写作的人/他必须在大雪充满世界之前/找到他的词根/他还必须在词中跋涉,以靠近/那扇唯一的永不封冻的窗户/然后是雪,雪,雪"。如果抽离出里面的几个关键词:深夜,词根(词),跋涉,窗户,雪。再把它们串联为一句话:深夜的诗人通过词根的跋涉(或漫游)望见了窗户外的大雪。词代表着语言;诗人首先要寻找语言,因为"语言是存在的家园"(海德格尔语),只有语言才使"跋涉"成为可能。寻找语言的过程也是一种探险的过程。"雪"依然是"瓦雷金诺"的上空降落到帕斯捷尔纳克生命与内心中的那场"雪",它不断召唤着诗人的灵魂。而"永不封冻的窗户"是精神出游的另一种最温暖最具有诗意的通道。所以,有评论家认为在这个漫长的流放航程中,或许永远就没有回归,归来一说,有的只是出发。2004年,诗人创作的又一个丰收期。《简单的自传》《晚年的帕斯》《从城里回上苑村的路上》《田园诗》等等都呈露了作家试图回家的念头。《晚年的帕斯》中,晚年的帕斯在一场大火中失去了家园,也失去了他所有的精神负担,"他自由了",但"巴黎的街头"成了他重新"流浪"的起点。诗歌也在缓慢的语言节奏里沉静下来,语言形式的变换,切除了原本紧张的争辩与尖锐的声音,指向了写作的另一种可能。对于诗歌《从城里回上苑村的路上》,王家新曾在一篇题为"诗的还乡之途"的文章中做了精到的阐释。这里,诗人所指认的"还乡"是"生命的还乡"。在这个存在被遮蔽,心灵也日益被逻辑化的时代,"'生命的还乡'也就有了它迫切的意义,成为我们灵魂中深沉的渴望。所谓'还乡',就是摆脱'技术统治'和人世虚荣的控制,重新获得与本原的接触;就是听命于我们灵魂那种莫名的乡愁的指引,重新踏上精神的漫游和追寻之途"[①]。说到底,"生命的还乡"最终通

---

① 王家新.还乡与幸福的闪电[J].人民文学,2007(9).

过语言的"还乡"来实现,对抗体制的力量需要语言的诗意展开,语言去蔽化的过程就是诗意生存逐渐敞亮的过程。本诗语言的通俗化联系着世俗生活的日常性,琐屑细小事物(比如"鸟巢""花喜鹊""排泄物""挡风玻璃"等)和具体自然生活场景的媾和。语言便从高空返回大地,从遥远的"远方"返回具体的生活和"我们"的身边。

　　陈超先生曾特别撰文来论述"漂泊"与"定居"互为表里的逻辑内涵。他把"定居"放在生命诗学的意义上进行考察,指出人类在自我解圣化后所展开的"生命内核的大迁徙",认为是"一次根本的'返回'——返回人本身"。这实际上涉及了语言及语言所承载的文学的审美现代性问题,文学的审美现代性被挟裹在 20 世纪文学起伏动荡的夹缝中或隐或显。(因不是本文所谈论的话题,在此不再赘述)陈超似乎也意识到了这种语言现象,他隐约地说:"我们通过诗歌的整体包容力量,在语言的现实中完整地呈现了漂泊/定居的生命。"陈超先生认为,"漂泊"与"定居"共时同在,彼此可逆,是"一个命题的两个方面"。"漂泊是什么? 它不过是人类精神的不断提升与历险。定居是什么? 它不过是人类漂泊精神由向外扩张不断转化为内部纠葛的危险结果。漂泊与定居——自我肯定、自我否定、自我否定之否定的无限历程。"[①]在诗歌《简单的自传》中,王家新证实了陈超的观点并对自己诗歌的精神形态做出了总结。"我现在写诗/而我早年的乐趣是滚动铁环/一个人,在放学的路上/在金色的夕阳光中/把铁环从半山坡上使劲往上推/然后看着它摇摇晃晃地滚下来/用手猛地接往/再使劲往山上赶/就这样一次,又一次——/如今我已写诗多年/那个男孩仍在滚动他的铁环/他仍在那面山坡上推/他仍在无声地喊/他的背上已长出了翅膀/而我在写作中停了下来/也许,我在等待——/那只闪闪发亮的铁环从山上/一路跌落到令人目眩的深谷里时/溅起的无穷回音? /我在等待那一声最深的哭喊。""滚动铁环",本来是日常生活中常见的游戏行为,但在此刻的语境下却凸显出深刻且荒诞的意蕴。"滚下来","往上推";再"滚下来",再"往上推"。生命就在这反复的行动中被无限期地延展。这种悲剧意识类似于中国古老神话故事"吴刚伐桂"和西方存在主义哲学话语中的"西绪弗斯神话"所蕴含的对人生形而上思考。生命就耗散于永不停

---

①　陈超.中国先锋诗歌论[M].北京:人民文学出版社,2007:69.

息的无限循环的过程中。但荒诞的生活需要"荒诞"的行动去穿透,生存的意义在此刻升起。诗中"滚动铁环"的行为诗意地印证了"漂泊"的无限性,"我在写作中停下来"是暂时的,这是自我调整的需要,短暂的"定居"是为了更远更久的"漂泊"。可以说,王家新诗歌中所呈现的"永远的漂泊"的悲剧精神是一种自我受难式的灵魂承担,也是他对生存命运现实存在的悲剧之思。

第三节　虹影:历史苦难的个人记忆

2000 年,个性独立的女作家虹影以其带有自传体性质的长篇小说《饥饿的女儿》(1997 年 5 月台湾尔雅出版社,2000 年 4 月四川文艺出版社)而令文坛注目。也主要因为这本书,虹影本人被中国某权威杂志评为 2000 年十大人气作家之一。从此,新世纪的文学界便多出了一个自由不羁、靓丽而倔强的身影。虹影此后又写出了许多震撼人心的小说与诗歌,并在国内外荣获文学大奖①,受到了很高的评价。但我个人认为,《饥饿的女儿》是最有资格代表虹影的写作理念和创作成就的小说,它集中体现了作家对历史苦难与现实命运的理解与验证。在小说中,历史没有被浓缩为一个文化意象符号,象征性地表现那段人类生存遭际来隐喻作家对历史文化时空中的生命世界的体验。诸如"新历史主义"小说和那些把心灵的触角伸向较为遥远的历史角落的作家,并没有亲身经历那个时代的种种磨难与冒险,更没有深验那个社会深层肌理内互相冲突的切肤之痛,而是借以丰富的想象先验地创造着一个又一个虚幻的历史文本。但小说《饥饿的女儿》的作者有幸与历史的苦难同步生长,她用心灵与躯体的双重悲痛参与了对历史荒诞命运的悲剧性叙事,主体话语就凭借着对历史真实的记忆及个体的悲剧之思体验与再现了历史的真实生

---

① 虹影,1962 年生于重庆。是享誉世界文坛的著名作家、诗人。中国新女性文学的代表之一。长篇自传体小说《饥饿的女儿》曾获台湾 1997 年《联合报》读书人最佳书奖。她被中国权威媒体评为 2000 年十大人气作家之一,2001 年被评为《中国图书商报》十大女作家之首,被《南方周末》、新浪网等评为 2002—2003 年中国最受争议的作家。《K—英国情人》被英国《独立报》(INDEPENDENT)评为 2002 年 Books of the Year 十大好书之一。《饥饿的女儿》被台湾选为青少年自选教材,美国伊利诺伊大学(University of Illinois)2008 年年度书。她于 2005 年获意大利"罗马文学奖",2009 年被重庆市民选为重庆城市形象推广大使。《好儿女花》获《亚洲周刊》2009 年全球中文十大小说奖。

存形相和生命形态。主体生命意识的清醒复活了历史苦难的每一条细小的纹理，每一块血腥的记忆碎片上都跃动着一幅灵魂挣扎的生动面影。历史，就意味着一种真实的生存命运，对历史的记忆最终指向对生命的承担，主体叙事话语中的人生各自沿着偶然与必然的命运轨迹演出了一幕幕生命从勃发到委顿甚至毁灭的一系列悲情剧。"这种与'温饱'绝缘的生命景况，还意味着顽强的求生意志、一无所有的野性和特立独行的反叛精神。"①这生生不息的生存求证意志，正是小说深层结构中所蕴藏的自觉承当悲剧的伦理精神内涵。

小说对历史灾难的再现从那片简易破落的贫民区开始，"这个城市腐烂的盲肠"，是一个极端恶劣的生存空间，酷热难耐的夏天，大水会涨到街巷冲掉一些老房子。糟糕的条件使洗澡也成了问题，男人们已不顾不上羞耻，女人们则更尴尬，如厕也要排队等候大半天时间。冬天，因为贫穷和寒冷，人们只能穿着衣服过夜。这里的房屋大都简陋狭小，遇上人口多的家庭，就更加拥挤不堪，白天的吃饭桌，晚上拿来当床用。对于生活，这里人们最大的理想就是设法维持生存，因此，他们全部的聪明才智都用在了填饱肚子上，每时每刻都在为吃而挖空心思，四处奔波。为了能苟延残喘下去，他们已不顾什么良心。在历史的灾难下，充满温情朴素的人性已经扭曲变态，残忍到了无以复加的地步。因为贫穷，"我"的出生就成了件多余的事情。姐妹几个经常为吃而吵闹，有时也会大打出手。家里的人并不因为"我"最小而给我过多的关爱。"我"是在冷漠、缺少温暖的家庭中成长的，原因之一是"我"另类的身份，另一重要因素是"我"占有了家中的一个饭碗。"我"从小就对吃有种不可理解的情结，"自卑到见到每一个手捧饭碗的人都下跪的程度"。可见，饥饿已经把人压迫异化成非人的情状，人只是一个仅能活动而没有灵魂与人格的异体存在。

在巨大的灾难面前，个体生命的孱弱无法与之抗衡，生命的突围与挣扎只能是一幕幕苦难的演出。母亲因此由一个充满生命活力、美丽善良的少女沦落为一个丑陋、麻木、疲态、粗鲁与古怪的老妇，父亲也由强健的船员变得病弱黄萎，双目失明。伴随着躯体的不堪重负，心灵也随之变形扭曲。贫民

---

① 李洁非.李洁非对该书的评论摘要［M］//虹影.饥饿的女儿·附录.桂林：漓江出版社，2001：287.

区的精神生活极其贫乏。偶尔在夏天夜晚街巷上一群人聚集在一起摆摆龙门阵,这简易又古老的方式也无法疏散内心沉积的郁闷情结。因此,同院的二娃妈只能靠无端地"骂骂人"或运用起最具"诗意"的打情骂俏的手段来丰富一下空虚的心灵,却遭到丈夫残酷的镇压。王妈妈经常津津乐道于因二儿子牺牲所带来的烈属身份,但透过这种面对世界的微笑,我们分明看到内蕴在里面的是多少人生的沉痛、无奈和悲哀。

贫民区的街巷自始至终是一个充满恐惧的意象空间。存在主义认为,当现代人不堪忍受所承受的负担,就会用种种逃避的方式来麻痹他对空虚、孤立的忧虑,如性、毒品、娱乐等,甚至不惜企图对自我与他人的破坏和毁灭的方式来释缓内心的郁结和心灵的重负。小说中饥饿着的群体无法自主选择毒品与娱乐,那么诉诸性暴力只能是他们的宿命选择。"当人意识到整个存在的荒诞和整个人生的虚无时,人也就将自己置身于绝望之中。"①的确,终于有人疯了,在这不可理喻的世界里,自我信心遭受了摧毁而无力修复,只有束手待毙。人成为物,正是历史荒谬与虚妄的表征。历史老师的自杀与其说用"死"来表达对命运的抗争,不如说在历史语境中主体自信心的崩溃和绝望,这是荒诞社会现实中所有"清醒者"的悲哀。

人生最动人的地方是爱情的存在,对爱情的无畏追寻可以窥见人类内在的顽强生命力。主人公六六的母亲与袍哥头的第一次婚姻可以理解为强势对弱势的诱惑与征服,是弱者在迷茫中对权威的依附。母亲不由自主地跌入这种爱情陷阱中,因此没有平等的爱情可言。最后母亲在屈辱中逃了出来,这需要巨大的勇气的魄力,但一个弱女子做到了这一点。对过去的告别就意味着对另一种新生活的迎接。母亲与六六的养父同是外地的落难者,共同的遭遇使他们不期而遇并顺利结合,但他们之间的婚姻是建立在生存需要的基点上,并没有闪现出动人的火花。经过生活磨难的母亲已没有了先前的天真与浪漫,生存的威胁使她勇敢地跃入现实的苦海中,用一根扁担、两根绳子支撑起这个家庭的天空。而木讷老实的丈夫经常抛下家庭的重担,只身去远方挣一份可怜的工资。面对虚空的夜晚和嗷嗷待哺的孩子们,母亲唯一的行动就是作为一台机器拼命地工作,就在这巨大的困境中,不堪重负的母亲遇上

---

① 解志熙.生的执著[M].北京:人民文学出版社,1999:215.

了六六的生父——比母亲年轻十岁的小孙。生父首先以同情者的姿态出现在母亲的面前,这时,"饥饿"的母亲才感觉到自己作为人的存在。母亲与生父的爱情故事具有复杂的内容,是爱、同情与需要的交织,这种需要既是物质和情感的,更是生理的。他们的爱恋悲剧表现出正直、善良的母亲在困境中生命的坚韧和对健康人性的执着追求。

大姐的爱情悲剧是历史的荒谬与自我意识盲目的结果。但大姐历经多次婚姻的失败仍然对生活保持着乐观态度,这是敢于同命运抗争的不屈个性的深刻表现。大姐生命力的坚韧在一次次对爱情的追寻过程中痛快淋漓地呈现出来,这种任性洒脱的人生方式就更加深了作品的悲剧内涵。四姐和汪华的婚姻是四姐采取企图自杀的方式得来的,虽然这种极端的执着并没有给她带来真正的幸福。

最后来谈谈六六和历史老师的那段恋情。六六生活在一个没有关爱,缺乏温暖的家庭里,在学校也是个"丑小鸭"式的学生。作为一个成熟的、有较深修养的"父亲般"的男人,历史老师就历史性地走进了主人公的视野里。这是一段注定没有结局的畸形恋情,但不能简单地理解为他们盲目地选择躯体和性的刺激来填充一下空虚的心灵;在历史苦难的沉重压抑下,这种对爱的渴望及无畏的追求正是坚韧生命力的一次生动的闪现。作品中的家庭大都被抽空了感情的灵魂,有关爱情的动人话语严重缺席。但我们看到的是身处双重苦难中的女人们(如二娃妈、张妈等等)在男人的暴力和失血的婚姻中顽强的生存意志。

面对虚无的威胁,不为绝望所屈服反而勇敢地挺身反抗虚无和绝望以肯定自我、追求真实的存在。这是自克尔凯郭尔以来的存在主义者反复申述的人生态度。小说《饥饿的女儿》中主人公正是以顽强的毅力和坚韧的精神显示了这种"敢于自决自为"的勇气,最后并以事业的成功确证了自己的独特存在。著名文学评论家陈晓明先生说:"小说写到各种女性和她们面对穷困的不同方式和品格,每个人都显示出她们的个性和执着生活下去的那种精神。"①的确如此,《饥饿的女儿》就是通过对历史的个人的真切记忆展示了荒诞的历史遭际中生存的种种苦难及其命运,最重要的是,小说更加深入地揭

---

①　陈晓明.陈晓明对该书的评论摘要[M]//饥饿的女儿·附录,桂林:漓江出版社,2001:298.

示了在巨大灾难面前的求生意志和承担精神,在此意义上,小说《饥饿的女儿》也真正体现了作家对历史和命运书写的悲剧意识与精神理念。

第四节　胡永生:历史记忆与身份焦虑

胡永生的长篇小说《汶水汤汤》追踪了汶水两岸百年风云变幻的历史景象和文化线索,复活了"商族后裔"世俗生活与精神挣扎的鲜活面容。面对民族"文化之根",《汶水汤汤》淡化了同类小说对历史回眸时的温情目光和迷恋姿态,小说中的"大鸟"和"桑园"与其说是寄寓作家生存理想的精神像喻,不如说是表现了小说悲剧意识和身份焦虑的文化符码更符合文本主旨。可以看出,文化危机、身份焦虑与历史意识等一系列现代性话语主导着小说深层的语言实践和文本构形,并确证出作家在表达时代文化困境主题时所腾跃的诗学高度。

身份意识是现代性表达集体和个体自我形象认同所进行的基本话语体认。在被现代性和后现代性"围困的社会"(齐格蒙·鲍曼语)里,个体生存的合法性和存在感必须通过群体的文化身份来建构和巩固,德国著名学者扬·阿斯曼认为:"身份认同归根结底涉及记忆和回忆。正如每个人依靠自己的记忆确立身份并且经年累月保持它,任何一个群体也只能借助记忆培养出群体的身份。两者之间的差别在于,集体记忆并不是以神经元为其基础。取而代之的是文化,即一个强化身份的知识综合体,表现为诸如神话、歌曲、舞蹈、谚语、法律、圣书、图画、标记等富有象征意义的形式……"①身份认同借助文化记忆来指证和阐释,文化记忆赋予身份认同价值与现实生存的历史依据;在文化记忆的时间视域里,历史被重新讲述,历史和历史场景以一种文化仪式的方式持续地进入叙事文本中并为生存现实提供秩序和意义,这样,历史与文化书写和民族身份辨认紧密联系起来。

---

① 扬·阿斯曼.文化记忆——早期高级文化中的文字、回忆和政治身份[M].金寿福,黄晓晨,译.北京:北京大学出版社,2015:87.

一、文化记忆：历史时间与神话时间

法国著名哲学家德里达曾指出："对现在之所谓先前在场的引证，那就是记忆，是所有寓意的根源。"①记忆是进行身份建构与认同的前提和起点，记忆在历史书写中被激活，但记忆不会重现全部的过去，它预示着一个来自历史深处的确定性力量向现在延展的时刻。根据德里达的观点，记忆就是对踪迹的开启，"为'保存'踪迹，它逗留于踪迹边上，但这些踪迹是一个从未到场的过去的踪迹，其本身绝不滞留于在场的形式中，它们总要以某种方式到来，来自将来，是将来的来临。复活始终是'真理'的要素本身，是某个现在及其在场之间的循环差异，它并不复活一个曾是现在的过去，而是对将来做出承诺"②。记忆为"在场"构造存在基础并为未来提供形塑证据。在这里，德里达指明了记忆与自我存在的逻辑关系，正像泰勒所说的："为了保持自我感，我们必须拥有我们来自何处，又去往哪里的观念。"③可以说，小说《汶水汤汤》是建立在以自我身份认同为指归的历史记忆书写，其中，历史所蕴含的文化动机通过符号编码的形式和编年体式历史事件呈现出来，进一步形成文本叙述的两种时间样态。关于文化记忆的时间性问题，扬·阿斯曼在分析了列维·斯特劳斯对"冷文化"和"热文化"的区分后把历史记忆分类为"绝对的过去和相对的过去"两种类型。"绝对的过去"针对历史的时间性存在，而"相对的过去"则绵延在文本的深层结构中内化为历史叙事的一种神话性时间。"回忆，从'被内化了的过去'这一意义上讲，所关涉到的是神话时间，而非历史的时间；因为只有神话的时间是关于变化的时间，而历史的时间无非是已经形成之物的延续。被内化的，或者更准确地讲是被回忆起的过去在叙事中被赋予一定形式。这种叙事是有作用的，它或者成为'发展的动力'，或者成为连续性的基础……我们把具有奠基意义的故事称作'神话'。"④

《汶水汤汤》中的历史叙事首先通过编年体式的时间秩序来实现。陈胡

---

① ②　雅克·德里达.多义的记忆——为保罗·德曼而作[M].蒋梓骅，译.北京：中央编译出版社，1999：69.

③　安东尼·吉登斯.现代性与自我认同[M].赵旭东，方文，译.北京：生活·读书·新知三联书店，1998：60.

④　扬·阿斯曼.文化记忆——早期高级文化中的文字、回忆和政治身份[M].金寿福，黄晓晨，译.北京：北京大学出版社，2015：72.

两家四代的恩怨情仇就在这宏大的历史背景下逐渐展开。但值得一提的是,小说并没有因此落入宏大叙事的窠臼,而是不动声色地内化为对日常生活的叙述中,在这里,历史时间仅是个隐形的存在。小说中,历史时间和故事时间融为一体,故事的开头先讲述陈世安家庭香火危机的现实,为陈胡两家的结缘埋下伏笔,以后故事情节遵循线性时间的发展逻辑。胡大正打理桑园、经营诊所,陈家由于服用了胡大正的药方而生下双胞胎陈千和陈万,陈千成人后和胡大正的儿子继芳走上了不同的人生道路,继而产生了矛盾和冲突。其间,历史风云、民族危机、社会变迁、政治斗争深入其中,形塑着汶河两岸人们的性格和命运。可以看出,《汶水汤汤》虽然尽力清理宏大话语在故事中遗落的痕迹,但"通过'讲故事'的途径呈现'文化记忆'的品格,实现了'大历史'的风采"①。

别尔嘉耶夫认为:"历史时间繁衍幻象。具体说:寻找将来时,它又产生渐进的幻象,认定过去是美好的、真实的、圆满的所在。"②小说中的"新甫镇"既是存放历史时间的空间意象,又是生长文化记忆的地理符号。它地处齐鲁文化腹地,汶河两岸文明繁盛,生生不息,维系其繁衍不竭的凤凰"和"文化贯穿于小说文本叙事的始终。需要特别说明的是,作家巧妙地将辛亥革命等五个重大历史时期与凤凰文化所寄意的"扎根、生长、流变、癫狂和更生"等五个环节的生命文化内涵对应融合在一起,在深层上挖掘了文本中历史时间的表意功能。对此,作家在小说出版"后记"中做了精到的阐释:"辛亥革命的文化意义在于人心的自觉自立。自此,人们从皇权的统治里摆脱出来,去营造自我。这是一种理论意义上的扎根,就如胡大正初来新甫镇,其生活是那样的平静而有韵味,那是生活的本真状态。可是,生命的意义是成长。在随后的成长道路上,不仅遇到了外力的强夺,也遇到了内力的阻碍。外力越大,其生命力越强。阻碍越多,其流变的意识越盛。对于后来出现的'癫狂',实际上是一种自我焚毁,这种人们意识里头的偶然性,与凤凰自焚后更生结合起来,形成了一个完整的理性构架表达。"③

如果说历史时间在小说中被认作为线性形态的话,那神话时间则表现为

<hr />

① 徐岱. 作为一种文化记忆的叙事——在小说与历史之间[J]. 马克思主义美学研究,2016(2).
② 尼古拉·别尔嘉耶夫. 人的奴役与自由[M]. 徐黎明,译. 贵阳:贵州人民出版社,2007:194.
③ 胡永生. 汶水汤汤·后记[M]. 北京:文化艺术出版社,2016:373.

共时性的存在。小说共有十卷,分别用"甲乙丙丁午己庚辛"来命名,十天干所蕴含的"破土而萌""草木初生""万物皆然""壮实成丁""茂祥初彰""物大随形"等生命寓意赋予了每卷以可靠性的文化暗示。十天干作为事物从孕育、生长、发展、成熟,再到回归的整个生命自足系统的文化象喻,已经进入民族文化心理的深层凝固为一种神秘力量的象征符号,尤其是后来与十二地支交织融合,支撑起了易经文化中玄妙的术数学基础。"过去,如果被固定和内化成起到奠基作用的历史,那就是神话,这一点与它的虚构性或真实性毫无关系……。人们讲述它,是为了让自己在面对自己和世界时可以找到方向;神话又是关于更高级秩序的真理,它不光是绝对正确的,还可以提出规范性要求并拥有定型性力量。"①附丽着神秘文化信息的十天干被作家匠心独运为小说的结构装置,它和小说文本的历史叙事互证互动,充分地体现了小说对历史逻辑的把握和对传统文化中"天人合一"思维模式的深湛理解。在具体话语实践中,作家借助"林先生"这个人物设计来强化神话时间这种结构性在场。林先生是陈家的私塾老师,与陈家老爹陈世安情谊笃厚,其满腹经纶、学识渊博,是儒家文化"仁义礼智信"的化身。耐人寻味的是,林先生读书的背影联结了小说故事情节转换发展的每一个环节,他以书写的姿势弥合着时间与记忆间的隙缝并抽象为定义世界的符号,此时的符号意义被自己标注在《史记》中的"密语"得到进一步的辨认和深化。他若隐若现地出没在小说的所有章节中,洋溢着神祇般的力量。林先生的地位和作用堪比《白鹿原》中的"关中大儒"朱先生,更重要的是,他所掌握的通往凤凰山神秘山洞的密码牵连着一个地区与族群的文化基因和图腾信仰。书中写道:

> 　　林先生斜身拐弯进去,陈世安惊叹不已,举着火把朝里照了照说,林先生,你看,里边有个大石床哩!林先生拿火把朝里举了举说,真乃神洞呀,床头上还有一只大鸟哩!听见大鸟俩字,陈世安长着大嘴,惊叫道:"大鸟?"
>
> 　　"是只大鸟,眼睛发光哩!"
>
> 　　"神鸟! 神鸟呀!"

① 扬·阿斯曼.文化记忆——早期高级文化中的文字、回忆和政治身份[M].金寿福,黄晓晨,译.北京:北京大学出版社,2015:73.

　　　　陈世安的心突然紧张起来,难道吉昌梦中盘旋的大鸟真的落入
此洞,化为永恒的山石? 难道……

　　如果说天干文化是小说的骨骼构架和组织肌理,那"大鸟""玄燕"等凤凰文化精神象征符号就是小说的眼睛和灵魂。小说第一章用"鸟盘旋"拉开了故事的大幕,"突然,大鸟一声鸣叫,朝浓密的桑枝丛盘旋而去……这叫声似从祠堂的瓦楞间传出来的,它撕开云雾,尖厉,凄美"。随后这只"大鸟"持续地从历史返回到小说叙事的生活现场,它与现实中的"玄燕"(书中说,大汶河地区的山形远眺酷似一只盘旋着的"玄燕")生成"动静"交织、"虚实"转换的共时性及空间化的叙事策略和审美效果。别尔嘉耶夫认为:"神秘主义是人的精神的觉醒,精神的人比自然人或心理上的人更清楚或更敏锐地看见实在。"这是"精神"与"实在"的辩证法,他进一步解释说:"精神性在人身上揭示的是神的东西,但这个神的东西原来也是深刻的人的东西。"①小说里的"天干""密语""大鸟""玄燕"等意象符号以一种重复冲动的形式再生了神秘文化的召唤性力量,重复冲动将被遮蔽的记忆挖掘出来,给予神秘文化指证现实、衡量当下的价值尺度功能和意义。

　　按照著名文化学者扬·阿斯曼的理解,有关文化记忆的神话时间特指那段具有奠基意义的历史,重述过去,是因为可以以起源时期为依据对当下进行阐释。"它不是单纯地把过去作为产生于时间层面上的、对社会进行定向和控制的工具,而且还通过过去获得有关自我定义的各种因素并未对未来的期望和行动目标找到支撑点。"②小说《汶水汤汤》中的"支撑点"呈现网状的立体化结构,其中,"十天干""大鸟"等神秘文化符号支撑起整个表意骨架,而"文庙""书院""陈胡公祠""桑园""小桂香""桑叶"等附集着浓厚文化、精神、生命与理想的意象材料悉数参与到话语文本的构造中。在作家的笔下,对于中草药"小桂香"的叙事尤为动人温馨,"小桂香"体现了作家对传统文化中极具再生能力部分所做出的价值判断和情感认同。而"桑园"意象则诞生于现代性危机的文化回归意识,它呈露了小说对自然、朴实、宁静和谐生命形式和

---

　　① 尼古拉·别尔嘉耶夫.精神与实在[M].张源,等,译.北京:中国城市出版社,2002:137.
　　② 扬·阿斯曼.文化记忆——早期高级文化中的文字、回忆和政治身份[M].金寿福,黄晓晨,译.北京:北京大学出版社,2015:75.

生存方式的精神诉求。

二、身份焦虑：文化危机的现代性隐喻

“我们讲述故事或书写故事，为了推迟死亡的来临。”[①]用作家的话说就是“小说，既是对往事的回忆，也是对未来生活的创造”[②]。回忆把过去、现在和未来联系起来，回忆的诗学就是历史的叙事学，“回忆”是现代性叙事的永恒主题。现时感的空洞和自我身份意识的迷惘是回忆叙事实现的前提，因此，现代小说倾向于从历史记忆和溯源想象中寻找自我拯救的根由。阿伦特说：“历史为过往事件记载赋予的那部分世俗不朽性，是现代人必然渴望的，是行动的人不再指望能从他们子孙后代那里得到的东西。”[③]可以认为，《汶水汤汤》中的“桑园”就体现了作家的文化重构欲望和对工业化、商业化和全球化等异质性话语的抵抗姿态。小说中的“桑园”具有多重指涉意义，除了传统农耕文明的缩影，它还是小说主人公胡大正的“家”，“桑园”避免了一个漂泊者躯体与心灵的双重流浪，在此点上，“桑园”被赋予“故乡”与“家园”意义上的精神内涵；再者，“桑园”潜伏在文本的话语深层，召遣并透射出作家对文化身份溯源与认同的隐秘渴望。

新甫镇地处齐鲁古道，当年齐国人出使各国都经过此地。顺河东去，越过徂徕山，是“新甫拥翠，汶水拖蓝”的美景。这里自古行人彭彭，南来北往的人还是常在此歇脚。夏天，在桑树底下喝口泉水，凉快凉快再走。冬天，钻进树下茅屋，避避风寒，喝口热茶，暖和暖和，再起程。

如书中所见，人、景、园构成了一个温馨世界，一个记忆中的和谐家园；“桑园”庇护了四季轮回、寒来暑往的“彭彭行人”，它是一个族群的集体记忆和共同的生存之根。“汶水汤汤，行人彭彭。汶水滔滔，行人儦儦。鲁道有荡，赤子翱翔。”小说中林先生指导蒙童反复诵唱的这句来自《诗经·齐风·载驱》的诗句，执着地诉说着古齐人的精神风貌和胸怀气度；“彭彭行人”贯穿全篇，为“桑园”的历史生存提供了身份构认的形象尺度和价值标杆。“桑园”

---

① 加布丽埃·施瓦布.文学、权力与主体［M］.陶家俊，译.北京：中国社会科学出版社，2011：135.

② 胡永生.汶水汤汤·后记［M］.北京：文化艺术出版社，2016：369.

③ 汉娜·阿伦特.过去与未来之间［M］.王寅丽，张立立，译.南京：译林出版社，2011：81.

的守护人胡大正是作家认可的"彭彭行人"中的一员,在他身上能发现林先生的影子,他和林先生构成了小说身份想象的两个侧面。无疑,"桑园""书院""文庙"等系列怀旧意象强化了历史叙事的"恋乡"姿态。"怀旧/恋乡是现代性的一项特征。"①博伊姆认为:"现代的乡愁是对神话中的返乡无法实现的哀叹,对于有明确边界和价值观的魅惑世界消逝的哀叹;这也可能就是对于一种精神渴望的世俗表达,对某种绝对物的怀旧,怀恋一个既是躯体的又是精神的家园,怀恋在进入历史之前的时间和空间的伊甸园式统一。怀旧者都要寻找一个精神回归的对象。"②就连德国最著名的现代性研究的哲学家哈贝马斯也充分肯定了"回溯过去"的现代性特质,他在分析了本雅明的《历史哲学论纲》后说:"一切过去都具有一种无法实现的期待视野,而现在面向未来的时候所承担的使命在于:通过回忆过去而得知,我们可以用我们微弱的弥赛亚主义的力量来实现我们的期待。"③

但现实中的"弥赛亚力量"已经式微,事实上"桑园"的最终荒废就预设了这种拯救行为的失败。如果认为"书院"的现代转型具有现代性意义上的合理性,那"文庙""陈胡公祠"的焚毁以及无序发展的工业经济都加剧了文化危机的后果。"桑园里的那十口大铁锅未能幸免,就连那苍劲的老桑树也未免劫难。"到此,历史的连续性和统一性由此断裂,随着文本的裂隙越来越大,小说主体的危机意识也逐渐呈现。"主体进入危机之中是有益的,因为它参与了符号历史和构成的危机之中。"④

胡大正终于发现,这个世界就跟一个人似的,一直是疾病缠身!

胡大正说:"治病就是治人,俺八十好几了,悟出了一句话:咱当医生的,要先治好自己的心病,然后再去给病人治实病!"

主体性危机见证了历史危机的有效性,主体的危机注定依靠自身的力量来瓦解。胡大正通过一生领悟到了现代人疾病缠身的症因,身份焦虑症是"心病"的现代性话语指称。从心理学上理解,"焦虑是因为某种价值受到威

---

① 基恩·特斯特.后现代性下的生命与多重时间[M].李康,译.北京:北京大学出版社,2010:73.

② 斯韦特兰娜·博伊姆.怀旧的未来[M].杨德友,译.南京:译林出版社,2010:9.

③ 于尔根·哈贝马斯.现代性的哲学话语[M].曹卫东,译.南京:译林出版社,2011:17.

④ 翁贝尔托·埃科.符号学与语言哲学[M].王天清,译.天津:百花文艺出版社,2006:64.

胁时所引发的不安,而这个价值则被个人视为是他存在的根本"①。英国著名的现代性研究学者吉登斯指出:"对日常生活有序性的另一方面造成威胁的无序,在心理上可被看成是克尔凯郭尔意义上的畏惧,即一种被焦虑所淹没的景象,这种焦虑直抵我们那种'活在世上'的连贯性感受的深处。"②历史连续性的中断催生的身份焦虑感起源于主体那种连贯性的感受,因为"我们的文化身份反映共同的历史经验和共有的文化符码,这种经验和符码给作为'一个民族'的我们提供在实际历史变幻莫测的分化和沉浮之下的一个稳定、不变和连续的指涉和意义框架。"③

胡大正一直在寻找一个医治百病的处方,那就是让跳动的内心平静下来,而不至于死亡。

小说开具的医治药方是通过自我运行的减速来寻找反思的时间和空间,以期有机会重新缝合历史远去而遗留下的罅隙。传统文化及生存意义上的"宁静"能否缓解现代性危机带来的精神压力,答案是不言而喻的。为此,小说塑造了代表希望的"远哲"和"智归"两个青年才俊。但反讽意味的是,"智归"最终离开了她魂牵梦萦的"故乡"而不知所终,"远哲"则毅然拒绝了大都市的邀请和诱惑而留在了乡村从事文化的挖掘、整理与接续工作。显然,他们的选择都有悖于故事发展的现实逻辑和文本预设,不管"远哲们"是否沉潜下来确保内心的淡定和宁静,实际上,为慰藉身份焦虑而设计的人物形象由于一次"重大"事件而被抽空所有的存在意义。小说最后的情景是:

> 过了几天,远哲领着殷教授和文物专家来到桑园,说跟着继芳去神洞看看。继芳让众人稍息,拿上林先生留下的那本《史记》,顺着"甲乙丙……"路线图,穿过密林,走进神洞,打开洞门,一股当年陈世安闻到的那股铜锈的味道迎面扑来。众人欣喜,在继芳的引领下,穿过"丙"字形里洞,傲立于石床头上的大鸟不见了。
> 大鸟呢? 大鸟呢? 众人惊异地叫着。

---

① 罗洛·梅.焦虑的意义[M].朱侃如,译.桂林:广西师范大学出版社,2010:172.

② 安东尼·吉登斯.现代性与自我认同[M].赵旭东,方文,译.北京:生活·读书·新知三联书店,1998:41.

③ 斯图亚特·霍尔.文化身份与族裔散居[M]//罗钢,等,编.文化研究读本.北京:中国社会科学出版社,2000:213.

"快,快报案!"文物专家拨通了公安机关和文物局的电话。

很快,一个由文物部门和公安机关组成的重大文物走私盗窃案件专案组在新甫镇成立,准备追回神洞里的大鸟。

陈万去找陈千,推开新宅子的大门,已是人去楼空。

作为小说灵魂和身份认同精神尺度及价值理想的"大鸟",它的被盗预示了商业文化强大侵蚀性力量的在场和小说文化身份重建企图的自我瓦解与毁形。"一切形式最终是隐喻性的,而不是实际存在。"①"大鸟"的丢失隐喻了现代性文化危机的空洞形态,继而上升为对整个民族和国家的精神阐释。胡永生对身份焦虑感的书写为当下持续的文化危机及后果提供了精神证词。

---

① 海登·怀特.元史学——19 世纪欧洲的历史想象[M].陈新,译.南京:译林出版社,2013:425.

第七章　在历史中重构记忆

所谓记忆，就是对历史进行时间层面的追溯，历史以时间的形式存在，它为记忆的启动与实现提供了可能性保证。"只存在着一种时间而且这种时间是历史的。"①反过来，记忆能够在时间性的褶皱中追寻历史的存在。海德格尔恰在这个意义上表达了对历史把握的信心。"历史如何能够成为历史学的可能对象，这只有从历史事物的存在方式，从历史性以及这种历史性根植在时间性中的情况才能得到回答。"②历史的记忆不可能也无法真正做到对历史事实的"真实"复现，事实上也没必要做到；因为，对历史的尊重不能割裂与生命的联系和现实关怀，这也是文学必须承担的伦理责任；挖掘文学的记忆潜能是思考历史与文学的伦理承担的切入点。从这方面看，历史记忆和文学伦理在存在论层面上达成了一致。因此，海德格尔说："这一存在者并非因为'处在历史中'，而是'时间性的'，相反，只因为它在其存在的根据处是时间性的，所以它才历史性地生存着并能够历史性地生存。"③按照卡西尔的话说，生存论意义上的历史观并不否认："历史世界是一个符号的宇宙，而不是一个物理的宇宙。"④这样，记忆所开启的异质性和差异性就不会被过分抑制，它进入了本雅明所指证的"回忆"中，"本雅明的回忆，就像它在其中被生产的现在一样是建构性的。历史是需要建构出来的，而不是通过重演生成"⑤。

---

① 彼得·奥斯本.时间的政治——现代性与先锋[M].王志宏，译.北京：商务印书馆，2004：46.
② 海德格尔.存在与时间[M].陈嘉映，王庆节，译.北京：生活·读书·新知三联书店，1999：425.
③ 海德格尔.存在与时间[M].陈嘉映，王庆节，译.北京：生活·读书·新知三联书店，1999：427.
④ 恩斯特·卡西尔.人论[M].甘阳，译.上海：上海译文出版社，1985：256.
⑤ 彼得·奥斯本.时间的政治——现代性与先锋[M].王志宏，译.北京：商务印书馆，2004：251.

记忆是人类把握时间的方式,也是把历史纳入现实的方式,记忆通过主体的内在情感、历史与现实的交会碰撞,实现了对自我生命意义的关切与求证。"人类永远摆脱不了'回溯'的诱惑,回溯性的叙事是人类讲故事的永远的方式,因为回溯正是人的生存方式本身,回溯在追寻到了过去的时间的同时,也就确证了自我的此在,即当下的现存在。它是联结过去与当下的最重要的方式。"①记忆不单单是对过去的回溯与叙写,它需要在人文视野上的责任感和历史感的认同与承担。"只有通过'再记忆'的工作和新形式的理解,历史才能以使之对现在有生活价值并且使现在完全活跃起来的方式被重新创造。每一代人都有创造新历史的任务,在心里为过去预留一个空间,在现在中重构过去。"②尼采甚至用有无记忆来判断文艺作品的价值,"在艺术家中,恰是那种独创的、自为源泉的人有时会写出极其空洞乏味的东西来,相反,有所依赖的天性,所谓的才子,倒是充满对一切可能的美好事物的记忆,即使在财力不足时也能写出一些说得过去的东西。而独创者是与自己隔绝的,所以记忆无助于他们,于是他们变得空乏了"③。记忆使作品中的历史具有某种指涉现实的人格力量,它经过记忆主体的审美过滤或道德考量,也就是说,进入个人记忆中的历史已打上了浓厚的个人的心灵印迹和情感体验,它最容易引发记忆主体灵魂的震颤从而实现更高的精神诉求和伦理关怀。历史记忆不拒绝苦难与不幸,历史记忆恰恰是在表达苦难和不幸的过程中通过对历史命运的悲剧性体验来实现对自我与他人的精神关怀的。也可以说,历史记忆就是一种悲剧之思,两者互为指涉,在文学写作的伦理维度上完成了合作。

记忆在调动躯体感官方面和听觉保持着密切的联系。不像视觉需要空间维度的支持,听觉则是在时间维度上也必须是在时间维度上展开。对世界的倾听,不仅仅需要耳朵,还需要召遣心灵的力量来参与、协作,共同完成对流动消息的捕捉。如果说视觉是通过对有形的事物的把握来占有空间的,那么听觉则是通过对流动性事物的吸纳来把握时间的;鲍曼认为:"从某种意

① 吴晓东.从卡夫卡到昆德拉——20世纪的小说和小说家[M].北京:生活·读书·新知三联书店,2003:187.

② 帕特里夏·法拉.记忆[M].卢晓辉,译.北京:华夏出版社,2006:23.

③ 尼采.悲剧的诞生[M].周国平,译.北京:生活·读书·新知三联书店,1986:187.

上说,固体没有时间意义;相反,对液体来讲,具有价值的主要是时间维度。"①
时间本身就具有液体的流动性质,历史已是过去的时间,对它的把握自然不
能通过"看",那带有心灵参与的倾听正可以唤起这记忆中的"历史"。因为
"在人的身体感官当中,听是内在于原初时刻的一种知觉能力;它可以唤醒我
们对母体归属的记忆,并驱使我们依从于此种记忆"②。历史就是我们赖以生
存的"母体",对它的回溯需要渗透着情感与时间的领会,"唯有所领会者能聆
听"③,反过来说亦然,能聆听者会更好地领会。同样也适用于对历史的记忆
中,领会的能力决定着记忆对历史真实的建构程度。如上文提到的,真实不
是事实,它不是有形的事物,用视觉无法捕捉;真实是一种无形的东西,是一
种精神抑或是一种摄人心魄的力量,必须通过听觉的支持,调遣记忆的力量
和灵魂的参与,真实才可能到场。

第一节 真实的可能:在自我与历史之间

在经历了先锋文学和"新历史主义"小说的无情颠覆后,当代文学叙述中
的历史已经失去了它的整体性与统一性;人的生存也失去了与历史的内在联
系,我们的当代生存承受着一种没有历史的孤独。正如海德格尔所揭示的那
样,这种无家可归感来自同存在的历史本质性的脱离,刘索拉曾在发表于 20
世纪 80 年代的小说《跑道》中说:"把世界都还给你,你又觉得空了。"不幸的
是,类似的预言在 80 年代以来的社会和文化现实中得到了证实。这种精神上
的自我失落感自然有其复杂的社会原因和时代背景。但不可否认的是,技术
化的高度发展对客观世界的视觉祛魅后信仰的荒漠化、真实的虚妄化有着内
在的逻辑因果关系。后现代主义文化把 80 年代现代化解放的成果转化为欲
望的无限膨胀。没有精神信仰和存在真实统摄的个人生存只能沉浮在欲望
之海而无力自拔。80 年代的先锋文学是针对"历史文本"的解构,通过虚无主

---

① 齐格蒙特·鲍曼.流动的现代性[M].欧阳景根,译.上海:上海三联书店,2002:2-3.
② 路文彬.视觉主导的文化与中国文学的现代性失聪[M].合肥:安徽教育出版社,2008:70.
③ 海德格尔.存在与时间[M].陈嘉映,王庆节,译.北京:生活·读书·新知三联书店,
1999:192.

义的叙事游戏来戏谑和消解历史,以此达到反抗整体话语和既定秩序的目的;从哲学角度上说是认识论的,而非存在论的。这种叙事以谋求自我与历史的割裂而不是自我面向历史的建构。那到90年代,市场交换行为的渗透又加速形成自我存在的非历史化。正如王安忆在其小说《纪实与虚构》中所说的:"时间上,她没有过去,只有现在;空间上,她只有自己,没有别人。……我成了最后的景观。"这也是90年代以来的当代个体生存的基本境遇。

面对历史的虚无和文学的困境,90年代以来的一些批评家与作家都进行了深入的思考和探索,并提出"历史化叙事"使重建历史的真实成为可能。肖鹰说:"进入历史,必须同时反对实证主义和虚无主义:第一,个人进入自我生存的内在体验,即复活个人对历史的记忆;第二,在个人历史记忆的复活中,复活历史整体丰富和生动的存在境界。就时间而言,进入历史,意味着历史的过去时间在自我存在的现在时间中被呈现出来,历史时间的异质性和丰富内涵被现在时间的异质性和丰富性内涵激活。一言以蔽之,进入历史,就是在自我的当下存在中,复活历史被时间抽象压抑了的丰富存在,把历史展现为一个活的有意义的存在空间。这就要求个人必须把历史作为自己的命运来承担。"①"历史化叙事"要求写作主体复活自我与历史内在的真实联系,使写作成为联结自我与历史的纽带。作家通过对现实的历史性叙写,打开一个面向当下生存的具有真实历史感的通道。因此,这种以挖掘历史资源、追求把握历史'真相'的写作,不在于为我们提供一个充满事实真实的历史世界,而是重建一个能够为我们生存所需要的情感、信仰和伦理价值等洋溢着人性关怀的、直接指向人生真实可能性的精神世界。对此,肖鹰先生进一步论述道:"历史化叙事是一个抵抗和拯救的方式。它的本质含义是,自我此在向历史超越性的可能的拟进/生成。这决定了历史化叙事的两个基本元素:第一,它是以自我此在的现实体验/领悟为基础;第二,它指向历史超越的可能性。只有以这两点为基本元素,历史化叙事才可能真正是历史地——存在与生成相统一。"②

既指向历史又关切现实,这就决定了历史化叙事的虚拟性,这种虚拟性是相对于只呈现客观事实的历史记录文本来说的,但历史文本中的事实并不

---

① 肖鹰.真实与无限[M].北京:中国工人出版社,2002:227.

② 肖鹰.真实与无限[M].北京:中国工人出版社,2002:222.

一定能够表现出历史的真实。"把历史的真实定义为'与事实相一致'——使事物与理智相一致——这无论如何不是对问题的令人满意的解答。"①对此，海登·怀特说："历史话语不能再现出一个精确对等物并使之在规模、范围或事件发生于其中的那个顺序排列等方面等同于该话语想要描述的那个现象领域。然而，上述事实通常被看作是由选择而得出的一种单纯还原而不被看作是一种变形，尽管后者才是真实情况。"②那些执意于用所谓的历史事实来呈示"历史的本来面目"的想法是天真的，会陷入一厢情愿式的盲目自信的幻觉中。列维-斯特劳斯认为："由于人们声称历史知识具有特殊地位，我觉得有理由（如果人们不这样认为，我就没必要）指出，在历史事实这个概念本身中存在着双重矛盾。因为，假定历史事实就是实际发生的东西，那么它是在哪里发生的呢？一次革命或一次战争中的每一片段都分解为大量的个人的和心理的活动；这些活动的每一种都表示着无意识的发展过程。而后者又分解为大脑的。荷尔蒙的或神经的现象，这些现象本身都与物理的或化学的秩序有关。因而，历史事实并不比其他事实更具有给定的性质。正是历史学家或历史演变中的行动者借助抽象作用，并仿佛在一种必须进行无限回溯的威胁下，构成了它们。"③那历史事实到底在哪儿呢？一位美国历史学家干脆做了这样回答："不管听起来多么刺耳，我会不假思索地回答：历史事实在某些人的头脑中，不然就不存在于任何地方。"④基于这样的理解，米兰·昆德拉在写作时就显现出对历史化叙事的青睐。他说："描写历史本身我一点不感兴趣，您在我的小说里也找不到……历史的编撰只写社会的历史，而不写人的历史。因此，我的小说中所涉及的历史事件常常被历史学家所遗忘。"⑤

历史化叙事正是源于这样的认识，它在向西方哲学历史与文化文学中寻找理论依据和创作经验的同时，积极地实践着在历史中重构记忆的可能性。由于自我意识的参与，记忆中的历史便具有了某种意义。因为"史实本身没

① 恩斯特·卡西尔.人论[M].甘阳，译.上海：上海译文出版社，1985：237.
② 海登·怀特.历史主义、历史与修辞想象[M]//张京媛.新历史主义与文学批评.王建开，译.北京：北京大学出版社，1993：190-191.
③ 列维-斯特劳斯.野性的思维[M].李幼蒸，译.北京：商务印书馆，1997：293.
④ 卡尔·贝克尔.什么是历史真实？[M]//张文杰，编.历史的话语——现代西方历史哲学译文集.桂林：广西师范大学出版社，2002：289.
⑤ 米兰·昆德拉.小说的艺术[M].孟湄，译.北京：生活·读书·新知三联书店，1995：35-36.

有其固有的意义,意义是由历史学家的理解或思想所赋予的。所以在理解或思想改变时——正如它们必定会不断在改变着那样,——人们所赋予给它的意义也就随之改变。客观的史实因之也就在我们的思想里不断地变形并获得新的意义"①。历史化叙事在保持历史对个人存在的根源性意义的同时,肯定个人自我与现实存在对历史真实的独特意义,在自我与历史之间,真实就生成于历史与自我现实互相指涉的关系中。"真正的历史对象根本就不是对象,而是自己和他者的统一体,或一种关系,在这种关系中同时存在着历史的实在以及历史理解的实在。"②可见,真实是在历史和自我、现实的互动互证之中展开的,历史同自我之间的关系,可以理解为我们与真理之间的关系:"在对象方面,真理被理解为对象自身中显发和隐匿的力量;这种显发是作为主体方面的一种认识体验而与真理关系在一起的。在每一次真正的显现中,对象的开敞和遮蔽作用于主体的认识活动之间,都有内在的亦即对话似的相互作用,这种相互作用便是对话和交流。"③"真理"在主客体之间对话与交流中现身,同样,"真实"也是如此。对话与交流需要主体保持谦卑的倾听姿势,在承认、尊重对方的前提下进行平等沟通;在主体自我心灵与情感的参与下,这样的倾听才能深入,才能有效地调动起记忆的功能,让记忆中的历史在现实中复活,并且比历史事实更生动更具有动人的力量和价值。对历史的理解和领会自然离不开自我情感与心灵的加入,更离不开记忆,因为"离开记忆,人的心灵便成为一片认知的空白,没有任何理解会在这块空白之地上产生。记忆是对理解所需的知识的储存,同时也是'前理解'的成分。凡是记忆中保存的东西,都卷入了程度不同的理解,即使是浮光掠影的印象,和某些下意识的愿望。这些都要介入理解形成的全过程中去,并往往滑过理解者的注意,以至于觉察和意识不到它们的介入"④。

与先锋文学和"新历史主义"小说不同的是,历史化叙事是存在论的,而非认识论的。历史化叙事执着于自我生命的现实关怀和存在热情,反对前者的游戏心态和目的。历史化叙事又是现实的,但它拒绝"新写实"文学的无意

---

① 何兆武.历史理性批判散论[M].长沙:湖南教育出版社,1994:228.
② 汉斯-格奥尔格·伽达默尔.真理与方法(上卷)[M].洪汉鼎,译.上海:上海译文出版社,1999:387.
③ 特雷西.诠释学·宗教·希望[M].冯川,译.上海:上海三联书店,1998:47.
④ 殷鼎.理解的命运[M].北京:生活·读书·新知三联书店,1988:29.

义的、平庸而世俗化的现实。历史化叙事通过历史与现实的双重承担避免了当代文学写作的彻底沉沦。

王安忆的长篇小说《纪实与虚构》被人称为"历史化叙事的典范文本"。小说叙写了"我"作为一个"无根"的城市人，在对历史进行追溯和自我求证的过程中所遭遇的痛苦而焦灼的精神困境。《纪实与虚构》无疑是王安忆小说中最富自传性质的一部。"我"其实是个外省人，3岁时随父母来到大都市上海，成年后突然发现自己陷入了一个根本性的孤独。现代都市文明让上海这个充满物质、技术与时尚隐喻的空间变成了一个与历史失去联系的异质性存在，而外来者的"我"对自己"无根"的体认加深了自我存在的精神危机。为确立自我存在的现实合法性和必然性，"我"不得不面向过去来寻找自我生存的历史根源，在"我"和历史之间，肯定有一种能够支撑自我生存的真实的东西，其实，寻找本身就是一种真实，它把现实在孤独这个必然的真实中拯救出来，同时展现为一种超越的可能的真实。小说中的"寻找"从两条路径上展开自我与历史的对话；一条是自我的成长史，另一条是"我"的母系家族史。成长史的叙述来自个体记忆，母系家族史则通过家族记忆来实现，但家族记忆也归属于个人记忆的范畴。虽然"我"对家族史的追踪没有最后完成，但这也足够了，通过记忆复活功能，家族历史具有生命力的元素不断进入自我存在的现实中来，而且不断地改写与修正"我"对现实的认识，刷新自我与现实的联系，也就是说，自我通过对历史的记忆确证了自我生存的价值意义并在向历史的生成过程中获得了自我存在的真实感。这就是《纪实与虚构》的意义，也是历史化叙事的意义。对《纪实与虚构》，肖鹰先生做出了高度评价："从虚构进入现实，就是从作为现实的内在基础的历史进入现实，而虚构的更根本的意义就是重逆已经被消亡的历史。强调虚构，王安忆就强调了生命的现实性，强调了自我作为历史主体的此在——历史的重现必须是自我生命的一个过程。王安忆最深刻地体验了时代存在的孤独，同样最深刻地体验了生命在孤独中自我拯救的意义。在她的虚构叙述中，文学重新成为人学，以人的特权——通过虚构回归历史的特权——抗拒现实的沉沦，并且把现实发展为超越的基础。《纪实与虚构》的写作不仅是王安忆自己文学发展的一个新的高峰，而且把新时期文学带入了新的可能的深度——面对主体自我在无限之维的沉沦而实行拯救的深度。"①

被称为"少年成长"小说的曹文轩的《红瓦》,也是一部富有启发性的作品。小说以一个少年中学生的视角叙述了"文化大革命"前后这段与众不同的历史。《红瓦》没有回避那段苦难过去,它在作家的记忆中如此真切似乎正在发生。作家苦心经营了一个与历史相迥异的充满温馨与诗情的精神世界,借以与外在的苦难世界对抗;这是一个语言的世界,它集中体现了作家对记忆中的历史的独特理解,这个理解包蕴了其对现实生命与人生的深切关怀和情感抚慰。这两个世界纠缠混杂,生命就在这真实的背景里显示出成长的美丽,也遭受着苦难的摧残。《红瓦》即是成人"我"对于记忆的不断重构,每一次重构都使得过去再生一次。准确地说,阅读《红瓦》,其实是侧耳谛听来自我们生命内部的成长的声音。那青春年少的记忆中,既有阳光的照耀、春风的吹拂,又有暴雨的袭击、狂沙的扑打,既有温馨的友谊、脉脉的恋情,又有微妙的人际的隔阂甚至明枪暗箭般的仇恨。这样的记忆是真实的,我们正是在这复杂的地形中生长,向高处伸展。在那些日子里,我们清晰地听见了骨骼生长的响声与青春萌动的灵光,我们清晰地感知着视野迅速开阔的惊喜与经验不断丰富的欢欣,我们无法抗拒地承受着真与善的洗礼,以及丑与恶的冲刷……我们对生活的认知日益深化,以至于飞掠过我们身边的万物逐渐呈现出了它们的真实与本质。成长伴随着痛苦与快乐,《红瓦》不断从历史的记忆中开掘出能够催促我们成长的现实质素,它对现实生活中青少年成长主题的关切,通过对一个情感、价值和信仰的意义世界的构筑与展现,使小说散发出令人凄然动容的真实的力量。

第二节　抵抗遗忘:历史的命运化书写

先锋文学、"新历史主义"小说及近几年来持续热播的电视剧,以"戏说"或"新……"等方式赋予历史话语无限制增长的可能性;对于历史的重述,我们似乎比以往任何时期都更有兴致,而且信心十足。但这种根植于个人经验

---

① 肖鹰.形象与生存——审美时代的文化理论[M].北京:作家出版社,1996:199-200.

与好恶的历史叙述,并不是出于对个人的历史记忆的尊重。叙述者大多都抱有傲慢与游戏的态度,随意出入历史,就连针对历史盲区的最新发现,也是趋于快乐、享用的消费动机和目的。所以在这样的娱乐性的原则下,持续到来的不是历史的真实,而是被拆解后的碎片化的、虚妄化的历史。如此面向历史的写作不是上文提到的"历史化叙事",它已被卸去了承担历史的伦理诉求,剩下的只是缺乏道德责任感的冷漠。因此,对历史的消费是对历史真实的彻底遗忘,它表明了一种功利主义的历史认知观所推动的消费性历史书写有意隔断历史与我们生存命运的内在联系,或者说我们的书写者根本就缺乏对历史的命运体验。悲剧性文学之所以具有撼人心魄的艺术力量,其实质往往是包蕴有深沉的命运感。当代文学的历史书写普遍存在对历史肤浅与简单的理解,恰恰就是欠缺或无视历史命运化写作所体现的人性力量。

别尔嘉耶夫曾说:"人的灵魂深处存在某种历史命运。从原始时代到历史顶峰的当今时代,一切历史的时代都是我的历史命运,都是我的'历史的东西'。"①命运最终是以历史的形式呈现出来,历史是我们的过去和正在让我们成为的过去,它在成就我们的同时又给我们提供了命运的力量。尊重历史,要求我们不仅认同美好和辉煌的历史,还要勇于承担历史的不幸和苦难。匈牙利著名作家凯尔泰斯·伊姆雷在 14 岁时被德国纳粹关押到奥斯威辛集中营,被营救后走上了文学之路,曾获 2002 年的诺贝尔文学奖,当他被问及对历史的看法时认为奥斯威辛是他最大的财富。如此接近死亡,那是无法忘怀的感受。在那个漫长的瞬间,生命从未如此美丽。是奥斯威辛让作家懂得了生命的美丽,也获得了承担命运的力量。对于负面历史的拒斥,肇因于我们对于历史的功利主义和乐观主义心态,这种心态与欲望化的消费策略共谋媾和,历史和历史的命运已经揭下了神秘的面纱。在后现代文化语境中,视觉理性祛除了历史的神秘性和神圣性,在历史面前,我们已经失去了如舍勒所形容的"灵魂的羞涩"②,不再对历史保持有敬畏的情感。结果历史的命运被否定,失去了对情感表达信仰的权力。比如我们"十七年"文学中的一些历史题材的小说,高涨的"革命浪漫主义"和乐观主义只允许我们对历史苦难进行

---

① 别尔嘉耶夫.历史的意义[M].张雅平,译.上海:学林出版社,2002:12.

② 马克斯·舍勒.价值的颠覆[M].罗悌伦,林克,曹卫东,译.北京:生活·读书·新知三联书店,1997:277.

喜剧化处理，历史的真实与命运被遮蔽。市场经济时代以来的对历史的所谓"重述"和"戏说"，更是为了迎合消费的需要从而彻底世俗化，历史与命运被料理为能带来感官快乐和享受的视觉符号。如果我们对历史曾经的悲苦和过去的经历不是通过记忆转化为现实生存的经验和精神动力，而是一味地"一笑了之"，假如不是故意遗忘的话，那就是我们太容易忘记了。"中国文学的历史叙述迟迟不见命运的记忆，早年的'天命史观'看似认可命运，但深入骨髓的乐天主义及历史循环论信条却压根消弭了命运固有的悲剧性内涵，同时也远离了历史本身的真谛。况且，那时的历史叙述也还只是停留于事件的表面记录，未曾上升为针对个人的关注。故而，人的命运自然很难透过历史的进程昭示出来。"①

"众所周知，人是通过自己的苦难来把握历史实在的。我们时代的人会说：'我正在遭受或已经遭受过历史的苦难，结果就有了历史的实在。'……历史通过将苦难强加给人类，将自身显示为当前的实在。"②当代文学的通过苦难来体验与把握历史的写作努力，从张贤亮与王蒙等少数作家的文本中已开始显露出来。知识分子那段记忆中的历史遭遇，加深了他们对命运的苦难体验，反过来，苦难的命运也强化了他们对历史的本体化理解。但是由于时代文化语境的桎梏，作家们还不能更深入地挖掘个人命运的悲剧起因，从而彻底摆脱意识形态化的宏大叙事的影响。张贤亮小说《灵与肉》中的主人公许灵均有曲折的身世和坎坷的现实，而那段苦难的历史已经无可挽回地铸就了他一生都难以挣脱的命运。他对苦难的坚守实际上就是命运对他的历史选择。小说最后表达了对主人公拒绝现实诱惑的敬意，这种敬意来自主人公对国家和劳动人民的崇高情感的敬佩与赞赏。当然，我们不能一味地否定作家的理想热情，但无视历史命运的存在，使小说对苦难历史的悲剧性揭示显然停留在了一个较肤浅的层面。被称为"寻根文学"的一批面向历史写作的小说，在回溯那个久远的过去的路途中，抱着对历史真诚的情感与尊重，诉说着一个又一个不可避免的在历史中沉沦的悲剧故事。如韩少功的《爸爸爸》、王安忆的《小鲍庄》、李杭育的《最后一个渔佬儿》和陈忠实的《白鹿原》等等。但

---

① 路文彬.视觉时代的听觉细语[M].合肥:安徽教育出版社,2007:153-154.
② A.斯特恩.历史哲学:起源于目的[M]//格鲁内尔.历史哲学:批判的论文.隗仁莲,译.桂林:广西师范大学出版社,2003.

当历史在同现实碰撞之后所产生的失落与幻灭感，作家们没有从更深的情感层面上进行历史命运的追问与承担，也就是"主人公们的悲剧命运并没有在悲剧精神的高度上得到认识。并且，由于他（们）是从落魄、失意的层面上去理解历史境遇的，故而在无形之中暴露了其历史情感信仰的动摇"[1]。

　　前面提到过，先锋文学和"新历史主义"小说表达的是工具化的历史，历史在他们笔下已是一片废墟，泛滥的历史话语与对历史的过度使用终于激起了后起的作家们的反抗。"后新历史主义"小说带着浓厚的怀旧情绪开始收拾与清理被"新历史主义"小说所瓦解的碎片化的历史。"我们发现了这样一个事实，即在它（'后新历史主义'小说——引者注）鼎力营造的世界里，总是充斥着太多叫人难以忘怀的美丽往事，全然不见'新历史主义'竭力渲染历史丑恶的明显动机。前者永远以一种满怀诗意历史话语，掩饰着后者对于历史刚刚进行过的赤裸裸的欲望化处理。如果说'新历史主义'小说任意撕毁历史版图，显示出的是一次智力背叛的话，那么'后新历史主义'小说面对历史版图碎片发出的阵阵叹息，则是源自情感上的呵护与认同。后者之于历史更重要的不再是理性的认识，而是情感的记忆。尤其对于作为肯定情绪表达的怀旧来说，拒绝从来就不是一件轻而易举的事情。故此，'后新历史主义'小说远远不像'新历史主义'小说那样冷酷无情。"[2]情感的到场使"后新历史主义"小说开始萌发深刻的命运感。

　　作为"后新历史主义"的代表作家，阎连科的《日光流年》张扬了一种历史存在的宿命性力量。三姓村是由蓝、杜、司马三姓组成的一个村落，三姓村的村民们从祖先那里继承了一种可怕的疾病——喉堵症，已经"到了人人都活不过四十岁的境地，到了满世界不和三姓村通婚往来的境地"。面对历史的"馈赠"，三姓村曾试图反抗过，但因寻找不到适宜的水土而最终服从于命运的安置继续在原地挣扎。但他们不是被动地等待灾难的莅临，而是用行动来确证生命的存在，虽然他们有时不得不靠出卖自己的血肉之躯来维持生存；通过修渠引水来改变现状，然而，以惨重代价换来的水渠引来的却是受过污染的水。但他们从来不拒绝历史，正像他们从来不拒绝命运一样，因为，对三

---

①　路文彬.视觉时代的听觉细语[M].合肥:安徽教育出版社,2007:156.

②　路文彬.历史想象的现实诉求——中国当代小说历史观的承传与变革[M].南昌:百花洲文艺出版社,2003:377.

姓村人来说,历史不是一种抽象的概念,而是一种实实在在的现实体验。他们对历史命运的认同自然还离不开对故乡家园的情感依赖,在安土重迁的中国人看来,故土是一种情感,更是一种命运。它是三姓村历史的本源,从一开始就操纵着他们走向现实的结局。如路文彬先生说的那样:"在他们那里,历史之重是一种融于人物生命血脉里的元素,既无法拒绝亦无法回避。它铸成了人物无可变更的生存现状,并决定着人物的命运去向。"①如果说《日光流年》中对三姓村人的悲剧书写为一种命运的悲剧,那么这样的悲情表达似乎显得过于生硬了。但不管怎么说,小说对历史的坚定信念和历史的命运化书写有效地抵制了文学写作对历史命运的遗忘。

王安忆的《长恨歌》承续了《纪实与虚构》面向历史的自我拯救的姿态。同样是希冀于从历史记忆中寻求自我生存的意义与精神支撑,只不过《长恨歌》对历史的叙述更充满深情,更凸显了命运存在的力量给予现实的无情伤害。主人公王琦瑶在中学时代就当选为"上海小姐",但从此开始命运多舛,直到晚年落寞寡居并意外死于非命。作家在对历史的命运化书写中,强调了个人命运与历史深刻而又复杂的内在联系,个人在承受历史命运桎梏的同时,也呈露出了充满诚意的、稍许哀婉的历史迷恋与憧憬。除了《长恨歌》之外,王安忆根据自己的亲身经历写出的如《忧伤的年代》和《隐居的时代》等回忆性小说,在这些历史化叙事的文本中,对历史与命运的审视与表现,都建立在作家基于现实的审美理想和道德意识上面,对她的主人公们,王安忆从一个女性的柔情出发给予了充分的情感抚慰和人性关怀。从这方面看出,"后新历史主义小说"在以王安忆为代表一部分作家笔下,开始重新重视文学的伦理诉求。他们尝试着通过历史记忆重构那段已经逝去的或遥远的昨天,在追求自我历史精神起源的同时,为现实生存提供一些情感的力量。邓一光的《父亲是个兵》正是从人物的情感层面的关注来表达作家对历史与现实的理解的。当然,小说通过"父亲"这一形象所表现出的强烈的历史情感并没有抵消历史深处潜在的命运力量。在这里,情感层面过于用力,对此,我们宁可理解为小说伦理意识加速提升的结果。

最后不得不再次提到张贤亮与王蒙。正是他们面向历史进行写作的努

---

① 路文彬.历史想象的现实诉求——中国当代小说历史观的承传与变革[M].南昌:百花洲文艺出版社,2003:395.

力激发了"后新历史主义"的历史热情。在他们眼里，在历史中重构记忆是作家们抵抗遗忘的最佳表达方式。王蒙的《恋爱的季节》《失态的季节》《蹉跎的季节》以及《狂欢的季节》一直保持这种抵抗的姿态。对于历史记忆的情感迷恋，王蒙阐述了他的理由："时间和季节永远不可能是单纯诅咒的对象。它不但是一页历史，一批文件和一种政策记录，更是你逝去的光阴，是永远比后来更年轻更迷人的年华，是你的生命的永不再现刻骨铭心的一部分。它和一切旧事旧日一样，属于你的记忆你的心情你的秘密你的诗篇。而怀念的不是意识形态不是政治举措不是口号不是方略不是谋略，你怀念的是热情是青春是体验是你自己，是永远与生命同在的快乐与困苦。没有它就不是你或不完全是你……"（王蒙的《狂欢的季节》）在张贤亮和王蒙的历史叙事文本中，始终强化着人的历史性存在，并且在这历史记忆里包蕴着浓厚的情感体验和沉重的命运意识。这种历史情感与生存命运的文学书写都指向了当下生存的现实关怀。诚如评论家分析的那样："历史在他们那里，体现的主要是一种源自情感层面的关怀。他们对于历史的深情回眸，已经不再是出于对已逝重大时事的单纯迷恋，而实在是因为它纠结着个人命运的沉浮起落。在张贤亮、王蒙等人的历史怀旧情绪中，这一点表现得相当明显。他们为历史付出了太多，而在某种程度上，这历史也造就了他们。故此，他们根本没法像'新历史主义'小说那样，可以对自己的历史随意施行篡改或者否决。'美丽往事'的叙述。在某种意义上，也昭示了其对于自我的肯认。……张贤亮、王蒙的历史叙事冲动首先是基于个人记忆的某种维护。通过回到这种记忆的方式，他们不仅得以实现倾诉欲望的心理满足，亦能够从中获得对自我存在价值的确证。"[①]

　　这是一个技术主义盛行的时代，视觉祛魅后的信仰失落使欲望与欲望带来的无限享受成为这个时代的主流意识形态，价值体系的单一将马尔库塞的"单向度的人"的预言变成了现实，"制度化的俗化趋势似乎是单向度社会在'征服超越性方面'所取得的成就之一。正如这个社会在政治和高层文化领域内势必会减少，甚至消除对立面（本质上不同的对立面）一样，在本能领域内也是如此。结果便是思维器官在把握矛盾和相反可能性方面发生退化。

---

　　① 　路文彬.历史想象的现实诉求——中国当代小说历史观的承传与变革[M].南昌:百花洲文艺出版社,2003:393-394.

同时,在单向度的技术合理性中幸福意识逐渐占据压倒一切的优势"。这里,马尔库塞所指认的"幸福意识"就是指欲望化的享乐主义,它直接导致了人性的现实沉沦。面对如此的局面,作家们应该保持清醒的认知,在坚持文学的道德批判和人文反思的同时,更需要在历史记忆中寻求我们自我超越的价值动力,保持对历史和命运的敬畏之情,用神圣性、情感性、伦理性的道德信仰来规范、呵护我们的现实生存。列宁说过,忘记历史就意味着背叛。而在文学书写中,忘记历史就意味着文学伦理的价值失范。因此,当代文学写作应该高度重视开掘历史的命运化因素,在历史中重构记忆,抵抗对历史的遗忘。我们的文学定会有一个美好的未来。

面对视觉理性思维的全面渗透与播散,面对视觉时代的文化转型与审美变异,当代文学正日益陷入技术化与商品化的危险境地,视觉祛魅带来的整体生存价值与信仰的虚无,使文学在道德与伦理卸任的路途中越走越远。诚如伊格尔顿说的那样:"解除历史之谜的技术术语特别的自我意识,结果在一层次上的掩饰产生了在另一层次上的暴露:对现实的膜拜产生了对解释学的膜拜;事情非常明显,连方法手段也袒露无遗。在这个历史坍塌的边缘上发抖、在侧翼等待进入救赎过程的恰恰是——虚无:是永远不会到来的天堂纯粹能指,是一种既有亦无的纯粹破坏性的启示录,是将所有死亡和缺失亦即语言本身推到极致之境的空洞空间的一种痉挛。"①面对如此的危机情势,我们究竟该秉持怎样的艺术立场来坚守文学的诗意领地,究竟该构筑怎样的话语逻辑与信念来重新确证文学的发展前景。本书认为,针对视觉霸权的肆意扩张,建议张扬听觉文化来重塑整个社会文化结构与文学构境,"因为在技术化的现代社会中,视觉的一统天下正将我们无从逃避地赶向灾难,对此,唯有听觉与世界那种接受的、交流的,以及符号的关系,才能扶持我们。堕落还是得救,灾难还是拯救——这就是不同选择的图景,人们正试图以它来搭救我们,打开我们的耳朵。"②相对于视觉对空间维度的倚重,听觉需要在时间维度上来达成人与世界相遇时刻的深度对话与交流。如果说"观看"的实现以一

①　特里·伊格尔顿.历史中的政治、哲学、爱欲[M].马海良,译.北京:中国社会科学出版社,1999:54.

②　沃尔夫冈·韦尔施.重构美学[M].陆扬,张岩冰,译.上海:上海译文出版社,2002:209.

定的距离为前提,那"倾听"则是对距离的取消,"倾"字也暗示出亲近对方的努力。"倾听"起源于对他者世界的参与冲动,表达的是听者对于对方的深切关怀。通过"倾听",听觉把听者与被听者连为一体并实现了双向交接与互融,对此,D. M. 列文曾有精辟的论述,"当我倾听他人时我也能听到自己:即在他人身上或者他人的立场上,我能够听到我自己。反之一样真实。当我倾听自己时我也能听到他人;在我身上,我能够听到他人或者他人的立场。在我自己和他人之间,存在着回声和共鸣:当他们变得能够听见时,那些携带着足够能量的极其深沉的反响将会解构我们的自我逻辑主体所铸成的界限和盔甲:这些反响将混合、掺杂、甚至颠倒我们的角色身份"①。中国传统文化无论是重伦理的儒家还是重感悟的道家,都尊崇听觉的认知范式,中国古代文学艺术也同样视听觉范式为最高的审美理想,轻视对现实直观与仿真式的拟写,这在传统戏曲与绘画中体现得尤其显著,写意与模糊化的景象设计引导观者从外在的注视转向内在的领会,调动听觉等感官共同参与以期深入观者的心灵层面来激发丰富的想象与情感。古代诗歌所崇尚的"诗书画一体"中的"书画"是为了"诗"意的彰显而存在,视觉形象的给定为声音的最终到场创设先期条件,也就是说,阅读者通过形象的"观看"来寻找进入对方世界的通道,但要完成彼岸意义的抵达须从"聆听"开始,因为聆听是一种创造的过程,聆听时刻,想象、情感与意志等内在能力就会迫使灵魂出场从而真正实现了两个世界的深度对接。

在人类文明历史的进程中,由语言与文本型构的文化活动承载着人类社会共同的精神希冀,数千年来,作为文化精神的主要传播载体,文学通过言说与倾听、书写与阅读陪伴着人们度过了漫漫长夜。中国古代文学一直没有脱离口头文学的痕迹,从起初的口传叙事到后来的"书写时代"的章回小说,口传与倾听的经验得到了充分尊重。在过去,困顿的人们坚守于每一个寒冷的夜晚,在说书艺人对故事的激情讲述中感受时间的温暖,或是通过祖父辈的口耳相传来憧憬遥远而又神秘的世界,讲述人既是文化与知识的传播者,又是历史记忆的承担者,历史记忆把人安放在其生成的时间性生存中来获取主体存在的价值和意义,历史资源与历史时间的同时在场确保存在主体穿越自

---

① 路文彬.视觉时代的听觉细语[M].合肥:安徽教育出版社,2007:39.

我现实生存的平面化与瞬间化,最终指向自我超越的可能,历史记忆正是通过对故事的讲述与倾听来维持激动人心时刻的持续到达。当然,当代文学不可能重新回到过去的讲述现场,但写作必须成为作家自我生命对历史的承担方式,写作一方面要恢复生存主体与历史存在独特而深刻的内在联系,另一方面通过个人、现实与历史的摩擦与冲突为我们打开一个内在生存所需要的情感、价值与信仰实现的精神世界。耿占春在分析中外文学经典时说,无论是《悲惨世界》《战争与和平》,还是《母亲》《红岩》,小说的叙事结构都深刻地依赖于历史中的希望原则和它所虚构的历史时间,只有在历史的乌托邦结构和历史时间中,小说人物才能获得一种性格上的道义力量,获得一种命运感。历史意识的激活与恢复可以有效地赋予存在主体抵抗沉沦的能力,把自我从空间化叙事导致的欲望游戏中拯救出来,并有效地克服文学被文化工业整编为市场与消费青睐的时尚符号。

布尔迪厄曾说:"为了实现统治总是应该调动更多的技术的和理性的资源和证据,而被统治者也应该越来越多地利用理性反抗越来越合理化的统治形式。"[①]听觉理性所召唤的宁静与谦恭姿态使文学更能亲近与聆听历史与生命深处的无限与自由,使文学在面对宇宙芸芸众生时更容易恢复思考的力量和一种悲天悯人的忧郁情怀,忧郁不是别的,是伦理学视域中的与道德相关的一种心理情绪,"与恐惧不同,忧郁是一种向上的倾向,向存在的高度的倾向,是因为没有在高处而感到的一种痛苦"[②]。相对于快乐的肤浅与遗忘趋向,忧郁选择承受与记忆,是种更为深刻与清醒的自觉意识,忧郁提示的是对日常世界的不满和对另一更高世界的渴望,它始终指向此岸世界的焦虑和彼岸世界的关切。别尔嘉耶夫还把忧郁与敬畏联系在一起,并指出了它们与"善"相关联的伦理特征。"敬畏更接近灵魂的羞涩。敬畏是一种畏,这种畏的对象并不取决于其危险的方面,而是同时享有尊重、爱或崇敬,但在任何情况下,它都是作为一种高级的肯定价值的载体被感觉和被给定。"[③]舍勒从羞

---

① 皮埃尔·布尔迪厄.帕斯卡尔式的沉思[M].刘晖,译.北京:生活·读书·新知三联书店,2009:90.

② 尼古拉·别尔嘉耶夫.论人的使命 神与人的生存辩证法[M].张百春,译.上海:上海人民出版社,2007:179.

③ 马克斯·舍勒.价值的颠覆[M].罗悌伦,林克,曹卫东,译.北京:生活·读书·新知三联书店,1997:194.

耻感层面对敬畏意识所具有的伦理品质的分析对匡正文学视觉化与欲望化趋势具有重要的借鉴价值,敬畏通过爱和尊重发现了"世界的价值深度"(舍勒语),并提升了人的道德指标与伦理素质,这种对宇宙自然、生命与历史保持神圣感和谦卑姿态符合听觉理性的内在要求。

需要说明的是,本文弘扬听觉理性来对视觉理性进行抵制不是对出于作者一厢情愿式的偏爱,更不是希冀视听觉之间单纯的权力转换,而是努力谋求视觉理性与听觉理性的融合共生。事实上,中国当代文学在结合视听觉,突破视觉思维单一化的约束方面做出了不懈的努力,比如,莫言的《透明的红萝卜》、张炜的《九月寓言》、白连春的《背叛》和一部分"后新历史主义"小说等等都取得了不错的成绩。我们坚信,如果实现了视听觉的互助互补,和谐共生,我们的文学定能突破视觉时代的文化围困,重构自己的生存方式与美好未来。

附录1 视觉时代的文化逻辑与文学生存

[**内容摘要**] 视觉时代是针对后现代社会文化形态的一种指称。在后现代社会,当消费主义成为视觉时代的文化意识形态,其所培植的欲望与享乐也必然是视觉文化的逻辑构成。在此,以言说与倾听、书写与阅读为主导的文学运作模式让位于仿真、观看为主宰的商品生产与消费模式,文学遭罹挤抑或被放逐或走向视觉化,被文化工业整合设计为一种商品类型。针对视觉霸权的肆意扩张,建议旌扬听觉文化来重塑整个社会文化结构与文学构境,视听觉的同谋共生,文学定能重构自己的生存方式与美好未来。

[**关 键 词**] 视觉时代;文化逻辑;欲望;听觉;历史记忆

视觉时代是针对后现代社会文化形态的一种指称,后现代社会的文化生产、消费与日常文化生活被认为与视觉性事件密切相关,表现视觉性事件的图画、影视、网络等现代技术通过图像行动最终实现了视觉文化的生成与弥漫。尼古拉斯·米尔佐夫直接把视觉时代的文化指认为后现代文化,把后现代解释为视觉化的时代——现代文化的危机时刻,"它暗示着后现代是由现代主义和现代文化——它们自身的视觉化策略失败了——所引发的危机。换句话说,创造了后现代性,正是文化的视觉危机,而不是其文本性"[1]。后现代社会,视觉图像为大众化消费提供了有利途径,消费主义反过来又推动视像文化产业的发展壮大,视觉文化与当下消费模式的互助互动,促成了后现代社会文化生存及文化运作模式的重大转向,米尔佐夫对视觉化时代的激烈言词,透射出后现代社会视觉文化的统治地位及传统文化的尴尬处境,尤其是传统文学在遭罹挤抑与颠覆之后,文学的生存方式与发展前景成为当下学术研究的紧迫课题。

毋庸置疑，我们所生活的社会已处于影视、网络、摄影等电子媒介的包围之中，我们的生活经验与日常行为越来越依赖于视觉行为，从医学诊断、场所监督、感知世界、获取知识到文学阅读等等，日常生存方式的全方位视觉化与具象化，提示着一个视觉化时代的到来，因为"这绝非日常生活的一部分，而正是日常生活本身"[2]。由此，米尔佐夫宣称："作为文本的世界已经被作为图像的世界所取代。"[3]其实，早在 20 世纪 30 年代，海德格尔就认为我们正进入世界图像时代。"世界图像并非意指一幅关于世界的图像，而是指世界被把握为图像了。"[4]法兰克福学派的代表人物本雅明认为："复制技术把所复制的东西从传统领域中解脱出来，由于它制作了许许多多的复制品，因而，它就用众多的复制物取代了独一无二的存在。由于它使复制品能为接受者在其自身的环境中去加以观赏，因而它就赋予了所复制对象以现实的活力，这两方面的进程导致了传统的大崩溃——作为与现代危机对应的人类继往开来的传统大崩溃，它们都与现代社会的群众运动密切相连，其最有力的工具就是电影。"[5]显然，电影作为一种全新的艺术呈现方式，刷新了人类的视觉体验与感受，成为视觉文化崛起的表征。匈牙利电影理论家巴拉兹的"视觉文化概念"就是基于电影而提出的。在电影之前，人类社会还存在着两种文化样式，一种是"说故事"类的口传文化，另一种是以小说、新闻为主要形式的印刷文化。讲故事是农耕文明最重要的文化手段，对故事的讲述由言语行为来承担；随着印刷技术的蓬勃发展，印刷媒介符号提供了主体不在场交流的可能，但印刷文化带来的对世界感知与沉思也主要借助语言来实现，因此说，它们都是以语言为中心的文化。相比较，影视通过图像来传递信息、解释世界，改变了以往以语言行为为主的交往方式，标志了另一种文化形态的出场。

"情况确实如此，当代文化已渐渐成为视觉文化而不是印刷文化。这种变化的根源与其说是作为媒介的电影和电视，不如说是 19 世纪中期人们开始感觉到的新的地理和社会流动感，而新的美学就是对此的反应。"[6]丹尼尔·贝尔从社会学和美学角度发现了视觉化时代的文化动因，其"新的美学"理念与后现代社会思想状况密切相关，后现代社会的消费模式把"新的美学"整合进来，生成法国哲学家居伊·德波所确认的"景观社会"的文化特征。在他看来，"在现代生产条件盛行的社会中，生活的方方面面以无限堆积的景观的方式呈现自身。曾经直接存在的、鲜活的一切已经全部转化为再现，在影像充斥的时代,景观成为当今社会的主要生产内容"[7]。对德波而言,后现代社会是一个"景观"的消费社会,大众传媒成为景观社会的原动力,媒介通过技术的不断革新与提升使观看者沉浸在技术理性所创造出的影像幻觉中。法国另一著名后现代哲学家让·波德里亚把当下的传播媒介理解为后现代社会特有的"代码",目前受这个代码支配的阶段的主要模式是"仿真",整个社会完全按照仿真或仿像的原则组构,并处于这一原则的控制之下。"以前,现实原则对应于价值规律的某个阶段。今天,全部系统都跌入不确定性,任何现实都被代码和仿真的超级现实吸收了。以后,仿真原则将代替过去的现实原则来管理我们。目的性消失了,我们将由各种模式生成。不再有意识形态,只有一些仿像。"[8]仿像,说到底就是影像或视觉符号,它们以代码的形式消解了以往文化艺术对现实的指涉关系并代之于视觉符号的自我指涉,符号内部的能指与所指的确定性,也就是价值规律时期的真切现实被不确定性所取代,仿像成为一切代码/符号生产的最高原则,后现代社会就是大量生产仿像的时代,因此,我们也可以把这样的时代称为"仿像时代",或者"视觉时代"。

视觉文化被后现代主义者指认为现代性断裂之后的文化表征,视觉行为成为后现代社会最基本的实践形式和生存形态,它试图通过事物的见证来实现对客观世界的"祛魅"行动。正如韦伯所说的,"我们这个时代,因为它所独有的理性化和理智化,最主要的是因为世界已经除魅,它的命运便是,那些终极的、最高贵的价值,已从公共生活中销声匿迹"[9]。理性与理智化本是现代性话语,是启蒙主体所操持的精神手段与思想器具,秉从启蒙理想来构建人文世界的新秩序,给现代生活赋予价值与意义。但启蒙理性最终被技术理性所取代,技术理性所驱动的科技进步形成视觉时代发生的前提和动力,"再也没有什么神秘莫测、无法计算的力量在起作用,人们可以通过计算掌握一切。而这就意味着为世界除魅"[10]。科技理性给"世界除魅"的过程就是去神秘化与再世俗化的过程,它让世界只对眼睛负责,"但这种成效却丝毫没有道说允诺理性和非理性以可能性的东西。效果证明着科学的理性化的正确性。但是可证明的东西穷尽了存在者的一切可敞开性吗?对可证明之物的固守难道没有阻挡通达存在者的道路吗?"[11]海德格尔的表述意味着对科技与视觉思维方式的质疑与否定,此种功利主义的理性完全摈弃了存在的"诗意"要素,空缺对存在与情感可能性的抚摸与思考,霍克海默也恰恰从这一点上出发认为"技术文明危及了进行独立思考的能力本身"[12]。

科技理性的另一重要后果是文化成为商品，成为市场上可供交换和消费的符码。日益更新的复制及仿真等技术有力地支撑了文化工业的勃兴，文化工业借助资本与市场来使其视觉文化产品进入商品流通领域并通过审美包装以期获取文化资本的增值。"文化工业引以为自豪的是，它凭借自己的力量，把先前笨拙的艺术转换成为消费领域以内的东西，并使其成为一项原则，文化工业抛弃了艺术原来那种粗鲁而又天真的特征，把艺术提升为一种商品类型。"[13]文化工业对视觉文化产品的复制、推销与贩卖，必定"使艺术成为普通的、廉价的、快速的消费品。"[14]而消费大众以即时、瞬间的娱乐体验为价值指归，倾向将文化产品处理为世俗生活中的日用商品，视觉文化产品被迫迎合大众消费趣味和世俗欲望，为追求无限的资本增值与经济盈利，自觉地放弃文化的深度模式与精英立场，拆除主体意识，以感官层次的娱乐诉求来为指归。"在文化经济中，流通过程并非货币的周转，而是意义和快感的传播。消费者就是意义和快感的生产者，商品成为了文本，一种具有潜在意义和快感的话语结构。"[15]以广告为例，它的功能不仅仅简单地指向对产品的推销与服务，生产某种象征意义与欲望才是其设计的终极目标。周宪认为："视觉消费实际上就是环绕种种商品形象的目光注视、观看和追踪，而广告也好，橱窗也好，都不过是对欲望的生产和满足，无论是实际的满足抑或是虚幻的满足。"[16]可见，视觉文化是为欲望生产和欲望消费的文化，也是肤浅与媚俗的文化，消费主义成为后现代社会的文化意识形态，其所培植的欲望与享乐也必然是视觉文化的逻辑构成，没有欲望的培植、满足与消费，也就没有视觉文化的盛行。

正是技术理性的无限膨胀，直接的生活体验及真实的生活诸种关系被虚拟或取代，也就是说，生活成为媒介的制造物，成为由技术性装置所呈现的景观。"景观本身就是麻醉主体的'鸦片'"，"人们沉浸在迷人的影像世界和令人陶醉的娱乐形式中，变得麻木和顺从"。[17]消费大众躲藏在虚幻的媒介影像中忘我地体验廉价而又低俗的煽情表演，忘却了现实困境与存在危机，更忘却了对事件反思、内省与批判的存在责任。视觉文化将政治、经济与文化等多重权力共谋媾和，为消费者提供一个实现欲望宣泄、身份炫耀、文化区隔与认同的欲望空间，并通过快乐方式的不断生产来构建无形的消费控制网络。

因为"人们越是彻底地认同控制他们的环境,越是热情地接受支配性意识形态为他们建构的从属性,他们的快乐也就越大。尽管一个人在让自己尽可能愉快地适应支配性意识形态实践的过程中有一种快乐,它也是一种被抑制的快乐,这种快乐并不能成为抵制和对抗的理由"[18]。菲斯克对这种"快乐"麻木与被形塑奴役品性的指认,可以窥见当代布尔乔亚统治的秘密,欲望与享乐的消费体验承担了筑模现世生活本身的"一体化"意识形态整合功能,视觉文化通过文化"赋意"的形式将单纯的商品物质消费置换成顺役型的文化实践,以给予"快乐"的名义用符号象征结构来构筑崭新的操纵语境,"温柔地对你进行掠夺"[19]。

实际上,迷醉与快乐感在很大程度上被理解为视觉文化商品赋予的一种心理情感与幻觉。坎贝尔在论述时尚的文化现象时说:"自我陶醉的享乐主义代表了一种寻求快感的方式,将注意力集中在虚构的刺激物和刺激物带来的隐秘的快感上。"[20]时尚就是这种生产"迷醉与快感"的典型的视觉符号,它借助特定的形象和外观来传递意义与欲望。时尚是现代制造业与文化传播公司合谋设计的产物,其首先通过广告等大众传媒手段把物品进行虚构,然后再"通过消费者对其话语的认同而变成日常生活中的真实事件"[21]。在广告无限重复的叙事活动中,真实与被广告所制造出来的符号价值的幻境之间的界限被彻底删除,只剩下诱劝式的美学图景和欲望情境,深潜于消费者的无意识心理结构中。"时尚的魅力在于,它受到社会圈子的支持,一个圈子内的成员需要相互的模仿,因为模仿可以减轻个人美学与伦理上的责任感;时尚的魅力还在于,无论通过时尚因素的扩大,还是丢弃,在这些原来就有的细微差别内,时尚具有不断产生的可能性。"[22]作为视觉符号的时尚,利用符号话语制造出来的暗示性结构意义和符号价值来支配消费欲望,视觉时尚商品通过区隔功能对消费者所处的社会阶层重新划分归类,消费者对时尚商品的消费,购买的不是有形的消费品,而是某种象征符码意义。"变成消费对象的是能指本身,而非产品;消费对象因为被结构化成一种代码而获得了权力。"[23]这样,消费者便乐而不疲地沉浸于此种"权力"滋生的情感幻觉中,把时尚文化商品视为躲避社会风险与伦理责任的温馨处所,视为能够无限提供快感抚摸的欲望之城。

一、视觉文化冲击下的文学形态

对人类思维而言,人们一开始就试图通过集体表象来共同把握所面对的神秘世界。在古希腊,先哲们更倾向于把对真理的探讨与视觉联系起来,著名哲学家亚里士多德说:"在诸感觉中,尤重视觉。无论我们将有所作为,或竟是无所作为,较之其他感觉,我们都特爱观看。理由是:能使我们识知事物,并显明事物之间的许多差别,此于五官之中,以得于视觉者为多。"[24]正是西方文化对视觉的信任,决定了此后的哲学话语始终将求知的可靠性建立在眼睛的观看行为之上。奥古斯丁就明确指出眼睛在五官中所具有的超越性地位,他说:"眼是身体感官中最优秀的,尽管它在种类上与心智智观有异,却是与它最为亲近的。"[25]在他们看来,对事物观看的方式是通往事物真相的合法与有效的途径,视觉认知方式能代替其他感官使观者更容易接近审美领域。海德格尔的真理观也与视觉认知联系在一起,真理一词包含"开启"和"去蔽"之意,这无不与眼睛的功能有关,事物的"无蔽"状态是眼睛实施观看行为的最终目标,它试图把事物从不可见的黑暗区域中解救出来,使之处于光照之下,处于澄明之境。"真理乃是存在者之解蔽,通过这种解蔽,一种敞开状态才成其本质。一切人类行为和姿态都在它的敞开域中展开。"[26]可见,视觉使"真理"成为可能,它争取到的光亮领域维护了世界的真实性,并对美的自身显现提供了条件。"自行遮蔽着的存在便被澄亮了。如此这般形成的光亮,把它的闪耀嵌入作品之中。这种被嵌入作品之中的闪耀(Scheinen)就是美。美是作为无蔽的真理的一种现身方式。"[27]艺术作品的美同样起源于视觉行为,其本身的光亮特性让我们联想到英国美学家克莱夫·贝尔著名的美学论断:"在各种不同的作品中,线条、色彩以及某种特殊方式组成某种形式或形式间的关系,激起我们的审美感情。这种线、色的关系和组合,这些审美的感人的形式,我称之为有意味的形式。'有意味的形式',就是一切视觉艺术的共同性质。"[28]"有意味的形式"指艺术以某种特殊的表现方式组成自身特有的形式及形式间的关系,它用来唤起观众的审美感知与情感体验。"有意味的形式"是现代性的产物,是视觉依赖观念在审美艺术上的极端显现,可以把它作为海德格尔的"闪耀"论的简单化注释。

总之,西方哲学与美学似乎一刻也未曾中断过对视觉与"光"的倚重,"存在主义、现象学或是结构主义这些当代哲学的显学,无一不是被某种深邃而灼热的目光笼罩着"[29]。的确,"直观""照亮""澄明""敞开"等视觉词汇贯穿起西方的各种哲学思想理念,"思"也被法国思想家梅洛-庞蒂称作"看的思维",列维纳斯则把"我思"归于"光"的属性,甚至意义也"意味着光亮"。在他看来,"我们用'视觉'和'光照'来讨论一切感性的或知性的理解:我们'看到'一个物体的硬度,一盘菜的滋味,一瓶香水的气味,一件乐器的音色,一条定理的正确性。自柏拉图以来,无论光照来自可感知的太阳还是可理解的太阳,它都制约着、决定着一切存在。无论它们与领悟能力之间相去多远,知、情、意都首先是经验、直觉、明视或力图变得明晰的视觉"。[30]列维纳斯对逻各斯视觉思维模式的认定无疑指明了西方思想、文化与哲学思维的逻辑起点与实践形式。

当真理被理解为只有通过眼睛或光亮所抵达的"无蔽"状态时,其生成的思维方式和意识形态力量必然渗透到现代性的文化场域中,并全面覆盖与篡改了现代文化的权力格局,进而彻底颠覆传统与现代主义文化所建构起来的文学生成及运行方式。以言说与倾听、书写与阅读为主导的文化及文学运作模式让位于仿真、复制与观看为主宰的影像商品生产与消费模式,世界从"一部书"(米尔佐夫把传统社会理解为一部书)转换为一方欲望展演的仪式化舞台。"世界正在被展现为一部没完没了的肥皂剧。文学曾经拥有的'世袭领地',已经被铺天盖地蜂拥而至的图像大军大面积地蚕食和鲸吞。文化运作的模式发生了根本性的转变,话语霸权已经让位给图像霸权或电视霸权,因此,从精英话语到大众文化消费,文学遭受到的是双重的颠覆。"[31]事实上,在视觉文化挤抑与围困之下,文学或被放逐或走向视觉化,被文化工业整合进自我建构的生产与运行秩序中自觉成为一种商品类型。这样,进入消费领域中的文学已无法恪守纯粹自律的艺术疆界和对抗性的话语范式,不再把启蒙理性、主体自由、伦理精神等元话语追求设定为合法的审美鹄的,而是通过与资本市场和文化工业的共谋来重新确立自我的文化精神和世俗价值。当然,文学的这种价值转型自然归因于视觉文化权力结构的利诱与招降,同时也表现为其自身在消费主义语境下对欲望和享乐的文化认同。布尔迪厄认为文学是象征资本对抗政治资本和经济资本的结果,但是"象征资本开始不被承认,继而得到承认,而且合法化,最后变成了真正的'经济资本',从长远来看,它能够在某些条件下提供'经济'利益"[32]。"从'纯'艺术转向'资产阶级'艺术或'商业'艺术时,经济利益就会增加,而特殊的利益会朝着相反的方向发展。"[33]这就说明在以感性欲望、身体享受和快感消遣为主导价值指向的视觉时代,由于"经济资本"和商业逻辑的篡改与褫夺,文学艺术自律注定只能成为空洞而又渺茫的话语表演。

商业美学法则对日常生活的浸淫与电子媒介对视像符号的生产与传播共同消解了文学艺术与日常生活的界限,文学生活化和生活审美化统一于一种对无限到来的欲望化的消费幻觉中。生活化取消了生活现实上升为艺术理想的必要距离,审美化降解了文学的超越性品格,同时把生活置换为无限制的愉悦形象,"生活化的审美文化活动最后变成纯粹的消费活动——文化的享乐"[34]。形象的愉悦展演为现实落空的消费欲望的虚妄满足,借此,文学把生存主体滞留在视像游戏中,从而完成了对生命存在与生存意义的双重遗忘。可以看出,艺术向游戏的退落指示出文学突破时间链条的瞬时存在形态,游戏的即时性只提供安抚情感的偶然场所,文学艺术与日常生活浅表层次的视觉媾和阻隔了历史意识的出场,由于失去了历史连续性的深层关联,瞬间只能成为非历史平面上的空间拼图。在此意义上,时间被空间化,也就是说,文学叙述因为时间的碎片化而陷落在无数零散化的欲望瞬间中,繁衍为纯粹的能指游戏。詹明信说:"后现代主义现象的最终的、最一般的特征,那就是,仿佛把一切都彻底空间化了,把思维、存在的经验和文化的产品都空间化了。"[35]费瑟斯通也认为:"历史通过空间形式外化出来,随着艺术流派之间,以及高雅艺术、大众艺术和艺术的商业形式之间出现的混合杂交,审美等级及其发展被毁弃了。"[36]有理由相信,文学的空间化出示了文学典型的视觉化特性,它通过对文学话语的生产来实现对"观看者"的欲望引领,但欲望的无限欲求带来话语无限制的增值,能指过剩叙述拒绝了对历史记忆的眷顾只能走向自我生命与情感的耗尽,"'情感的消逝'可以理解为现代主义文艺观念中'时间''时间性'以至于 dureé、记忆等主题的消逝"[37]。

时间的空间化使叙事游戏最终转换为语言游戏,叙述游戏通过叙述的混乱来打破文法的逻辑目的来实现,并且把语言从能指与所指的确定关系中解放出来,能指与所指的分裂引爆了直观语义的超量繁殖,语词仿佛成为非连续的、粘贴着非人道形象的视觉符号,每一个词"都是逆料不到的客观物,一个飞出所有语言潜伏性的潘多拉匣子"[38]。这样,文学语言不再是主体建构的诗意家园,亦无法对存在整体性和意义中心做出话语承诺。福柯因此说,"在语言的种种可能性的极端性游戏中,浮现出来的是人已经'走到终点'的景象"[39]。在此终点上,语言阻止了自我对世界的指涉可能,已异化为"他者"的存在物。在叙事游戏中,语言不可避免地被物化,文学借以沦陷为一种非理性的极端冷漠和无情的话语堆砌。文学家对冷漠叙述的主动选择可能包含了更多的欲望压力下的放纵策略。比如暴力、色情、贪婪和畸变事件的展演,一方面是为猎奇心理来刺激视觉消费欲望,另一方面预设了弱者对敬畏与神圣等超越性体验被解构后的虚幻满足。文学正是通过对放纵形象的视觉化完成了对视觉化形象的放纵,"在某种意义上,这样的小说显示了在一个直接感官刺激和模拟越来越多、复杂感官混合体越来越多的世界中文字自足性的最后瓦解"[40]。文字废墟化,只剩下感官享乐和欲望冲动,面对如此的审美仪式,阅读者被指定为无意义游戏的对象而被彻底阉割为纯粹的看客。叙事游戏把阅读个体带入历史遗忘的"观看"瞬间,在这欲望化的时刻,语言的能指表演取代了自我建构的深度体验,无限的观看,成为最后的风景与仪式。

二、旌扬听觉文化,重建文学"视—听"生存模式

面对视觉时代的文化转型与审美变异,面对文学日益严重的技术化与商品化的危机情势,我们究竟该秉持怎样的艺术立场来坚守文学的诗意领地,究竟该构筑怎样的话语逻辑与信念来重新确证文学的发展前景?本文认为,针对视觉霸权的肆意扩张,建议旌扬听觉文化来重塑整个社会文化结构与文学构境,"因为在技术化的现代社会中,视觉的一统天下正将我们无从逃避地赶向灾难,对此,唯有听觉与世界那种接受的、交流的,以及符号的关系,才能扶持我们。堕落还是得救,灾难还是拯救——这就是不同选择的图景,人们正试图以它来搭救我们,打开我们的耳朵"[41]。相对于视觉对空间维度的倚重,听觉需要在时间维度上来达成人与世界相遇时刻的深度对话与交流。如果说"观看"的实现以一定的距离为前提,那"倾听"则暗示出亲近对方的努力。"倾听"起源于对他者世界的参与冲动,表达的是听者对于对方的深切关怀。通过"倾听",听觉把听者与被听者连为一体并实现了双向交接与互融。

"当我倾听他人时我也能听到自己：即在他人身上或者他人的立场上，我能够听到我自己。反之一样真实。当我倾听自己时我也能听到他人；在我身上，我能够听到他人或者他人的立场。在我自己和他人之间，存在着回声和共鸣：当他们变得能够听见时，那些携带着足够能量的极其深沉的反响将会解构我们的自我逻辑主体所铸成的界限和盔甲：这些反响将混合、掺杂，甚至颠倒我们的角色身份。"[42]中国传统文化无论是重伦理的儒家还是重感悟的道家，都尊崇听觉的认知范式，中国古代文学艺术也同样视听觉范式为最高的审美理想，轻视对现实直观与仿真式的拟写，这在传统戏曲与绘画中体现得尤其显著，写意与模糊化的景象设计引导观者从外在的注视转向内在的领会，调动听觉等感官共同参与以期深入观者的心灵层面来激发丰富的想象与情感。古代诗歌所崇尚的"诗书画一体"中的"书画"是为了"诗"意的彰显而存在，视觉形象的给定为声音的最终到场创设先期条件，也就是说，阅读者通过形象的"观看"来寻找进入对方世界的通道，但要完成彼岸意义的抵达须从"聆听"开始，因为聆听是一种创造的过程，聆听时刻，想象、情感与意志等内在能力就会迫使灵魂出场从而真正实现了两个世界的深度对接。

在人类文明历史的进程中，由语言与文本型构的文化活动承载着人类社会共同的精神希冀，数千年来，作为文化精神的主要传播载体，文学通过言说与倾听、书写与阅读陪伴着人们度过了寂寥而又困苦的漫漫长夜。中国古代文学一直没有脱离口头文学的痕迹，从起初的口传叙事到后来的"书写时代"的章回小说，口传与倾听的经验得到了充分尊重。在过去，困顿的人们坚守于每一个寒冷的夜晚，在说书艺人对故事的激情讲述中感受时间的温暖，或是通过祖父辈的口耳相传来憧憬遥远而又神秘的世界，讲述人既是文化与知识的传播者，又是历史记忆的承担者，历史记忆把人安放在其生成的时间性生存中来获取主体存在的价值和意义，历史资源与历史时间的同时在场确保存在主体穿越自我现实生存的平面化与瞬间化，最终指向自我超越的可能，历史记忆正是通过对故事的讲述与倾听来维持激动人心时刻的持续到达。当然，当代文学不可能重新回到过去的讲述现场，但写作必须成为作家自我生命对历史的承担方式，写作一方面要恢复生存主体与历史存在独特而深刻的内在联系，另一方面通过个人、现实与历史的摩擦与冲突为我们打开一个内在生存所需要的情感、价值与信仰实现的精神世界。耿占春在分析中外文学经典时说,"无论是《悲惨世界》《战争与和平》,还是《母亲》《红岩》,小说的叙事结构都深刻地依赖于历史中的希望原则和它所虚构的历史时间,只有在历史的乌托邦结构和历史时间中,小说人物才能获得一种性格上的道义力量,获得一种命运感"[43]。历史意识的激活与恢复可以有效地赋予存在主体抵抗沉沦的能力,把自我从空间化叙事导致的欲望游戏中拯救出来,并有效地克服文学被文化工业整编为市场与消费青睐的时尚符号。

布尔迪厄曾说:"为了实现统治总是应该调动更多的技术的和理性的资源和证据,而被统治者也应该越来越多地利用理性反抗越来越合理化的统治形式。"[44]听觉理性所召唤的宁静与谦恭姿态使文学更能亲近与聆听历史与生命深处的无限与自由,使文学在面对宇宙芸芸众生时更容易恢复思考的力量和一种悲天悯人的忧郁情怀,忧郁不是别的,是伦理学视域中的与道德相关的一种心理情绪,"与恐惧不同,忧郁是一种向上的倾向,向存在的高度的倾向,是因为没有在高处而感到的一种痛苦"[45]。相对于快乐的肤浅与遗忘趋向,忧郁选择承受与记忆,是种更为深刻与清醒的自觉意识,忧郁提示的是对日常世界的不满和对另一更高世界的渴望,它始终指向此岸世界的焦虑和彼岸世界的关切。别尔嘉耶夫还把忧郁与敬畏联系在一起,并指出了它们与"善"相关联的伦理特征。"敬畏更接近灵魂的羞涩。敬畏是一种畏,这种畏的对象并不取决于其危险的方面,而是同时享有尊重、爱或崇敬,但在任何情况下,它都是作为一种高级的肯定价值的载体被感觉和被给定。"[46]舍勒从羞耻感层面对敬畏意识所具有的伦理品质的分析对匡正文学视觉化与欲望化趋势具有重要的借鉴价值,敬畏通过爱和尊重发现了"世界的价值深度"(舍勒语),并提升了人的道德指标与伦理素质,这种对宇宙自然、生命与历史保持神圣感和谦卑姿态符合听觉理性的内在要求。

需要说明的是,弘扬听觉理性来对视觉理性进行抵制不是对出于作者一厢情愿式的偏爱,更不是希冀视听觉之间单纯的权力转换,而是努力谋求视觉理性与听觉理性的融合共生。事实上,中国当代文学在结合视听觉,突破视觉文化单一化的抑束方面做出了不懈的努力,比如,莫言的《透明的红萝卜》、张炜的《九月寓言》和一部分"后新历史主义"小说等等都取得了不错的成绩。我们坚信,如果实现了视听觉的互助互补,和谐共生,重建文学"视一听"生存模式,我们的文学定能突破视觉时代的文化围困,重构自己的生存方式与美好未来。

参考文献

[1] 尼古拉斯·米尔佐夫.视觉文化导论[M].倪伟,译.南京:江苏人民出版社,2006:3.

[2] 尼古拉斯·米尔佐夫.视觉文化导论[M].倪伟,译.南京:江苏人民出版社,2006:1.

[3] 尼古拉斯·米尔佐夫.视觉文化导论[M].倪伟,译.南京:江苏人民出版社,2006:7.

[4] 马丁·海德格尔.林中路[M].孙周兴,译.上海:上海译文出版社,2004:91.

[5] 本雅明.机械复制时代艺术作品[M].王才勇,译.杭州:浙江摄影出版社,1996:8.

[6] 丹尼尔·贝尔.资本主义文化矛盾[M].严蓓雯,译.南京:江苏人民出版社,2007:111.

[7] 居伊·德波.景观社会评论[M].梁虹,译.桂林:广西师范大学出版社,2007:4.

[8] 让·波德里亚.象征交换与死亡[M].车槿山,译.南京:译林出版社,2006:3.

[9] 马克斯·韦伯.学术与政治[M].冯克利,译.北京:生活·读书·新知三联书店,1998:48.

[10] 马克斯·韦伯.学术与政治[M].冯克利译,北京:生活·读书·新知三联书店,1998:29.

[11] 海德格尔.面向思的事情[M].陈小文,孙周兴,译.北京:商务印书馆,1999:18.

[12] 马克斯·霍克海默.反对自己的理性:对启蒙运动的一些评价[M]//詹姆斯·施密特.启蒙运动与现代性.徐向东,卢华萍,译.上海:上海人民出版社,2005:368.

[13] 马克斯·霍克海默,西奥多·阿道尔诺.启蒙辩证法[M].渠敬东,曹卫东,译.上海:上海人民出版社,2006:121.

［14］彭亚非.图像社会与文学的未来［J］.文学评论,2003(5).

［15］约翰·费斯克.理解大众文化［M］.王晓钰,等,译.北京:中央编译出版社,2001:33.

［16］周宪.视觉文化的转向［M］.北京:北京大学出版社,2008:111.

［17］居伊·德波.景观社会评论［M］.梁虹,译.桂林:广西师范大学出版社,2007:9.

［18］约翰·菲斯克.解读大众文化［M］.杨全强,译.南京:南京大学出版社,2006:136.

［19］让·波德里亚.冷记忆2［M］.张新木,李万文,译.南京:南京大学出版社,2009:8.

［20］坎贝尔.求新的渴望［M］//罗钢,王中忱,主编.消费文化读本.北京:中国社会科学出版社,2003:280.

［21］让·波德里亚.消费社会［M］.刘成富,全志钢,译.南京:南京大学出版社,2008:119.

［22］齐奥尔格·西美尔.时尚的哲学［M］.费勇,吴蕾,译.北京:文化艺术出版社,2001:92.

［23］波斯特.第二媒介时代［M］.范静哗,译.南京:南京大学出版社,2000:144.

［24］亚里士多德.形而上学［M］.吴寿彭,译.北京:商务印书馆,1959:1.

［25］奥古斯丁.论三位一体［M］.周伟驰,译.上海:上海人民出版社,2005:284.

［26］海德格尔.路标［M］.孙周兴,译.北京:商务印书馆,2007:219.

［27］马丁·海德格尔.林中路［M］.孙周兴,译.上海:上海译文出版社,2004:43.

［28］克莱夫·贝尔.艺术［M］.薛华,译.南京:江苏教育出版社,2005:4.

［29］路文彬.视觉文化与中国文学的现代性失聪［M］.合肥:安徽教育出版社,2008:20.

［30］列维纳斯.从存在到存在者［M］.吴蕙仪,译.南京:江苏教育出版社,2006:47.

［31］彭亚非.图像社会与文学的未来［J］.文学评论.2003(5).

［32］皮埃尔·布尔迪厄.艺术的法则——文学场的生成和结构［M］.刘晖,译.北京:中央编译出版社,2001:147.

［33］皮埃尔·布尔迪厄.艺术的法则——文学场的生成和结构［M］.刘晖,译.北京:中央编译出版社,2001:298.

［34］肖鹰.形象与生存——审美时代的文学理论［M］.北京:作家出版社,1996:14.

［35］詹明信.晚期资本主义的文化逻辑［M］.冯克利,译.北京:生活·读书·新知三联书店,1997:293.

［36］费瑟斯通.消费文化与后现代主义［M］.刘精明,译.南京:译林出版社,2000:100.

［37］詹明信.晚期资本主义的文化逻辑［M］.北京:生活·读书·新知三联书店,1997:450.

［38］罗兰·巴特.符号学美学［M］.董学文,王葵,译.沈阳:辽宁人民出版社,1987:168.

［39］肖鹰.形象与生存——审美时代的文学理论［M］.北京:作家出版社,1996:114.

［40］史蒂文·康纳.后现代主义文化［M］.严忠志,译.北京:商务印书馆,2002:190.

［41］沃尔夫冈·韦尔施.重构美学［M］.陆杨,张岩冰,译.上海:上海译文出版社,2002:209.

［42］路文彬.视觉时代的听觉细语［M］.合肥:安徽教育出版社,2007:39.

［43］耿占春.为什么我们要有叙事?［J］.天涯,2001(3).

［44］皮埃尔·布尔迪厄.帕斯卡尔式的沉思［M］.刘晖译,北京:生活·读书·新知三联书店,2009:90.

［45］尼古拉·别尔嘉耶夫.论人的使命　神与人的生存辩证法［M］.张百春译,上海:上海人民出版社,2007:179.

［46］马克斯·舍勒.价值的颠覆［M］.罗悌伦,林克,曹卫东,译.北京:生活·读书·新知三联书店,1997:94.

［本文发表在《厦门大学学报》(哲学社会科学版)2012 年第 1 期］

附录 2 视觉隐喻与当代小说的空间化生产

[内容摘要] 除了借助语言修辞学技术,视觉隐喻深挖了视觉感官语汇中所蕴含的视觉形象,比如形状、造型、色彩等视觉语言符号来强化指涉功能,视觉隐喻的处身之地是形象化的赋意空间,它舍弃了历史意识和深度模式,代之以平面化、表象化的符号装饰来迎合商业社会的现实需求和消费欲望。处于视觉文化裹挟之下的当代文学尤其是小说在不断构造视觉化空间的过程中,将沿着传统文学伦理与秩序的相反道路越走越远。

[关 键 词] 视觉隐喻;视觉化空间;当代小说;消费;表征

视觉,作为实现"观看"的一种身体性功能,很早就被纳入西方思想史和文化史视野中。从古希腊思想者对眼睛的推崇开始,视觉逐渐脱离了纯粹感官机能与生理范畴而进入隐喻领域,视觉与理性相结合演化为对思想、真理和意义的形象化表达。从此,视觉隐喻成为西方思想图绘现实、认知世界的运思维度与表征形式并支撑起了西方思想秩序建构的基础和尺度。随着现代性的断裂和后现代主义的莅临,视觉隐喻向日常生活经验与理性认知的深层渗透,视觉文化从而在实现全方位播散的过程中确立了自身的兴盛与主宰者身份。实际上,视觉文化是视觉隐喻对现实进行认证后的实践样态,它以否定性的面孔指向了现代性的时间之流,又通过侵略性的凝视挖掘到了自我识别的容身之所和作用场域。如果说视觉形象的处身之地呈现出可见的地理形态,那视觉隐喻的作用场域则是符号化的赋意空间,因此可以说,视觉化空间是可见与不可见、在场与缺席的融合与统一。相对于现代性的时间逻各斯,视觉化空间舍弃了构造历史景深的异态情形,代之以多层次、流动性的平面装饰来迎合后现代社会的交换欲望与消费逻辑。现实情形是,作为精神高地的文学艺术或主动或被迫编织进视觉文化的消费领域,尤其是面对越来越发达的传媒与信息技术,当代文学的空间化生产得到了进一步强化,其后果也必定对本身就比较脆弱的当代文学伦理秩序造成更为剧烈的冲击。

一、视觉隐喻的内涵及表现形式

在西方,对隐喻的学术研究很早就已逾越出了语言修辞学的边界,隐喻曾在哲学、思想、文化和艺术等多学科中得到具体分析与阐释。黑格尔认为:"隐喻其实也就是一种显喻,因为它把一个本身明晰的意义表现于一个和它相比拟的类似的具体现实现象。在纯粹的显喻里,真正的意义和意象是划分明确的,而在隐喻里这种划分却只是隐含的而不是明白说出的。"[1]黑格尔是从文学和象征型艺术的角度去诊断隐喻功能的,此后法国形式主义批评大师热奈特继续沿着黑氏的研究路径,但他眼中的隐喻已是能够贯穿各种艺术限制的表达形式了,"它所涉及的范围已经扩展到了其他领域,涵盖图像以及虚构类的艺术表现领域,它已经被扩展为泛指各种跨越艺术表现界限的越界方法了"[2]。美国著名学者唐纳德·戴维森则把隐喻置放进哲学的框架内进行多学科的观照,并以此审理隐喻与真理和意义的关联。他指出:"隐喻不仅在文学中,而且在科学、哲学以及法学中都是一种合法的表达手段。"[3]这样,在通往世界与心灵的路途中,隐喻自觉熔接了自我与他者相遇时的秘密通道。西方思想界历来重视对感官隐喻所承载的认知与表达功能的研究,尤其是针对视觉隐喻,不论是文化早期的柏拉图、亚里士多德还是后来的黑格尔、本雅明、胡塞尔、梅洛-庞蒂、海德格尔、列维纳斯、伽达默尔、德里达和波德里亚等哲学大师都对视觉及视觉形象所隐喻的思想文化内涵进行了深入的揭示和思考。

相对于话语隐喻的纯语言学修辞层面,视觉隐喻除了借助于指涉视觉感官的词汇来表达他者事物之外,还通过视觉形象媒介比如图像、色彩、造型、动作等视觉符号来强化喻指功能,在此,视觉形象媒介可以激发自身之外的意义省察以产生异质元素向同一空间集聚的增值效应,其在本义与喻义双向流动与转换之间,完成了虚与实、动与静、自身与他者的分布与融合,视觉隐喻从而最终实现了从语言修辞层面到文化观念与哲学思想层面的跨越。从发生学角度看,古希腊哲学一开始就赋予了视觉以奠定认知世界的运思范式与意义基础。柏拉图《理想国》中那段著名的洞穴理论被海德格尔阐释为辨识真理的经典隐喻,在《柏拉图的真理学说》一文中,他告知了真理在古希腊哲学那里的视觉出身。海德格尔常用"外观""遮蔽""去蔽""无蔽"等词来译解古希腊文中的疑难词汇借此直观呈现古希腊人理性深处的视觉情结。柏拉图相信人类是靠视觉来获得知识和真理的,"太阳跟视觉和可见事物的关系,正好像可理智世界里面善本身跟理智和可理智事物的关系一样"[4]。因为在柏拉图眼里,真理只有建立在善的基础上才能成立。亚里士多德也特别强调视觉的认知功能及社会学意义,他说:"无论我们将有所作为,或无所作为,较之其他感觉,我们都特爱观看。理由是,能使我们识知事物之间的许多差别,此于五官之中,以得益于视觉者为多。"[5]无论是柏拉图还是亚里士多德都给予了视觉以最大的信任和可靠性保证并逐步确立起了视观看为唯一生存根基的哲学话语传统,这一传统被称为视觉逻各斯中心主义。"逻各斯"在希腊文中有很多含义,比如有理性、本质、真理和尺度等等,最早是古希腊哲学家赫拉克利特使用的一个哲学概念,海德格尔在诠释其内涵时认为:"逻各斯把在场者置放入在场中,并且把它放入(即放回)在场之中。但在场却意味着:已经显露出来而在无蔽之域中持存。只要逻各斯让眼前呈放着作为本身呈放于眼前,它就把在场者解蔽入其在场之中。但解蔽就是无蔽,无蔽与逻各斯是同一的。"海德格尔用"在场""呈放""解蔽"和"无蔽"等视觉性词汇无非是把"逻各斯"置身于目光之下来考量它的视觉性质与功能,因此海德格尔干脆就说:"逻各斯就是无蔽。"[6]

视觉逻各斯中心主义在不同的历史和文明时期体现出不同的理性认知和隐喻表达方式,比如古典时期开始的"模仿"、启蒙时期侧重的"光"、现代的"世界图像化"和后现代的"仿真""拟像"等等。古希腊人认为眼睛的模仿行为具有统括一切艺术的审美意义。"史诗和悲剧诗、喜剧和酒神颂,以及大部分为管乐和竖琴而写的音乐,概括地说,它们都是模仿艺术的表现形式。"[7]在希腊人的观念中,现实世界的真实能够通过视觉性的模仿所形成的艺术形象来再现,真实是通往真理的唯一途径,虽说真理不是直接由视觉体现出来的,但却可以理解为是由视觉所赋予的。海德格尔在阐释真理的本质时揭示了这种真理和视觉的关系:"'真理'乃是存在者之解蔽,通过这种解蔽,一种敞开状态才成其本质。一切人类行为和姿态都在它的敞开域中展开。"[8] 其实，在古希腊时期奠定的艺术模仿观作为视觉隐喻传统一直延伸到文艺复兴时期，并得到再次强调。"重新诞生于文艺复兴时代的东西是对自然的模仿。"[9] 需要说明的是，文艺复兴的艺术家借用镜子譬喻来例示艺术的自然模仿观，与前者相比较，其更倾向于从起源意义上去理解而不只是从表达方式上。但无论选择怎样的观看形式，艺术"模仿"的视觉特性从没有被弱化过。"批评家们凡是想实事求是地给艺术下一个完整的定义，通常总免不了要利用'模仿'或是某个与此类似的语词，诸如反映、表现、摹写、复制、复写或映现等，不论它们的内涵有何差别，大意总是一致的。在 18 世纪的大部分时间里，艺术即模仿这一观点几乎成了不证自明的定理。"[10] 由于模仿是非主体性的指向自身之外的单向活动，所以视觉图像的价值意义就受到外在自然和现实世界的制约，模仿中的艺术也就无法自主地对现实进行甄别和筛选，更不能深入到现象的背后去挖掘其内在本相，因此，模仿中的艺术构型的只是单纯的表象化空间，一个希冀真实的自然镜像。

如果说模仿看重的是视觉的自身活动，那"光"把视觉认知功能转向了其得以实现的外部条件。早在柏拉图那里"光"或"太阳"就被看作是沟通视觉和可见之物的中介，到了启蒙运动时期，"光"被赋予了祛除"黑暗"与显现真理的工具属性，"光"嵌入启蒙理性的内里衍生出占据中心位置的视觉理性，其逻各斯内涵从启蒙的英文 enlightment 的构词上就能窥见其初衷。有关光的哲学意义，有很多精辟的论述。列维纳斯认为："充满了我们宇宙的光，无论从数学物理的角度如何解释，在现象学意义上都是现象——也就是意义——的条件。……来自外界的——被照亮的——事物也可以被理解，就是说它来自我们自身。由于光的存在，所有的客体才是一个世界，也就是说属于我们的。所有权是世界得以构成的要素：由于光的存在，世界才被给予我们，才能够被领会。"[11] 对于"光"的依赖，现象学比任何哲学都令人瞩目，其常见用语譬如"视域""直观""映射""明见性"等带有浓厚的视觉色彩。"步柏拉图后尘的现象学比所有其他的哲学更受制于光。"[12] 德里达的评价无疑是中肯的。在现象学那里，"现象"不是指客体表象和感觉经验，它只在纯粹意识中存有。胡塞尔认为获取事物本质的途径是"现象还原"，即通过直观的方式让意识回到纯粹的现象现场，其中排除一切经验性的外在因素。在他看来，只有在"直觉"和"直观"的帮助下才能获得明见性,而"明见性无非就是对真理的'体验'而已"[13]。显然,现象学把"光"推崇到了一种绝对信仰的程度。但这纯粹意识里的东西是否是可以被直观的视为"一个绝对的给予之物"(胡塞尔语)? 答案是令人怀疑的。事实上,在此种"光"的照射下,被还原的事物中只有所在的空间维度是可以确定的,或许可以这样理解,现象学中的"光"只是个遣送空间隐喻的视觉符号。对此,德里达解释道:"一种光与统一体的世界,即'一种光的世界、无时间世界的哲学'。"[14]无疑,现象学中断了时间之流,过去延展为当下的现实,未来到场的可能性也被褫夺,历史意识的消失是现象学谋划视觉化空间的主要指标。

随着技术尤其是摄影、摄像等电子复制技术的进步与发展,图像化的视觉思维逐渐渗透于现代文化的每个角落之中,世界被图像化,海德格尔认为"世界成为图像"是现代性的本质,"现代的基本进程乃是对作为图像的世界的征服过程"[15]。毋庸讳言,复制技术所生产的各种图像和符号充斥着我们生活的现实世界,它们不仅遮蔽了真相和本质,还超越了其再现对象和指向意义而他者化,甚至增延为对自我的否定。本雅明在批判复制艺术时指明了这种否定的后果,他说:"各种复制艺术强化了艺术品的展演价值,因而艺术品的两极价值在量上的易动变成了质的改变,甚至影响其本质特性。"[16]事实上,世界图像化所驱动的视觉文化的蔓延拆解的不仅仅是艺术,它通过传媒、广告、动漫、影视、网络和各种娱乐表演等形式对人们的生活和思维方式以及人生、价值、道德伦理等观念产生了深刻影响。在视觉图像的包围中,个人对现实世界的感知和认识来源于定义视觉对象的图像符号,也就是说,对真相和真理的把握无法由个体进行自我证实,而是取决于作为媒介的图像符号;由于图像的不稳定性和增殖性,自身的异质信息容易被蠡测为表达主体的真实话语,主体间的有效交流随之落空。于贝尔曼认为"物体的图像变成了某种准主体"[17],原本图像再现就转掠为图像的自我表达。图像主体化是视觉逻各斯中心主义的现代性实践。现代科技的数码技术使图像实现了从模仿到模拟再到数字影像的飞跃,其把"有血有肉的世界实体化为跟别的东西一样的数学存在物,这是'新图像'的乌托邦",德布雷认为图像已经取代实体成为现实世界的本质和意识形态,真实的不是实际存在而是它的影子,图像才是这个时代的真正主体。"通过电脑辅助设计,产生的图像不再是外在物品的副本翻版了,而是正相反。电脑绘图图像绕开了存在于表现的对立,表象与真实的对立,再无须模仿外在的真实,因为轮到真实的物品去模仿它,方能存在了。"[18]

从文化经济的角度看,图像进入了现代社会的文化生产、流通和消费领域,图像成为商品积极谋求资本的盈利与增值,相应地,观看主体也就是消费者通过对图像的消费来满足自我的幻觉需求。"视觉文化与视觉性事件有关,消费者借助于视觉技术在这些事件中寻求信息、意义和快感。"[19]在商品社会,图像生产具有巨大的市场潜力,它以层出不穷的创新形式生产出越来越多的对象、意义及消费者。"图像既是被生产的对象,同时又是因此而生产出更多对特定生产的需求和欲望的手段。简单地说,图像不但使得商品成为现实的商品,同时也是创造了对商品的现实需求和更多的欲望。"[20]图像在波德里亚那里被虚拟的仿像与仿真符号所替代,仿像指舍弃原型的可以无限繁衍的视觉形象,它彻底僭越了可见之物的再现动能,成为只指涉自身的自足的符号结构。因此,图像消费也就转型为后资本主义社会仿真的符号交换。"仿真的意思是从此所有的符号相互交换,但绝不和真实交换(而且只有以不再和真实交换为条件,它们之间才能顺利地交换,完美地交换)。"[21]在他看来,符号交换主导着后现代社会的生产模式和社会秩序,它在拆除了真实与虚幻、现实与想象、实体与虚拟之间的界限后,致使"真实死了,确定性死了,不确定性成为主宰"[22]。在《符号政治经济学批判》这部重要理论著作中,波德里亚进一步确认了这种符号交换所带来的无道德消费的伦理窘态,他认为消费个体受到生产秩序的操控,在感官快乐的欲望深渊中越陷越深。由此看出,在波德里亚表征的虚拟化后现代空间里,交换价值的逻辑已被瓦解和拆毁,只剩下非真实交换后的欲望化的感官快乐,这就是后现代视觉消费所隐喻的文化逻辑,因为"一个不争的事实在于,使用价值早已不再存在于体系之中,对此,在经济生产的领域中,很久之前就已经被认识到了。交换价值的逻辑早已无处不在了。今天,这一点也必须在消费领域中以及一般的文化体系中获得认可。换言之,每一事物,甚至艺术的、文学的以及科学的产物,甚至那些标新立异和离经叛道的东西,都会作为一种符号和交换价值(符号的关系价值)而被生产出来"[23]。

二、视觉化空间的基本特征

维利里奥在考察后工业社会中虚拟图像的社会功能时指出:"真相不再被掩盖,而是被彻底废除。这便是真实图像的真相,即物体在实际空间中的图像,人们所观察的机器的图像,以有利于一种'直播'的电视图像,或更准确地说有利于实时的图像。在这里,虚假的东西并不是事物的空间,而是时间。"[24] 在这里,维利里奥间接点明了后现代视觉空间存在的真实性。但需要说明的是,人和自然作为时空的存在物,一直在时间维度上得到西方哲学话语的关注和强调,空间总是处于被压制性的状态。只有到了后现代主义社会在技术理性膨胀的当下,空间话题才出现转机。如果说日益精深的工业文明和建筑科技驱动了当代生活的空间化转向,那电子复制与传媒、视频影像等技术赋予了后现代空间更多的视觉性内涵。事实经验是:我们的生活已处于视觉文化的包围与裹挟之中了。由影视、动漫、数码相机、网络、广告、时尚秀、宣传杂志等传播的视觉图像和符号延伸于生活的各个角落,占据着我们生存的所有空间。其实在此之前,斯宾格勒就判断道:"我们的空间始终只是视觉空间,在其中,可以找到其他感觉世界的残余,作为光照事物的属性和效果而遗留下来。"[25] 在电子科技时代,视觉化空间的物质形态就表现为电子传媒工业生产出的各种图像和视觉符号。由于图像符号的消费属性,视觉空间在成为商品的同时还构造了一种社会组织和生产组织方式。当代著名社会学家吉登斯认为时间的空间化是传统城市向现代转型的根本标志。他进一步说道:"随着时间的转型,空间的商品化也建立了一种特征鲜明的'人造环境',表现出现代社会中一些新的制度关联方式。这些形式的制度秩序变更了社会整合和系统整合的条件,并因此改变了时间和空间邻近与遥远之间关联的性质。"[26] 对此,詹明信也从空间的社会生产功能上来建立他的研究起点和目标。他认为视觉化空间是种崭新的空间形式,不是那种传统意义上的空间,也不是材料结构和物质性的表象形式。在他看来,思维、存在的经验和文化产品的空间化表现出后现代主义的最终和最一般的特征,其必定对我们的生活和社会关系产生深刻的影响。

如第一节所述,视觉隐喻在不同的历史时期表现出不同的形式和内容,在后现代阶段,视觉隐喻通过视觉图像及其符号来敞视他的指涉意义和表达结构,视觉化空间亦以此在熔接了各种视觉形象后构造了自身,视觉隐喻借助图像符号分娩出后现代视觉化的虚拟空间,前者是后者的逻辑证据,后者是前者的现实表征。所以,对于图像及其所蕴含的视觉寓意的阐释,为理解视觉化空间提供了条件。关于视觉化空间的一般特征,可以归纳为以下几点:

首先,虚拟性、混淆性和异质性空间交融并置。正如波德里亚所言,在视觉化时代,无序繁衍与复制的"仿像"与"仿真"符号篡夺了现实世界的真实性,虚拟性的符号交换不仅仅废除了人们感知事物的经验方式,还以自身的逻辑迫使表征现实世界的视觉化空间表现为一种文化幻象。在这个空间里,现实与仿真、乡村与城市、物质与精神、文化与政治等等似乎无所不包又彼此混杂交融,难以区分和辨别。混杂交融是视觉化空间的重要特征。列斐伏尔在论述社会空间时认为我们生活的空间是社会关系映射的产物,是不同层面、多重的、复杂的甚至是异质性空间的并置与重组。"这些社会空间是相互渗透的、相互重叠的,它们并不是互相限制的。"[27]列斐伏尔突出了多样化空间的并置状态和后现代主义的包容性。"并置"是弗兰克提出的一个对文学空间化重要的批评概念,它也是现代小说艺术用来获取空间形式的方法,并置就是阻断时间之流而进行的"对意象和短语的空间编织"。从文本角度看,"注意力在有限的时间范围内被固定在诸种联系的交互作用之中。这些联系游离叙述过程之外而被并置着;该场景的全部意味都仅仅由各个意义单位之间的反应联系所赋予"[28]。并置不仅作用于同质空间也作用于异质空间,对差异性的接纳例证了视觉化空间的后现代主义精神特质,"差异显示了多样性、异质性、多元性,而不是二元对立和排他性。"[29]

其次,历史时间中断与深度模式丧失。历史与时间意识是测量传统社会的重要维度,历史时间属于现代主义的哲学与审美范畴,时间将历史、现在和未来统一起来构造了现代主义的主体身份。但到了后现代时期,对时间的感受和时间概念的认识发生了前所未有的变化。科技驱动的速度大大缩短了空间与空间、人与人之间交往的距离,复制、剪接和 PS 等技术与电子传媒以无法预料的节奏把历史切割为碎片并拼贴、重组进自己的符号和形象构造之中。哈维用"时空压缩"理论来指证这种现象,他分析道:"易变性和短暂性相似的使人难以维持对于连续性的任何稳定的感受。过去的体验被压缩进了某种势不可挡的现在之中。"[30]詹明信认为历史时间的中断表现出了后现代主义的内在逻辑。他指出,晚期资本主义社会开始逐渐丧失保存历史和过去的能力,历史时间开始只为永恒的当下而存在。"我这里详述的后现代主义的两个特点——现实转化为影像、时间割裂为一连串的永恒的当下。"[31]

后现代阻断了历史时间的延伸,瓦解了过去、现在与未来的统一性,只凸现"现在"与"当下"的空间性在场。失去了历史时间和将来的支持,"现在"孤立为一个无所适从的无意义追求的表象符号。事实上,历史时间的中断,历史和时间所承载的价值和意义深度也随之退场,"深度绝不可能被看到,因为深度不展现在我们的视野中,只能蕴含在我们的视野中"[32]。深度模式的阙如导致了本质与现象的暧昧不明、真实与非真实边界模糊、隐意与显义的互混和能指与所指杂乱等失序现象。很明显,深度模式丧失的后果是:视觉化空间走向平面化和表象化。

最后,可见与不可见的同一。梅洛-庞蒂对图像空间有独到的认识和创见,他认为知觉空间不仅指物体得以排列的外在环境,而是更倾向物体的位置得以成为可能的方式。也就是说,对视觉空间的理解应该进入物体空间表象的背后去探测其表征现实的能力。"空间既不是一个物体,也不是与主体的联系活动,我们不能观察到它,因为它已经在一切观察中被假定,我们不能看到它离开构成活动,因为对空间来说,重要的是已经构成,它就是以这种方式不可思议地把它的空间规定性给予景象,但从不显现本身。"[33]景象是可见的,不可见的正是景象所隐喻的内容和意义,在梅洛-庞蒂这里就是指"已经构成"的东西。其思想在《眼与心》《符号》和《可见的与不可见的》等著作中得到进一步的论证。可见是在场,不可见是"潜在性"在场,"可见与不可见在其中交织存在,不可见的通过可见本身间接地显现出来"[34]。视觉化空间就是可见与不可见的同一。

三、小说空间化:视觉消费与符号表征

在视觉文化语境中,文学的空间化趋势越来越明显,受其影响,文学伦理也随着文学的空间化进程逐步滑落到足以瓦解支撑自我之根本的边缘。在后现代社会,视觉文化遭遇消费主义逻辑后,作为重要组成部分的文学进入

生产和流通领域成为迎合视觉欲望的符号化商品和资本，为追求商品的价值盈利和资本的无限增值，文学生产充分挖掘自我的社会文化属性，以期最大限度地满足大众的视觉消费欲望；反过来，视觉消费通过对空间的关注紧紧牵制着文学生产的实践策略和商品形态，可以说，文学生产就是对视觉空间的再生产，其通过生产性的图像符号来表征它的视觉寓意内涵，进而实现它存在的社会意义和文化价值。说到表征，斯图尔特·霍尔认为，表征是一种意指实践活动，它指利用符号、形象、图像等媒介表达手段来转达和阐释某种象征意义和具体的观念与情感。从文学实践上看，"表征是在我们头脑中通过语言对各种概念的意义的生产。它就是诸概念与语言之间的联系，这种联系使我们既能指称'真实'的物、人、事的世界，又确实能想象虚构的物、人、事的世界"[35]。文学生产是典型的具有浓厚表征意义的文化实践活动，其通过语言、形象等符号介质，借助直观、再现、敞视等视觉途径来实现文学空间表征的精神内涵。

在当代文学发展史上，新写实小说肇始并成长于市场经济的社会意识转型与深化之中。与稍早的"反思文学""寻根文学"和"先锋小说"相比较，新写实小说体现出越来越浓厚的商品属性。为迎合市场化的商业需求，以最大限度地融入生产与消费的文化产业体系中，新写实小说主动舍弃了寻根文学和先锋小说的历史意识和深度模式转而凸显它的当下性和现场感。不论是池莉的《烦恼人生》《不谈爱情》《太阳出世》《冷也好热也好活着就好》《来来往往》，方方的《风景》《桃花灿烂》，还是刘震云的《一地鸡毛》和《单位》等小说文本，都致力于呈现非历史化的当下日常生活的原初与本相，虽然这种旨在提供日常生活的所谓"真实"的努力诉诸我们知觉的却是都市生活的庸常本性和"鸡零狗碎"般的视觉感受。对此，代表作家池莉宣称新写实小说的非历史化、非典型化的文本追求来源于一种"形而下"的生活视角，她说："我与别人看世界的观点完全不一样。我是从下开始的，别人是从上开始的，用文学界时兴的话说，我是从形而下开始的，别人是从形而上开始的，认识的结果完全不同。"[36]事实上，新写实小说把写作转换为了一种类似照相、摄影等复制技艺的文字操练形式，"镜头"所到之处，"形而下"的现实生活原始自然地流淌在一个个平面化的生活空间中。在这里，空间意象的选择有意地回避了理性与精神世界对日常生活的双重介入，比如厨房、卧室、公共汽车、菜市、车间和宿舍等挤满烦琐事务的日常生活与工作场域,其在重构日常工作与生活合情合理的同时,隐喻为平庸生活的无聊和人生意义的价值阙如,中篇小说《烦恼人生》的全部意义似乎就蕴含在以上这几个并置的日常生活空间中,主人公印家厚的人生故事由此日复一日地得到不断重复与循环表达;卧室照顾老婆孩子、卫生间排队、挤公交车、路边餐馆的生活花絮、车间里的暧昧情感以及日常家务琐事构成了印家厚所有的人生追求与生存景观;由于历史时间的中断,平庸的生活节奏,琐碎的日常生活细节等生活表象逐步上升为生活的本质与真实,呈现为永远的"当下性",与此同时,获得表达生活"真实"的生活空间意象失去了历史时间和将来的支持,沦落为无所诉求的表象化视觉符号。同样的情形在池莉的其他小说中得到更为明显的呈示,《不谈爱情》突出了"医院外科手术室"和"花楼街"两个空间意象,小说中写道:

> 武汉人谁都知道汉口有一条花楼街。从前它曾粉香脂浓,莺歌燕舞,是汉口商业繁华的标志。如今朱栏已旧,红颜已老,瓦房之间深深的小巷里到处生长着青苔。无论春夏秋冬,晴天雨天,花楼街始终弥漫着一种破落气氛,流露出一种不知羞耻的风骚劲儿。

"花楼街"暗示了女主人公吉玲的家庭出身与社会地位,并为她的现实行为和爱情追求提供了空间活动边界;出生在知识分子家庭的男主人公庄建非,自幼生活在高等学府浓厚的文化教育空间里,成年后成为著名医院"胸外科手术室"的青年才俊;这两种相差迥异的空间却在不经意间产生了碰撞与熔接,其结果自然分娩出"不谈爱情"的无奈主题。庄建非曾为自己的选择给出了一个直接答案:"他在对自己的婚姻做了一番新的估价之后,终于冷静地找出了自己为什么结婚的根本原因,这就是:性欲。"(池莉《不谈爱情》)爱情简化为性欲,后者一旦被认为是维系家庭的可靠方式,婚姻家庭就会有进一步沦为欲望空间的可能与危险,但这正是"花楼街"和"手术室"两大空间的比照和缀合后的逻辑事实。在《冷也好热也好活着就好》中,作家把目光移位到都市夏夜的街头,武汉特有的夜生活就在这繁杂热闹的狭小空间里自然而又平静地展开,这里没有戏剧化的冲突和激动人心的往事,时间似乎停了下来,没有历史,只有炎热的天气和当天的新闻话题支撑起饮食男女们日常生活信念。这部短篇小说依然延续了池莉机械复制的写作方式,对生活材料不做任何纵深的意义挖掘和价值审视,只借用平面化的扫描等视觉手段以期实现生活的原质呈现。池莉曾说自己只做拼版工作,以记"流水账"的形式来观看生活,展示生活;对此,新写实小说另一代表作家刘震云回应道:"我写的就是生活本身,我特别推崇'自然'二字。"[37]问题是对生活表象的简单化复制并不等于对生活真实的揭示,文学所表现的真实是一种逻辑真实和本质真实,新写实小说所标榜的"自然"有意摒弃对生活材料的理性裁剪和"内在规律"的把握与总结,一味地强化它的视觉特性,结果会导致它不仅不指向生活真实本身甚至相反,因为视觉空间是可见与不可见的统一,可见的是外在的景象,不可见的是它背后的多元化能指和隐喻。从此方面看,长篇小说《来来往往》对视觉化空间的关注最为突出,男主人公康伟业与 5 个女人的情感故事贯穿于商场与家庭两大空间里。康伟业等人物性格破碎空洞,普遍具有概念化脸谱化倾向,其形象是为满足消费者观看欲望而设计的视觉符号,围绕他们的故事情节是作家精心编织的既没有现实逻辑又没有情感逻辑的画面拼贴。著名学者肖鹰在解读这部小说时认为:"阅读《来来往往》式的小说,是不需要通过大脑和心灵的,也不可能有真正的情感体验,只需要对文字传达的视觉信息做视觉还原。在这种纯粹诉诸形象感官的小说中,思想被排除了,情感被物化为形象。这种小说的后现代特性在于,它不仅是商品化的文学作品,而是只是纯粹意义上的消费品———一次性的消费品。"[38]肖鹰在文章《池莉小说电视化批判》中深刻地分析了新写实小说的这种商品化的视觉消费特质,并指出历史感的消失是致使小说空间意象符号化的逻辑前提;进言之,深度模式的丧失也致使小说表达现实世界资格和能力的自我褫夺,本质与现象的暧昧不明、真实与非真实边界模糊、可见之意与不可见之意混同失序现象,这些都表现了小说在向市场妥协后文学精神逐渐荒废的现实窘态。

事实证明,以《烦恼人生》为代表的新写实小说在发表后一定时间内迅速得到市场的青睐,与消费者对视觉符号的接受与偏爱心理有着密切的联系。有学者认为:"(新写实小说)以文本生产的方式重构了日常生活空间。"[39]反过来说,小说的空间化生产重构了文本的现实形态。在市场经济的语境中,文学活动包括生产与消费两大环节,文学创作即是生产,文学接受即是消费,文学活动是文学生产与消费的统一。在视觉文化时代,文学生产的空间化策略是借助其视觉消费功能的实现而实现的,可以这样说,视觉消费功能召遣并推动了文学的空间化生产,文学空间进一步强化了文学语言的符号化及其表征功能,为文学伦理形态的重构提供了保障与支持。

20世纪末以来,随着工业生产和市场经济的飞速发展,中国的城市化进程步调加快,城市生活日新月异,都市化成为现代化中国的空间标志。现代都市是建立在以商品交换为目的、以商业经济为本位的空间样态,在外表现为纵横交错、壮观亮丽的奇异化视觉景观,在内由于人口成分和职业构成驳杂、社会生活各领域交叉重叠、精神形态的多样化与消费形态的欲望化等诸多因素,呈现出矛盾性、混淆性、异质性、多元性、消费性和开放性等多重杂糅并置的后现代空间特征。作为现代生存的基本体验形式,都市空间构造了都市人的观看姿态和空间体验模式,同时也支配着作家的空间生存体验和文学空间的精神形貌,决定着文学在表达空间体验时刻的审视角度和书写方式,特别是电子传媒与视像复制、数码等虚拟仿真技术的普及,催促着都市空间从图像化向虚拟化、仿真化的符号转换,文学书写也相应地僭越为对拟仿性空间符号的体验与生产。从这方面看,新生代作家如朱文、邱华栋、韩东等人的小说充盈着后现代空间体验的浓重色彩。

> 它每天都给我提供流动的真实与幻象相结合的图景,让我处于一种不断变换场景的梦幻之中。
>
> ——邱华栋《时装人》
>
> 有时候我觉得北京是一座沙盘城市,它在不停地旋转和扩展,它的所有的正在长高的建筑都是不真实的,我用手轻轻一弹,那些高楼大厦就会沿着马路像多米诺骨牌一样依次倒下去,包括五十二层高的京广大厦和有三百米高、八十八层的望京大厦。
>
> ——邱华栋《沙盘城市》

在邱华栋眼里,高楼大厦、超级市场、夜总会、游艺室和酒吧间等都市空间意象像一件件互相模仿却转瞬即逝的时装,如同城市广场上那高大壮观、闪烁不停的电子广告屏幕上的图像符码一样,既真实又虚幻。"我站在人群当中,突然觉得,就在今天,我也成了一个时装人,一件时装,所有的人都在注视我，在内心之中模仿我，到明天，他们依旧会忘记我，就像忘记一件过时的时装。"（邱华栋《时装人》）小说中，"时装人"凭借商业化的形象包装而获得了一种可供交换的商品符号，其社会属性也发生了根本的扭曲和置换；"时装人"具有模仿性、瞬时性、虚构性、时尚性和消费性的特点，在消费主义的都市生活空间中，"时装人"表现出后现代都市人的冷漠孤独、虚妄矫饰、疲弱麻木、自我迷失与漂泊无根等空心化的精神形态。在商业社会，消费是欲望的消费，欲望是消费的欲望，欲望与消费统一于都市生活空间之中；都市欲望空间表现为娱乐化的消费场所，进入娱乐化的都市生活空间，各种炫目迷人的广告、刺激与挑逗人感官的视觉形象和语言不断煽动起强烈的消费诉求。在这里，真情、真爱被物质欲望所交换，爱情堕落为赤裸裸的肉欲游戏。朱文的《我爱美元》揭示了金钱和性欲才是生存真谛的都市生活现实，大学毕业的"我"追求更多的美元是为了获得与多个女人性交易的自由，而这种自由恰恰是"我"认为的人生意义所在。卫慧的《上海宝贝》《床上的月亮》《纸戒指》《我的禅》，绵绵的《糖》《啦啦啦》等新生代女作家的小说文本向我们展现了一个个鲜活而又迷乱的都市空间生活图景。卫慧、绵绵等女作家又被命名为"新新人类作家"，这个颇带贬义的称呼直接呈露了她们对新奇观念与另类表达的共同写作倾向，比如都自觉追求视觉刺激、崇尚感官欲望表达等等。酒吧、舞厅、游乐场、豪华酒店、别墅等地是小说人物频繁出入的空间场所，这些隐含着纸醉金迷、声色犬马的后现代场景，由于欲望的交换而转换为一种具有消费功能的商品符号。

　　很明显，"新新人类作家"们的欲望化书写，赋予都市空间极具诱惑的视觉特性和饱满的符号意义，重构着现代都市人新型的交换/消费的欲望关系和人际关系的物质属性。卫慧的小说《我的禅》中的女主人公只热衷性爱和时尚两类事情，不停地更换男友，不论国籍和年龄，疯狂地追逐性爱以至于变态的程度，最重要的是在她那里已没有丝毫的道德负疚和羞愧感，任由欲望支配自己的行为意志，自我完全沦落为性欲的奴隶。卫慧小说具有鲜明的现实性和当下性，由于时间和历史感的退场，空间成为文本世界的主宰，"卫慧小说集中呈现了一个个后现代色彩浓重的场景，这种时间的空间化和空间的平面化，事实上是后现代消费社会商品经济逻辑的必然表现，而卫慧的写作正可以作为这种逻辑的注脚"[40]。"新新人类作家"们确立的都市空间欲望化书写传统被后起的网络小说继承下来,著名网络作家慕容雪村的"都市三部曲"《成都,今夜请将我遗忘》《天堂向左,深圳向右》和《原谅我红尘颠倒》从内容到形式都与"新新人类作家"的写作姿态保持一致,不同的是,慕容雪村对于都市生活空间的认识多了份清醒和理智。

无论是新生代小说,还是"新新人类"和网络小说,基本上运用了杂糅交融的视觉化空间并置手段来阻隔叙事的时间之流,人物、情景等大量事象不是在时间维度而是在空间维度上展开和聚集,空间与空间之间频繁更迭与转换,松散、凌乱的空间黏合在一起呈现出难以辨别的混淆性和异质性,都市欲望化空间的象征性在场表征着后现代社会都市生活信仰弱化的时代焦虑症候。对于都市化写作的伦理形态,肖鹰如是认为:"小说的都市化写作,使它丧失了文学对于生活的超越性/批判性距离,而彻底生活化了。以欲望为焦点,在生活中梦想和在梦想中生活,使文学和生活拼合为一体。实际上,通过都市化写作,小说完全变成了与大众传媒、娱乐市场和个人休闲具有同样意义的一种日常生活方式,它们互相反射、互相模仿,构成了波德里亚命名的'超级现实'。在超级现实中,真实被淘空了,只存在没有原形的虚空的影像相互之间的虚假模仿和复制。"[41]可以说,以经营视觉化符号消费品为鹄的欲望化写作,在其视觉化空间的设计与生产过程中,颠覆了文学伦理所蕴含的精神素质和道德秩序,精神信仰、价值理想和人文关怀等品质在当代小说中的失落,昭示着当代小说都市空间化写作将沿着传统文学伦理相反的方向越滑越远。

参考文献

[1] 黑格尔.美学(第二卷)[M].朱光潜,译.北京:商务印书馆,1979:127.

[2] 热拉尔·热奈特.转喻——从修辞格到虚构[M].吴康茹,译.桂林:漓江出版社,2013:10.

[3] 唐纳德·戴维森.真理、意义与方法[M].牟博,选编.北京:商务印书馆,2012:147.

[4] 柏拉图.理想国[M].郭斌和,等,译.北京:商务印书馆,1986:269.

[5] 亚里士多德.形而上学[M].吴寿彭,译.北京:商务印书馆,1959:1.

[6] 马丁·海德格尔.演讲论文集[M].孙周兴,译.北京:生活·读书·新知

三联书店,2005:235-236.

[7] 亚里士多德.诗学[M].郝久新,译.南昌:江西教育出版社,2014:1.

[8] 马丁·海德格尔.路标[M].孙周兴,译.北京:商务印书馆,2000:219.

[9] 乔治·迪迪-于贝尔曼.在图像面前[M].陈元,译.长沙:湖南美术出版
社,2015:102.

[10] M.H.艾布拉姆斯.镜与灯——浪漫主义文论及批评传统[M].郦稚牛,
张照进,童庆生,译.北京:北京大学出版社,1989:9-10.

[11] 埃马纽埃尔·列维纳斯.从存在到存在者[M].吴蕙仪,译.南京:江苏教
育出版社,2006:47-48.

[12] 雅克·德里达.书写与差异[M].张宁,译.北京:生活·读书·新知三联
书店,2001:139.

[13] 埃德蒙德·胡塞尔.现象学的方法[M].倪梁康,译.上海:上海译文出版
社,2016:86.

[14] 雅克·德里达.书写与差异[M].张宁,译.北京:生活·读书·新知三联
书店,2001:151.

[15] 马丁·海德格尔.林中路[M].孙周兴,译.上海:上海译文出版社,
2004:96.

[16] 瓦尔特·本雅明.迎向灵光消失的年代[M].许绮铃,杜志明,译.桂林:
广西师范大学出版社,2008:68.

[17] 乔治·迪迪-于贝尔曼.看见与被看[M].吴泓渺,译.长沙:湖南美术出
版社,2015:97.

[18] 雷吉斯·德布雷.图像的生与死[M].黄迅余,黄建华,译.上海:华东师
范大学出版社,2014:252.

[19] 尼古拉斯·米尔佐夫.视觉文化导论[M].倪伟,译.南京:江苏人民出版
社,2006:3.

[20] 周宪.视觉文化转向[M].北京:北京大学出版社,2008:194.

[21] 让·波德里亚.象征交换与死亡[M].车槿山,译.南京:译林出版社,
2006:4.

[22] 让·波德里亚.象征交换与死亡[M].车槿山,译.南京:译林出版社,
2006:5.

［23］让·波德里亚.符号政治经济学批判［M］.夏莹,译.南京:南京大学出版社,2015:97.

［24］保罗·维利里奥.视觉机器［M］.张新木,魏舒,译.南京:南京大学出版社,2014:130.

［25］斯宾格勒.西方的没落:世界历史的透视(上)［M］.齐世荣,田农,林传鼎,译.北京:商务印书馆,1963:90.

［26］安东尼·吉登斯.社会的构成［M］.李康,李猛,译.北京:中国人民大学出版社,2016:137.

［27］亨利·列斐伏尔.空间与政治［M］.李春,译.上海:上海人民出版社,2015:8.

［28］约瑟夫·弗兰克.现代小说的空间形式［M］.秦林芳,译.北京:北京大学出版社,2001:3.

［29］琳达·哈琴.后现代主义诗学:历史·理论·小说［M］.李杨,李锋,译.南京:南京大学出版社,2009:84.

［30］戴维·哈维.后现代的状况——对文化变迁之缘起的探究［M］.阎嘉,译.北京:商务印书馆,2013:364.

［31］詹明信.晚期资本主义的文化逻辑［M］.陈清侨,严锋,译.北京:生活·读书·新知三联书店,1997:418-419.

［32］莫里斯·梅洛-庞蒂.知觉现象学［M］.姜志辉,译.北京:商务印书馆,2001:324.

［33］莫里斯·梅洛-庞蒂.知觉现象学［M］.姜志辉,译.北京:商务印书馆:2001:324.

［34］莫罗·卡波内.图像的肉身［M］.曲晓蕊,译.上海:华东师范大学出版社,2016:2.

［35］斯图尔特·霍尔.表征:文化表征与意指实践［M］.徐亮,陆兴华,译.北京:商务印书馆,2013:22.

［36］程永新.池莉访谈录//［M］.池莉.烦恼人生.广州:花城出版社,2016:268.

［37］丁永强.新写实作家、评论家谈新写实［J］.小说评论,1991(3).

［38］肖鹰.池莉小说电视化批判［J］.文艺争鸣,2003(5).

[39] 谢纳.空间生产与文化表征[M].北京:中国人民大学出版社,2010:208.

[40] 管宁.视域与转换:文学的媒介视域与文化符号的转换[M].镇江:江苏大学出版社,2011:102.

[41] 肖鹰.真实与无限[M].北京:中国工人出版社,2002:175-176.

（本文发表于《文艺评论》2017 年第 5 期）

附录3 视觉祛魅与暴力美学的话语生产

[内容摘要] 在审美资本主义时代,视觉文化与商业化的消费主义模式相媾和,其在借助科技理性完成对世界祛魅后,不断生产出满足消费欲望的带有快感体验的视觉化商品,而暴力美学及其话语就迎合了商品消费的视觉欲望。毋庸置疑的是,当下流行的影视、电子游戏和动漫等艺术形式充斥着大量的暴力情节,正因为暴力美学的过度泛滥直接导致了艺术审美范式的失衡和话语的能指堆砌,后者反过来进一步加剧了暴力美学表达的艺术后果。

[关 键 词] 视觉文化;祛魅;视觉快感;暴力美学;话语生产

视觉文化是后现代主义在进行自我认证和阐释时的一种话语选择,它起源于远古用来供应祭祀仪式的图像媒介,随着现代科技尤其是电子传媒和数字技术的发展深化,视觉文化逐渐进入资本主义文化工业的生产及市场运行结构中,并与商业化的消费主义模式相媾和,最终延伸为这个时代审美艺术生产和日常生活的文化价值符号和意识形态表象。毋庸置疑,当下流行的媒体图片、影像动漫、电子游戏、网络小说等艺术样式无不是通过灌注其中以大量的能刺激我们感官的视觉性信息来实现其高额资本利润与增值的。尤其是暴力化的美学及话语形式,它在满足了拉康意义上的"镜像之域"和齐泽克所指认的"欲望的过剩之物"后,被编排进视觉文化所表达的谱系中并得到不断强化。暴力的美学话语迎合了商品消费的视觉欲望,而视觉化的祛魅行动为暴力的美学话语生成与弥漫提供了叙事动力和"力比多"基础。本文拟从视觉文化理论的角度来发掘暴力美学的文艺话语生成的文化驱力,并对其现象进行文本解读和文化阐述。

一、视觉快感：文化祛魅后的消费逻辑

　　"祛魅"一词来源于马克斯·韦伯对科学和技术所推动理智化进程的阐释。他认为："从原则上说，再也没有什么神秘莫测、无法计算的力量在起作用，人们可以通过计算掌握一切。而这就意味着为世界除魅。人们不必再像相信这种神秘力量存在的野蛮人那样，为了控制或祈求神灵而求助于魔法。技术和计算机在发挥着这样的功效，而这比任何其他事情更明确地意味着理智化。"[1]科技催生的技术理性本属于现代性的话语范畴，它秉从启蒙理想的价值诉求，是现代性得以扩容与深化的实施手段和思想器具。但现代社会中的"理智化和理性化的增进"持续地挤抑着价值理性的容身空间，使"理性牢笼"（韦伯语）成为现代性困境的基本话语形态。由于价值理性和审美理性的退场，工具理性在遭遇"福特主义"和"后福特主义"形制的社会生产和消费模式后，逐渐繁衍出享乐主义的世俗化欲望。这样，现代性所主导的启蒙立场和精英意识便消弭在自我被无限度的"理性化"路途中，尤其是被它驱动的视觉技术所瓦解和毁形。"我们这个时代，因为它所独有的理性化和理智化，最主要的是因为世界已经除魅，它的命运便是，那些终极的、最高贵的价值，已从公共生活中销声匿迹。"[2]意义的丧失是"世界除魅"的必然结果。韦伯认为"科学不涉及终极关怀"，生命的终极意义无法用科学来度量和证实，科学引导人们"通向真实存在之路"仅仅是个幻觉。泰勒在《现代性之隐忧》中称为"世界的去幻"，"技术的支配地位也被认为助长了我们生活的狭隘化和平庸化，……人们曾经论述过我们人类环境曾有的共鸣性、深刻性或丰富性的丧失。大约 150 年前，马克思在《共产党宣言》中写道，资本主义发展的结果之一就是'一切固定的东西都烟消云散了'"[3]。"固定的东西"回应了意义和确定性以及对意义和确定性的维护，马尔库塞把它安置于科学—技术的合理性和操纵所熔接的新型社会控制装置中来解读，在这个结构里，意义作为社会关系和生产的否定性结果而出现，并且进一步被技术逻各斯和工具化所遣送。对此，马尔库塞解释说："技术已经物化——处于最成熟和最有效形式中的物化——的重要工具。个人的社会地位及其同他人的关系，看来不仅要受到客观性质和规律的支配，而且这些性质和规律似乎也会丧失其神秘性和无法驾驭的特征；它们是作为（科学）合理性的可靠证明而出现的。"[4]

事实上，滋生西方现代技术理性的哲学和美学自始至终都把世界置于目光的凝视之下。从《圣经》到亚里士多德的《形而上学》，从柏拉图到海德格尔再到让·波德里亚，视觉及视觉性话语保证了他们叙事姿态的永久性在场。西方文化说到底是关于"观看"的文化，"眼睛"和"光"构成了其通抵意义的唯一路径。柏拉图著名的"洞穴"之喻，过早地泄露了古希腊关于世界和知识的视觉出身。康德干脆将获取知识的过程称为"直观"，在康德这里，主体对于客体对象的认识主要来源于视觉上的经验。就连超越感官之上的"思"也例示了视觉证据的可靠性判断。胡塞尔分析认为："我思本身包含着一个内在于它的'朝向'客体的'目光'，这个目光另一个方面是从永远不可能缺少的'自我'中发出的。"[5]在梅洛-庞蒂看来，"思"也是一种观看方式，他称之为"看的思维"，"由于我的视觉就是看的思维，所以被看到的物体本身就是我对之思维的东西"[6]。既然"思"是"看"提供的一种视觉模式，那建立在"思"基础上的西方哲学和美学注定无法逃脱视觉秩序的内在度量。"看"的意义在存在主义哲学那里获得了确定与深化。"'看'让那个它可以通达的存在者于其本身无所掩蔽地照面。当然，每一种'官感'在它天生的揭示辖区都能做到这一点。然而，哲学的传统一开始就把'看'定为通达存在者和通达存在的首要方式。"[7]海德格尔把"观看"与"真理"和存在意义联系起来，赋予"观看"以实现"解蔽与澄明"的重要功能和手段。海德格尔对"光"的倚重在列维纳斯那里得到了强调。"充满了我们宇宙的光，无论从数学物理的角度如何解释，在现象学意义上都是现象——也就是意义——的条件。所谓意义，就是精神的洞察，而这种洞察已经是我们所说的'感性'（sensation）的特征，或者，如果愿意的话，也可以说意义就意味着光亮。"[8]

随着电子科技与数字传媒技术的发展，一种根植于技术理性的文化形态逐渐向日常生活弥散与渗透，它以直接性的视觉诱惑刺激了资本主义社会的消费神经。米尔佐夫认为"视觉文化与视觉性事件有关，消费者借助于视觉技术在这些事件中寻求信息、意义和快感"[9]。相应地，居伊·德波通过对"景观社会"的诠释来揭示视觉文化所负载的意识形态内涵。"在景观社会里，个人被景观弄得目眩神迷，被动地存在于大众消费文化之中，他唯一渴望的是获得更多的产品。图像支配型文化的兴起要归因于这一事实，即'景观即是资本,它积累到了这样一种程度,以至它变成了一种形象'。"[10]可以理解,"景观"和"形象"作为视觉文化的表象符号被消费社会整合进自己的叙事法则中,文化的商品化和商品的符号化,共同编织了后现代社会的消费幻觉。而日益更新的仿真及复制技术加剧了这种幻觉体验,法国著名后现代哲学家让·波德里亚称之为"拟仿"体验。他认为由新技术生产的"仿真"或"仿像"商品取代了过去交换的真实性,"仿真的意思是从此所有的符号相互交换,但绝不和真实交换(而且只有以不再和真实交换为条件,它们之间才能顺利地交换,完美地交换)"[11]。在波德里亚看来,"真实"已被阉割或悬置,真与假、真实与想象的逻辑关系也被废除。"仿真"技术与交换摧毁了一切话语和艺术与现实的指涉关系,拆解了符号内部能指与所指、原型与象征的统一性和辩证法。不确定性成为一切代码/符号生产的最高主宰和原则。由于技术"剥夺了所有含义和价值内涵","我们这个世界的气氛不再神圣。这不再是表象神圣的领域,而是绝对商品的领域"[12]。

既然价值被抽空,那剩下的就只有欲望和快乐。波兹曼认为"娱乐是电视上所有话语的超意识形态"[13],甚至新闻节目也是一种娱乐形式,消费大众以瞬间、即时的娱乐体验为鹄的,倾向将感官层次的娱乐诉求作为消费的价值目标。"大众娱乐(马戏、景观、剧院)总是视觉为上的,但当代生活中有两个特别方面必须强调视觉因素。首先,现代世界是个都市世界。大城市的生活和它限定的刺激及社交方式,为人们看与想看(而不是读或听)事物提供了优先机会。其次,当代风尚的本质是渴求行动(和冥思相反),寻求新奇、欲求感官刺激。而恰是艺术中的视觉元素最好地安抚了这些冲动。"[14]毋庸置疑的是,安抚冲动的"视觉元素"已被都市文化经济异化为商品符号,它与艺术一起沦落为其实现资本盈利的工具化载体。"在文化经济中,流通过程并非货币的周转,而是意义和快感的传播。消费者就是意义和快感的生产者,商品成为了文本,一种具有潜在意义和快感的话语结构。"[15]可见,"感官快乐"作为文化技术化和商品化的"超意识形态话语",主导着"世界祛魅"后的消费主义的交换结构,消费主义所培植的欲望和视觉快感必然是文化消费的逻辑构成,视觉文化艺术产品满足了消费者的快感期待,视觉快感反过来又补偿了文化"祛魅"后的意义缺失。"从这意义上说,现代艺术真正地变成了一种日常生活中的物。作为在某种激烈的批判(意识形态的)意识与某种顺应现实,进行结构性整合的行动之间存在的中间道路,确切说来是现代世界的共谋。它与现实世界一起操控着,并被纳入同一个游戏之中。"[16]

二、暴力叙事:失衡的审美范式与话语的过剩繁殖

波德里亚圈定的艺术与现实世界共谋的"游戏",是种审美话语的换喻活动,它呈现了现代性美学文本和审美范式的自足性瓦解与失衡。很难想象,当暴力、暴力话语引发的审美体验从当下流行的影视、动漫、游戏及网络中抽身而退的情形,实际上,暴力叙事已经与资本主义文化经济相濡以沫,暴力性的视觉元素夜以继日地抚慰着消费者的快感想象与期待。以美国的《天生杀人狂》为例,影片中,导演斯通充分挖掘了视觉艺术的叙事张力,他把多条故事线索并置在同一个视觉时空下进行巧妙包装,并通过现代摄影技术来过分渲染暴力和血腥交织的场景以期实现疯狂而又迷乱的视觉效果。《天生杀人狂》作为后现代电影的经典文本表征了好莱坞新生代电影人昆汀·塔伦蒂诺所理解的"暴力美学"的极致化形式。他执导的《杀死比尔 1》《杀死比尔 2》和《刑房》等一系列的暴力化影片使其收获了可观的经济回报和市场利润。在影像技术和电子传媒都充分发达的美国,大量的暴力内容充溢在新闻节目和影视作品中,美国观众特别认同和钟爱的暴力题材,据悉有 75% 的电视画面涉及暴力内容。视像暴力美学崇尚虽然起源于美国,但在中国香港发展成熟起来。香港武打动作片注重暴力场面的形式感和风格化,其特征为"摒弃表面的社会评判和道德劝诫,就其浪漫化,就其诗意的武打、动作的极其夸张走向彻底的形式主义,把暴力或血腥的东西变成纯粹的形式快感"[17]。在中国内地,受消费者热烈追捧的所谓视觉大片如《赤壁》《英雄》《无极》《金陵十三钗》《夜宴》《让子弹飞》和《十面埋伏》等,贯穿其间的暴力动作被处理为诗意化和审美化的视觉符号,血腥、暴戾的场面主导着影片的叙事逻辑和内在结构。

齐格蒙特·鲍曼说:"暴力现象已经组成并进入日常生活,由于媒体的性质,它所'制作的''模拟的'及'导演的'残酷形象比那些对'实际发生的事'的老老实实的记录更为生动、更扣人心弦且更'戏剧化'。"[18] 为避免"收视性疲倦"(鲍曼语)而高度运用的"戏剧化"策略注定会使失序的暴力叙事僭越出审

美范式的边界。提到审美自律,影视美学中的权重律要求驱动审美感受的全部要素共同参与到叙事活动中,其中不同作用的审美因素须遵循多元化的分配原则,根据所占有的指标进行综合权重评估,权重律实际就是一种均衡机制。暴力题材的影视如果过度追求视觉刺激,竭力渲染暴力情节的非真实性和动物性血腥场景,自鸣得意于暴力语言的能指泛滥等虚无化符码表象,弱化审美艺术对暴力的道德与价值评判,这样势必导致均衡性原则的失效和审美自律的解体。以《天生杀人狂》为代表的暴力影片之所以深陷全世界的舆论围剿,其原因正在于此。关于暴力的社会学认识,历来就有不同的看法,那种把"暴力"定义于生命的组成部分从而大加强调它的生物学基础,往往会赋予暴力以神话色彩,在实践层面上的法西斯现象就是明证。这一点,阿伦特是清醒的,她说:"暴力行为与一切行为一样,都给世界带来变化,但最可能的转变是一个更加充满暴力的世界。"[19] 阿伦特从某个侧面呼应了本雅明对暴力的批判态度。相比较而言,对暴力美学的辩护一直支撑着暴力化叙事的扩张野心。除了影视界,电子游戏、广告、动漫、新闻、网络等新技术媒介几乎都涌现着暴力的身影。时下流行的《喜羊羊与灰太狼》和《熊出没》等动画片,以连篇累牍的聒噪和絮叨不断地重复着单调的暴力动作和场景,渗透其中的暴力话语屡次被时尚文化所征用,继而纳入其所设计的流行符号表达谱系中,深潜为伴随青少年生命成长的集体无意识。在此意义上,电子游戏走得更远。"以西方世界开发的多款游戏为例,如《红色警报》《帝国时代》《战争机器》《坦克世界》等无一不充斥着暴力的痕迹,这些游戏一边追忆着西方世界过去征战杀伐时代的武功,一边渲染着弱肉强食的丛林哲学,让游戏玩家在享受紧张、刺激的厮杀与屠戮快感的同时,渐变成暴力的拥趸,让西方文化最为血腥、残暴的特质弥漫并浸透到无远弗届的领域。"[20] 当然,不仅仅在西方,暴力这朵"恶之花"已在世界各地的游戏厅内娇艳地开放,不断升级的电子游戏凭借高新技术编织了一个又一个迷乱、狂躁的视觉体验空间,其超真实效果使暴力的审美表达更加极端、更加赤裸和肆无忌惮。

从心理学上看,满足快感欲望的性和暴力在某种程度上达成了消费者的幻象体验。"艺术作品典型的弗洛伊德模式(像白日梦和开玩笑),无疑是被压制的愿望的象征实现,或者某种间接地情绪结构的象征实现,由此欲望可以逃避检查,达到某种程度的纯象征的满足。"[21] 精神分析学认为暴力美学符合人的潜意识。"因为它们有助于建构有关他者的叙事,以及有关可能生活的原型叙事,这些幻想则可能诱发对占有和迁移的欲望。"[22]有学者引入拉康的"镜像"理论来探视无意识深处的欲望之根。拉康认为人成长过程中首先要经历"镜像阶段",其预示着镜前的"我"因受镜中自我影像的召遣开始进入主体性秩序的想象和建构中,但这只不过是一种想象性的身份认同,因为影子会使自我产生某种程度上的幻觉或误认。拉康分析道:"镜子—阶段是一部戏剧,其内在的推动从力量不足冲向希望,为(被空间认同的诱惑所控制的)主体制造出连续不断的幻影,从人形的碎片到我们称作整形外科对它们的整合,最终,到对一个异化的本体之盔甲的幻想。"[23]对于拉康而言,"镜像"隐喻了"自我"欲望的幻觉体验和虚妄化满足。影像中的暴力美学类似"镜像"的换喻活动,它表现为审美感受者两种不同的视觉快感体验。"首先是窥视的快感,其次是自恋的快感。两者之间的矛盾体现为:'在电影中,前者暗示了充满欲望的观影主体与银幕上出现的种种客体的分离;而后者则通过让观众着迷的方式,使其将银幕上的那些与自己具有相似性的客体认同为另一个理想化的自我。'用弗洛伊德的话说,前者是一种'窥视的本能'(将他人视为欲望的对象加以观看),而后者则是'自我的力比多'(身份认同的形成过程)。"[24]关于暴力美学的心理生成机制,对其有深入研究的美国学者拉塞尔·雅各比补充了精神分析学说的身份认同理论,并从传播学意义上给予令人信服的分析。他指出:"欲望本身就倾向成为模拟或模仿。作为个体,我们的欲望都是通过模仿我们周围人们的种种欲望而显露出来的。"[25]这对艺术作品中暴力的美学化信念提供了最中肯的解释。消费市场的审美需求决定着文化产品的意识形态理念,为欲望而生产的暴力话语反过来再生产暴力欲望的市场渴望,如此毫无节操的追求只能导致暴力话语的过剩繁殖,导致一个能指漂浮到另一个能指的虚妄化景观。对此,齐泽克说:"拉康所说的对象小说(object petit a)正是这个缥缈的'不死'之物、导致欲望的过度和脱轨倾向的过剩之物。"[26]正是这个"过剩之物"拉动了欲望自身的繁殖和再循环,并延伸到叙事作品中呈现为话语的壅塞和泛滥。

当代小说中的暴力叙事就充分例证了上述所分析的话语审美失序症候。莫言、余华、韩少功和苏童等重要作家的叙事文本中,充溢着暴力、血腥、死亡等最具视觉刺激性的题材内容。余华的早期小说《死亡叙述》把暴力与死亡联系起来,最大限度挖掘了暴力冷酷和残忍的一面。如果说《死亡叙述》演示了暴力美学在被落实后的审美快感,那《古典爱情》则把对暴力的视觉迷恋推向了极致。小说中近乎冷漠的语言,悬隔了作家的情感和伦理判断,使叙事文本内在的紧张感形成的心理冲击力量被褫夺,除了强烈的视觉刺激之外,艺术审美价值降至零。余华在消解了暴力和血腥所致使的恐惧品性后,推出了《现实一种》这种暴力叙事的极端化文本。

> 然后她拿起解剖刀,从山岗颈下的胸骨上凹一刀切进去,然后往下切一直切到腹下。这一刀切得笔直,使得站在一旁的男医生赞叹不已。于是她就说:"我在中学学几何时从不用尺划线。"那长长的刀口像是瓜一样裂了开来,里面的脂肪便炫耀出了金黄的色彩,脂肪里均匀地分布着小红点。接着她拿起像宝剑一样的尸体解剖刀从切口插入皮下,用力地上下游离起来。不一会山岗胸腹的皮肤已经脱离了身体,像是一块布一样盖在上面。她又拿起解剖刀去取山岗两条胳膊的皮了。她从肩峰下刀一直切到手背。随后去切腿,从腹下髂前上棘向下切到脚背。切完后再用尸体解剖刀插入切口上下游离。游离完毕她休息了片刻。然后对身旁的男医生说:"请把他翻过来。"那男医生便将山岗翻了个身。于是她又在山岗的背上划了一条直线,再用尸体解剖刀游离。此刻山岗的形象好似从头到脚披着几块布条一样。她放下尸体解剖刀,拿起解剖刀切断皮肤的联结,于是山岗的皮肤被她像捡破烂似的一块一块捡了起来。背面的皮肤取下后,又将山岗重新翻过来,不一会山岗正面的皮肤也荡然无存。

这段叙述严重背离了美学的均衡性原则,令人不寒而栗的不是暴力本身,而是叙事话语洋洋自得或是津津乐道的炫耀式表情,它在阉割了社会学和美学意义上的双重所指后,仅剩下极度冰冷的空洞的能指堆砌。类似的暴力表演出现在余华的其他小说比如《难逃劫数》《往事与惩罚》《许三观卖血记》《活着》和《兄弟》等小说中。莫言对小说的暴力叙事也情有独钟。同余华相比较,莫言更加注重感官的综合调动和魔幻般的视觉想象,而这些审美幻象主要通过挤满整页无标点的长句子来实现。莫言的小说话语具有粗鄙、狂躁的特质，往往给予读者难以喘息的叙述压力。《红高粱家族》中，过剩的话语带来的无序繁衍使死亡浓墨重彩地裸露在迷乱而又眩晕般的暴力目光下，幻化为一场酣畅淋漓的有关生命死亡过程的视觉大餐。除了以上作家之外，在其他作家身上或其他文学形式中都能寻觅到暴力话语那浓重的身影。

三、结语

"滋生暴力的艺术依靠某些本能，同时利用这些本能去挤掉思考的自由和冷静推理的可能性。"[27]诺贝尔经济学奖获得者阿玛蒂亚·森的话恰当地回应了波德里亚对暴力美学话语泛滥的忧虑。他说："有罪感、绝望、暴力和死亡的符号所体现的全部快乐便可以取代有罪感、焦虑和死亡本身。这正是仿真的欣快症，它力图消除因与果、始与终，它用重叠来代替这一切。"[28]从现代社会大量的青少年暴力犯罪现象看，这种后果逐一得到验证。沿着拉康的目光，综合雅各比的"暴力来自欲望模仿"和齐泽克的"欲望再生产"理论，本人认为，暴力美学给予消费者"自我"身份认同/建构提供的是短暂的审美幻觉，一旦这种审美/换喻活动结束，被迅速割裂后并抛入现实的"自我"将产生强烈的空虚感和幻灭意识，随着迷惘切割身体痛苦的加剧，"自我"会把对暴力审美话语所识别的"想象界"的误认与现实生活中的"实在界"统一起来进行主体身份的再认同/建构，以此产生的"暴力"主体恰恰就是"模仿论"和"再生产论"的精神学起点。无须赘言，在这审美资本主义时代，视觉文化的盛行势必进一步提升暴力美学话语生产的速度和效率，给消费者带来越来越多和越来越强的欲望化的视觉快感体验，虽然这是我们所不愿意看到但不得不承认的现实。本文呼吁，加强艺术作品的审美自律，将"暴力美学"置身于现代社会价值和道德秩序下进行文本空间内的话语评判；同时艺术作品应精心构造与观众间的疏离感，通过反讽和戏谑策略有效提示"暴力美学"的游戏和虚幻特质，从精神上彻底隔断"自我"通过暴力叙事艺术进行主体身份认同/建构的可能性。

参考文献

[1]〔德〕马克斯·韦伯.学术与政治[M].冯克利，译.北京：生活·读书·新

知三联书店,1998:29.

[2]〔德〕马克斯·韦伯.学术与政治[M].冯克利,译.北京:生活·读书·新知三联书店,1998:48.

[3]〔加〕查尔斯·泰勒.现代性之隐忧[M].程炼,译.北京:中央编译出版社,2001:7.

[4]〔美〕郝柏特·马尔库塞.单向度的人[M].刘继,译.上海:上海译文出版社,2006:153.

[5]〔德〕埃德蒙德·胡塞尔.现象学的方法[M].倪梁康,译.上海:上海译文出版社,2005:139.

[6]〔法〕莫里斯·梅洛-庞蒂.知觉现象学[M].姜志辉,译.北京:商务印书馆,2005:471.

[7]〔德〕海德格尔.存在与时间[M].陈嘉映,王庆节,译.北京:生活·读书·新知三联书店,1987:171.

[8]〔法〕埃马纽埃尔·列维纳斯.从存在到存在者[M].吴蕙仪,译.南京:江苏教育出版社,2006:47.

[9]〔美〕尼古拉斯·米尔佐夫.视觉文化导论[M].倪伟,译.南京:江苏人民出版社,2006:3.

[10]〔美〕尼古拉斯·米尔佐夫.视觉文化导论[M]倪伟,译.南京:江苏人民出版社,2006:34.

[11]〔法〕让·波德里亚.象征交换与死亡[M].车槿山,译.南京:译林出版社,2006:4.

[12]〔法〕让·波德里亚.完美的罪行[M].王为民,译.南京:商务印书馆,2014:72.

[13]〔美〕尼尔·波兹曼.娱乐至死[M].章艳,吴燕莛,译.桂林:广西师范大学出版社,2009:77.

[14]〔美〕丹尼尔·贝尔.资本主义文化矛盾[M].严蓓雯,译.南京:江苏人民出版社,2007:109.

[15]〔美〕约翰·费斯克.理解大众文化[M].王晓珏,宋伟杰,译.北京:中央编译出版社,2001:33.

[16]〔法〕让·波德里亚.符号政治经济学批判[M].夏莹,译.南京:南京大学

出版社,2015:135.

[17]郝建.影视类型学[M].北京:北京大学出版社,2004:323.

[18]〔法〕齐格蒙·鲍曼.生活在碎片之中——论后现代道德[M].郁建兴,周俊,周莹,译.上海:学林出版社,2002:169.

[19]〔美〕汉娜·阿伦特等.暴力与文明[M].王晓娜,译.北京:新世界出版社,2013:28.

[20]姚建彬.暴力,作为西方文明的本质特征——中文版译序[M].〔美〕拉塞尔·雅各比:《杀戮欲》,北京:商务印书馆,2013:5.

[21]王逢振主编.詹姆逊文集第 3 卷[M].北京:中国人民大学出版社,2004:70.

[22]〔美〕阿尔君·阿帕杜莱.消散的现代性——全球化的文化维度[M].刘冉,译.上海:上海三联书店,2012:47.

[23]〔法〕雅各·拉康."我"之功能形成的镜子—阶段[M].斯拉沃热·齐泽克等:《图绘意识形态》,方杰,译.南京:南京大学出版社,2006:93.

[24]〔英〕约翰·斯道雷.文化理论与大众文化[M].常江,译.北京:北京大学出版社,2010:129.

[25]〔美〕拉塞尔·雅各比.杀戮欲——西方文化中的暴力根源[M].姚建彬,译.北京:商务印书馆,2013:210.

[26]〔斯洛文尼亚〕斯拉沃热·齐泽克.暴力——六个侧面的反思[M].唐健,张嘉荣,译.北京:中国法制出版社,2012:58.

[27]〔印度〕阿玛蒂亚·森.身份与暴力——命运的幻象[M].李风华,陈昌升,袁德良,译.北京:中国人民大学出版社,2013:141.

[28]〔法〕让·波德里亚.象征交换与死亡[M].车槿山,译.南京:译林出版社,2006:108.

（本文发表于《马克思主义美学研究》2016 年第 1 期）

参考文献

中文译著书目

[1] 梅洛-庞蒂.知觉现象学[M].姜志辉,译.北京:商务印书馆,2005.

[2] 尼古拉斯·米尔佐夫.视觉文化导论[M].倪伟,译.南京:江苏人民出版社,2006.

[3] 罗钢,顾铮.视觉文化读本[M].桂林:广西师范大学出版社,2003.

[4] 鲁道夫·阿恩海姆.视觉思维[M].滕守尧,译.北京:光明日报出版社,1987.

[5] 别尔嘉耶夫.论人的使命[M].张百春,译.上海:学林出版社,2000.

[6] 别尔嘉耶夫.历史的意义[M].张雅平,译.上海:学林出版社,2002.

[7] 尼尔·波兹曼.童年的消逝[M].吴燕莛,译.桂林:广西师范大学出版社,2004.

[8] 尼尔·波兹曼.娱乐至死[M].章艳,译.桂林:广西师范大学出版社,2004.

[9] 马克斯·舍勒.价值的颠覆[M].罗悌伦,林克,曹卫东,译.北京:生活·读书·新知三联书店,1997.

[10] 斯宾诺莎.伦理学[M].贺麟,译.北京:商务印书馆,1983.

[11] 西美尔.金钱、性别、现代生活风格[M].顾仁明,译.上海:学林出版社,2000.

[12] 休谟.道德原则研究[M].曾晓平,译.北京:商务印书馆,2001.

[13] 施韦泽.敬畏生命[M].陈泽环,译.上海:上海社会科学院出版社,2003.

[14] 詹明信.晚期资本主义的文化逻辑[M].陈清桥,严锋,等,译.北京:生活·读书·新知三联书店,1997.

［15］波德里亚.消费社会［M］.刘成富,全志钢,译.南京:南京大学出版社,2000.

［16］波德里亚.象征交换与死亡［M］.车槿山,译.南京:译林出版社,2006.

［17］迈克·费瑟斯通.消费文化与后现代主义［M］.刘精明,译.南京:译林出版社,2000.

［18］丹尼尔·贝尔.资本主义文化矛盾［M］.赵一凡,蒲隆,任晓晋,译.北京:生活·读书·新知三联书店,1989.

［19］马克斯·韦伯.学术与政治［M］.冯克利,译.北京:生活·读书·新知三联书店,1999.

［20］马克斯·韦伯.新教伦理与资本主义精神［M］.于晓,陈维纲,等,译.北京:生活·读书·新知三联书店,1987.

［21］卡尔·雅斯贝斯.时代的精神状况［M］.王德峰,译.上海:上海译文出版社,1997.

［22］莱恩.分裂的自我［M］.林和生,侯东民,译.贵阳:贵州人民出版社,1994.

［23］阿多诺,霍克海默.启蒙辩证法［M］.洪佩郁,蔺月峰,译.重庆:重庆出版社,1990.

［24］阿多诺.美学理论［M］.王柯平,译.成都:四川人民出版社,1998.

［25］马尔库塞.单向度的人［M］.刘继,译.上海:译文出版社,2006.

［26］马尔库塞.审美之维［M］.李小兵,译.桂林:广西师范大学出版社,2001.

［27］马尔库塞.爱欲与文明［M］.黄勇,薛民,译.上海:译文出版社,1987.

［28］乔治·卢卡契.历史与阶级意识［M］.王伟光,译.北京:华夏出版社,1989.

［29］拉康.拉康选集［M］.诸孝泉,译.北京:生活·读书·新知三联书店,2001.

［30］本雅明.发达资本主义时代的抒情诗人［M］.张旭东,魏文生,译.北京:生活·读书·新知三联书店,1989.

［31］本雅明.机械复制时代的艺术作品［M］.王才勇,译.北京:中国城市出版社,2002.

［32］本雅明.经验与贫乏［M］.王炳钧,译.天津:百花文艺出版社,1999.

［33］陈永国.本雅明文选［M］.北京：中国社会科学出版社,1999.

［34］本雅明.迎向灵光消逝的年代［M］.许绮玲,林志明,译.桂林：广西师范大学出版社,2008.

［35］詹姆逊.文化转向［M］.胡亚敏,译.北京：中国社会科学出版社,2000.

［36］詹姆逊.政治无意识［M］.王逢振,陈永国,译.北京：中国社会科学出版社,1999.

［37］詹姆逊.时间的种子［M］.王逢振,译.南京：江苏教育出版社,2006.

［38］詹姆逊.语言的牢笼［M］.钱佼汝,译.南昌：百花洲文艺出版社,1997.

［39］杰姆逊.后现代主义与文化理论［M］.唐小兵,译.北京：北京大学出版社,1997.

［40］阿里夫・德里克.后革命氛围［M］.王宁,等,译.北京：中国社会科学出版社,1999.

［41］吉登斯.现代性与自我认同［M］.赵旭东,方文,译.北京：生活・读书・新知三联书店,1998.

［42］吉登斯.现代性的后果［M］.田禾,译.南京：译林出版社,2000.

［43］布尔迪厄.艺术的法则：文学场的生成与结构［M］.刘晖,译.北京：中央编译出版社,2001.

［44］布尔迪厄,等.文化资本与社会炼金术［M］.包亚明,译.上海：上海人民出版社,1997.

［45］戴安娜・克兰.文化生产：媒体与都市艺术［M］.赵国新,译,南京：译林出版社,2001.

［46］齐奥尔格・西美尔.时尚的哲学［M］.费勇,吴晋,译.北京：文化艺术出版社,2001.

［47］曼纽・卡斯特.网络社会的崛起［M］.夏铸九,王志弘,等,译.北京：社会科学文献出版社,2001.

［48］齐格蒙特・鲍曼.立法者与阐释者［M］.洪涛,译.上海：上海人民出版社,2000.

［49］齐格蒙特・鲍曼.后现代伦理学［M］.张成岗,译.南京：江苏人民出版社,2003.

［50］齐格蒙特・鲍曼.共同体［M］.欧阳景根,译.南京：江苏人民出版

社,2003.

[51] 齐格蒙特·鲍曼.流动的现代性[M].欧阳景根,译.上海:上海三联书店,2002.

[52] 齐格蒙特·鲍曼.现代性与大屠杀[M].杨渝东,史建华,译.南京:译林出版社,2002.

[53] 齐格蒙特·鲍曼.后现代性及其缺憾[M].郇建立,李静韬,译,上海:学林出版社,2002.

[54] 特里·伊格尔顿.美学意识形态[M].王杰,译.桂林:广西师范大学出版社,1997.

[55] 特里·伊格尔顿.后现代主义的幻象[M].华明,译.北京:商务印书馆,2000.

[56] 伊恩·瓦特.小说的兴起[M].高原,董红钧,译.北京:生活·读书·新知三联书店,1992.

[57] 利奥塔.后现代状况[M].岛子,译.长沙:湖南美术出版社,1996.

[58] 利奥塔.后现代道德[M].莫伟民,等,译.上海:学林出版社,2000.

[59] 利奥塔.非人—时间漫谈[M].罗国祥,译.北京:商务印书馆,2001.

[60] 米兰·昆德拉.小说的艺术[M].孟湄,译.北京:生活·读书·新知三联书店,1992.

[61] 彼得·奥斯本.时间的政治[M].王志宏,译.北京:商务印书馆,2004.

[62] 托马斯·奥斯本.启蒙面面观[M].王志宏,译.北京:商务印书馆,2007.

[63] 罗洛·梅.爱与意志[M].冯川,译.北京:国际文化出版公司,1987.

[64] 苏珊·桑塔格.反对阐释[M].陈巍,译.上海:上海译文出版社,2003.

[65] 苏珊·桑塔格.疾病的隐喻[M].陈巍,译.上海:上海译文出版社,2003.

[66] 马泰·卡林内斯库.现代性的五副面孔[M].顾爱彬,李瑞华,译.北京:商务印书馆,2002.

[67] 莱因霍尔德·尼布尔.道德的人与不道德的社会[M].彭学云,译.贵阳:贵州人民出版社,1998.

[68] 安吉拉·默克罗比.后现代主义与大众文化[M].田晓菲,译.北京:中央编译出版社,2001.

[69] 史蒂文·康纳.后现代主义文化[M].严忠志,译.北京:商务印书

馆,2002.

[70] 道格拉斯·凯尔纳.媒体文化[M].丁宁,译.北京:商务印书馆,2003.

[71] 麦克卢汉.理解媒介——论人的延伸[M].何道宽,译.北京:商务印书馆,2000.

[72] 米歇尔·鲍曼.道德的市场[M].肖君,黄承业,译.北京:中国社会科学出版社,2003.

[73] 马克·波斯特.第二媒介时代[M].范静哗,译.南京:南京大学出版社,2001.

[74] 约翰·奥尼尔.身体形态[M].张旭春,译.沈阳:春风文艺出版社,1999.

[75] 苏珊·朗格.情感与形式[M].刘大基,等,译.北京:中国社会科学出版社,1986.

[76] 汉娜·阿伦特.精神生活·思维[M].姜志辉,译.南京:江苏教育出版社,2006.

[77] 查尔斯·泰勒.现代性之隐忧[M].程炼,译.北京:中央编译出版社,2001.

[78] 尼采.悲剧的诞生[M].周国平,译.北京:生活·读书·新知三联书店,1986.

[79] 马丁·海德格尔.演讲与论文集[M].孙周兴,译.北京:生活·读书·新知三联书店,2005.

[80] 马丁·海德格尔.在通向语言的途中[M].孙周兴,译.北京:商务印书馆,2005.

[81] 马丁·海德格尔.林中路[M].孙周兴,译.上海:上海译文出版社,2004.

[82] 马丁·海德格尔.存在与时间[M].陈嘉映,译.北京:生活·读书·新知三联书店,1999.

[83] 马丁·海德格尔.路标[M].孙周兴,译.北京:商务印书馆,2000.

[84] 马丁·海德格尔.形而上学导论[M].熊伟,王庆节,译.北京:商务印书馆,2007.

[85] 莫里斯·哈布瓦赫.论集体记忆[M].毕然,郭金华,译.上海:上海人民出版社,2002.

[86] 雅克·德里达.书写与差异[M].张宁,译.北京:生活·读书·新知三联

书店,2001.

[87] 雅克·德里达.声音与现[M].杜小真,译.北京:商务印书馆,1999.

[88] 雅克·马里坦.存在与存在者[M].龚同铮,译.贵阳:贵州人民出版社,1990.

[89] 安托瓦纳·贡巴尼翁.现代性的五个悖论[M].许钧,译.北京:商务印书馆,2005.

[90] 约翰·麦克因斯.男性的终结[M].黄菡,周丽华,译.南京:江苏人民出版社,2002.

[91] 约翰·菲斯克.解读大众文化[M].杨全强,译.南京:南京大学出版社,2006.

[92] 本·海默尔.日常生活与文化理论导论[M].王志宏,译.北京:商务印书馆,2008.

[93] 马里奥·佩尔尼奥拉.仪式思维[M].吕捷,译.北京:商务印书馆,2006.

[94] 莫里斯·布朗肖.文学空间[M].顾嘉琛,译.北京:商务印书馆,2003.

[95] 列维纳斯.从存在到存在者[M].吴蕙仪,译.南京:江苏教育出版社,2006.

[96] 居伊·德波.景观社会评论[M].梁虹,译.桂林:广西师范大学出版社,2007.

[97] 恩斯特·卡西尔.语言与神话[M].于晓,等,译.北京:生活·读书·新知三联书店,1988.

[98] 恩斯特·卡西尔.人论[M].李琛,译.北京:光明日报出版社,2009.

[99] 劳伦斯·E.卡洪.现代性的困境[M].王志宏,译.北京:商务印书馆,2008.

[100] 罗杰·加洛蒂.论无边的现实主义[M].吴岳添,译.天津:百花文艺出版社,1998.

[101] 詹姆逊·费伦.作为修辞的叙事[M].陈永国,译.北京:北京大学出版社,2002.

[102] 徐向东编.美德伦理与道德要求[M].南京:江苏人民出版社,2007.

[103] 路易·加迪.文化与时间[M].郑乐平,胡建平,译.杭州:浙江人民出版社,1988.

［104］古斯塔夫·勒庞.乌合之众［M］.冯克利,译.桂林:广西师范大学出版社,2007.

［105］米歇尔·福柯.知识考古学［M］.谢强,马月,译.北京:生活·读书·新知三联书店,2007.

［106］米歇尔·福柯.疯癫与文明［M］.刘北成,杨远婴,译.北京:生活·读书·新知三联书店,2007.

［107］保尔·利科.虚构叙事中时间的塑形［M］.王文魁,译.北京:生活·读书·新知三联书店,2003.

［108］加达默尔.真理与方法［M］.洪汉鼎,译.上海:上海译文出版社,1999.

［109］彼得·毕尔格.主体的退隐［M］.陈良梅,夏清,译.南京:南京大学出版社,2004.

［110］艾耶尔.语言、真理与逻辑［M］.尹大贻,译.上海:上海译文出版社,1981.

［111］阿瑟·丹托.艺术的终结［M］.欧阳英,译.南京:江苏人民出版社,2005.

中文著作

［1］吴秀明.长篇历史小说的文化阐释［M］.北京:文化艺术出版社,2007.

［2］吴秀明.当前文化现象与文学热点［M］.北京:北京大学出版社,2011.

［3］吴秀明.文化转型与百年文学中国形象塑造［M］.杭州:浙江工商大学出版社,2011.

［4］吴秀明.当代历史文学生产体制和历史观问题研究［M］.北京:中国社会科学出版社,2011.

［5］吴秀明.中国当代历史文学的创造与重构［M］.北京:北京师范大学出版社,2014.

［6］吴秀明.文学形象与历史经典的当代境遇［M］.杭州:浙江大学出版社,2014.

［7］吴秀明.转型时期的中国当代文学思潮［M］.杭州:浙江大学出版社,2015.

［8］吴秀明.20世纪文学演进与"中国形象"的历史建构［M］.杭州:浙江大学出版社,2016.

[9] 吴秀明.中国当代文学史料丛书[M].杭州:浙江大学出版社,2017.

[10] 吴义勤.告别虚伪的形式[M].济南:山东文艺出版社,2004.

[11] 吴义勤.长篇小说与艺术问题[M].北京:人民文学出版社,2005.

[12] 王杰.马克思主义文艺理论[M].北京:高等教育出版社,2011.

[13] 王杰.审美幻象研究:现代美学导论[M].北京:北京大学出版社,2012.

[14] 王杰.现代审美问题:人类学的反思[M].北京:北京大学出版社,2013.

[15] 王杰.寻找乌托邦——现代美学的危机与重建[M].北京:人民文学出版社,2016.

[16] 王杰.文化与社会[M].北京:中国社会科学出版社,2016.

[17] 王杰.马克思主义美学研究[M].北京:中央编译出版社,2017.

[18] 王光明.市场时代的文学[M].合肥:安徽教育出版社,2008.

[19] 王晓华.在现代和后现代之间[M].哈尔滨:黑龙江人民出版社,2006.

[20] 王家新.没有英雄的诗[M].北京:中国社会科学出版社,2002.

[21] 王家新.取道斯德哥尔摩[M].济南:山东文艺出版社,2007.

[22] 王家新.为凤凰找寻栖所[M].北京:北京大学出版社,2008.

[23] 王斑.全球化阴影下的历史与记忆[M].南京:南京大学出版社,2006.

[24] 王岳川.中国镜像[M].北京:中央编译出版社,2001.

[25] 王岳川.媒介哲学[M].开封:河南大学出版社,2004.

[26] 周宪.视觉文化的转向[M].北京:北京大学出版社,2008.

[27] 周宪.文化现代性与美学问题[M].北京:中国人民大学出版社,2005.

[28] 陈晓明.无边的挑战[M].桂林:广西师范大学出版社,2004.

[29] 陈晓明.表意的焦虑[M].北京:中央编译出版社,2002.

[30] 陈晓明.剩余的想象[M].北京:华艺出版社,1997.

[31] 陈晓明.陈晓明小说时评[M].开封:河南大学出版社,2002.

[32] 陈晓明.现代性的幻象[M].福州:福建教育出版社,2008.

[33] 陈晓明主编.现代性与中国当代文学转型[M].昆明:云南人民出版社,2003.

[34] 王晓明.二十世纪中国文学史论[M].上海:东方出版中心,2003.

[35] 肖鹰.形象与生存——审美时代的文学理论[M].北京:作家出版社,1996.

［36］肖鹰.真实与无限［M］.北京:中国工人出版社,2002.

［37］戴锦华.隐形书写［M］.南京:江苏人民出版社,1999.

［38］孟悦,戴锦华.浮出历史地表［M］.北京:中国人民大学出版社,2004.

［39］李欧梵.上海摩登［M］.北京:北京大学出版社,2001.

［40］宁亦文.多元语境中的精神图景［M］.北京:人民文学出版社,2001.

［41］祁述裕.市场经济下的中国文学艺术［M］.北京:北京大学出版社,1998.

［42］叶潮.文化视野中的诗歌［M］.成都:巴蜀书社,1997.

［43］刘小枫.拯救与逍遥［M］.上海:华东师范大学出版社,2007.

［44］刘小枫.沉重的肉身［M］.北京:华夏出版社,2007.

［45］刘小枫.现代社会理论绪论［M］.上海:上海三联书店,1998.

［46］路文彬.视觉时代的听觉细语［M］.合肥:安徽教育出版社,2007.

［47］路文彬.视觉文化与中国文学的现代性失聪［M］.合肥:安徽教育出版社,2008.

［48］陶东风.文体演变及其文化意味［M］.昆明:云南人民出版社,1994.

［49］万俊人.现代性的伦理话语［M］.哈尔滨:黑龙江人民出版社,2002.

［50］李咏吟.审美与道德的本源［M］.上海:上海人民出版社,2006.

［51］谢有顺.身体修辞［M］.广州:花城出版社,2003.

［52］孟繁华.众神狂欢［M］.北京:今日中国出版社,1995.

［53］曹文轩.20世纪末文学现象研究［M］.北京:北京大学出版社,2002.

［54］葛红兵.身体政治［M］.上海:上海三联书店,2005.

［55］张文红.伦理叙事与叙事伦理［M］.北京:社会科学文献出版社,2006.

［56］杨小滨.历史与修辞［M］.兰州:敦煌文艺出版社,1999.

［57］陈超.游荡者说［M］.济南:山东文艺出版社,2007.

［58］陈超.中国先锋诗歌论［M］.北京:人民文学出版社,2007.

［59］罗振亚.朦胧诗后先锋诗歌研究［M］.北京:中国社会科学出版社,2005.

［60］沈奇.拒绝与再造［M］.西安:西北大学出版社,1999.

［61］张清华.中国当代先锋文学思潮论［M］.南京:江苏文艺出版社,1997.

［62］陈旭光,谭五昌.秩序的生长［M］.西安:陕西人民教育出版社,2002.

［63］唐晓渡.唐晓渡诗学论集［M］.北京:中国社会科学出版社,2001.

［64］程光炜.雨中听枫［M］.武汉:湖北教育出版社,2000.

［65］程光炜.程光炜诗歌时评［M］.开封:河南大学出版社,2002.

［66］耿占春.观察者的幻象［M］.上海:上海文艺出版社,2007.

［67］耿占春.失去象征的世界［M］.北京:北京大学出版社,2008.

［68］张闳.内部的风景［M］.广州:广州出版社,2000.

［69］敬文东.被委以重任的方言［M］.北京:中国人民大学出版社,2003.

［70］洪治纲.守望先锋［M］.桂林:广西师范大学大学出版社,2005.

［71］杨雨.网络诗歌论［M］.北京:中国文史出版社,2008.

［72］李振声.季节转换:"第三代诗"叙论［M］.上海:复旦大学出版社,2008.

［73］陈思和.90 年代批评文选［M］.上海:汉语大词典出版社,2001.

［74］南帆.文学的维度［M］.上海:上海三联书店,1998.

［75］杨国荣.伦理与存在［M］.上海:上海人民出版社,2002.

［76］伍茂国.现代小说叙事伦理［M］.北京:新华出版社,2008.

后　记

　　本书是在博士毕业论文的基础上修改而成的。文稿即将付梓之际，不禁感慨万端，暂时忘记了窗外曾经多少次停留的孤冷的夜晚。推窗远望，连绵不绝的江南雨掩饰不住葱郁的春意，西北长空下，想起几年前初到兰州求学时的憧憬与激情，以最近的距离仰望百年兰大，感觉心灵的呼吸与那校园缤纷的阳光再也无法分割，母校的身姿确已化为了我人生历程中最坚实最自豪的部分。虽然本书的选题给我构成了很大的挑战，在写作过程中我也时时感到力不从心，但兰大文学院的学术传统和老师们的治学风范不断地鼓励和鞭策着我，使我清醒地认识到自己知识的肤浅和能力不足的同时，用整个身心和力量去争取一份较为满意的答卷。

　　在这里，要特别感谢我的导师古世仓先生，古老师对我学习、生活的关心和帮助让我备感温暖，心怀感激之情。古老师年轻有为，学识和人品已被学生们敬仰；有幸成为他门下的一名弟子，聆听他的教导，感觉终身受益无穷。感谢程金城老师、雷达老师、彭岚嘉老师和常文昌老师。还要感谢一直在指导和帮助我的浙江大学教授吴秀明老师、王杰老师，中国社会科学院文学所教授赵稀方老师和浙江师范大学文学院教授王洪岳老师。老师们的学识和人格将是我今后永远学习的楷模。

　　感谢张文诺同学，感谢他在我最困难的时候提供的支持和帮助，还有于琦、陈一军、高亚斌、常慧林、郭茂全、王明博、王欣等同学，同窗情谊难以忘怀。还要感谢我的爱人、父母、弟弟和妹妹，正是他们用无私的爱和奉献推动着我精神的成长。

　　本书得到了本单位的出版资助。学院科研处处长周雨臣老师和袁霞老师以及浙江工商大学出版社的任晓燕老师为本书的顺利出版付出了艰辛的劳动,在此一并致谢。

2020 年 7 月 20 日于杭州钱塘江畔